TOUT EN HAUT DE MA LISTE

Emily
BLAINE

TOUT EN HAUT DE MA LISTE

ROMAN

&

HARPERCOLLINS FRANCE
83-85, boulevard Vincent-Auriol, 75646 PARIS CEDEX 13.

www.harlequin.fr

ISBN 978-2-2803-9416-1 — ISSN 2271-0256

Pour ma tribu d'amis,
Pour nos fous rires,
Pour nos bouteilles vides,
Pour nos repas interminables,
Pour mon mari et pour tous nos Noëls à venir,
Pour mes enfants et pour tous les
Noëls qu'ils m'ont offerts.

Chapitre 1

Olivia

Cher Père Noël, parce que j'ai été très sage (et carrément lâche), je voudrais : un cocktail, un Callum, un Pinocchio.

Seule à ma table depuis près de trente minutes, je triturais l'ourlet de ma robe pour tromper mon ennui. Je tirais négligemment sur un fil et admirais les dégâts sur le tissu, avec un sourire satisfait : l'organza rose — que ma sœur avait tant réclamé — se désintégrait entre mes doigts. Avec un peu de chance, je pourrais définitivement détruire cette chose avant le lever du soleil.

Le quatuor de jazz se tut une courte seconde, avant de débuter un morceau plus langoureux que le précédent. Je levai les yeux vers la piste de danse et poussai un profond soupir. D'un geste sec, je tirai sur le fil de mon ourlet et ignorai le bruit de déchirure qui suivit. Je lissai ma robe et me redressai. Je devais faire bonne figure car le protocole des mariages était strict. Échange d'alliances, ouverture de bal, découpe du gâteau et départ des mariés pour leur lune de miel au Mexique : quatre moments clés pendant lesquels on attendait de moi que j'affiche un sourire hollywoodien et une joie débordante.

J'étais évidemment heureuse pour ma sœur. Comme je l'avais été le mois précédent pour mon autre sœur. Comme je l'avais été cet hiver pour mon frère cadet. Comme je l'avais été, en juillet dernier, pour une de mes meilleures amies.

Le calendrier aimanté sur mon réfrigérateur était devenu le témoin impuissant de cet insidieux changement. Mes *after works* étaient en voie de disparition, terrassés par les soirées de fiançailles ; mes week-ends entre copines s'espaçaient de plus en plus au profit de *baby showers* ; mes virées shopping consistaient désormais à trouver une nouvelle robe pour un énième événement nuptial.

Alors, poitrine bombée et sourire aux lèvres, je tenais mon rôle de sœur heureuse et ravie. Je commençais à avoir l'habitude.

Mon père avança sur la piste de danse et invita ma sœur à danser. Grand et svelte, il était impeccablement habillé de son smoking noir. De mariage en mariage, il prenait soin de changer le foulard qui ornait la poche sur le devant de sa veste. Comme moi, il avait cédé au rose poudré exigé par Joan. Ils s'élancèrent tous les deux sur la piste et esquissèrent les premiers pas maladroits d'une valse traditionnelle. Leur danse hésitante était attendrissante. Ma sœur riait aux éclats, mon père avait les yeux brillants de fierté. Pendant une seconde, j'en oubliai mon rôle et je fus sincèrement heureuse.

— Alors ? T'es la prochaine ? fit une voix derrière moi.

— Ne parle pas trop fort, ma mère rôde, répondis-je dans un rire.

Ma meilleure amie tira la chaise près de moi et s'assit pour admirer la danse. Mon père libéra ma sœur et laissa Luke, mon nouveau beau-frère, prendre le relais. Il le gratifia d'un sourire reconnaissant, et la valse reprit. Moins hésitante, plus aérienne, plus souple, cette danse était la preuve que Joan avait méticuleusement préparé cette journée.

Mes doigts retrouvèrent l'ourlet de ma robe, et je repris mon entreprise de destruction. Du regard, je balayai la foule de la famille et des amis. Mariés, fiancés, certains bientôt parents.

— Cible en vue, murmura Anne, les yeux rivés sur la piste.

Aussitôt, je passai en revue les invités. Un regard bleu comme l'océan, une tignasse châtain un peu folle et une haute silhouette ne pouvaient pas passer inaperçus. Encore moins, quand mes yeux savaient, depuis des années, comment le repérer au milieu d'une foule.

Scott Matthews était l'amour de ma vie. Il était mon premier baiser, mon premier slow, mon premier fantasme et ma première punition au lycée. Je faisais comme si notre premier — et unique — baiser n'avait pas eu lieu en maternelle. Je prétendais que mes tentatives pour qu'il me voie autrement que comme une fille « sympa et rigolote » n'étaient pas désespérées. J'imaginais qu'il m'aimait lui aussi en secret et que sa timidité maladive — mais extrêmement bien cachée — expliquait notre relation pure et chaste.

Très chaste.

Trop chaste.

Je le repérai et grommelai en m'agitant sur ma chaise.

— Chemise ouverte très intéressante, commenta Anne. Il est bronzé.

— Il revient des Caraïbes. Il a convoyé un catamaran.

— D'où la légère barbe aux reflets blonds.

Scott donnait la perpétuelle impression de sortir d'une pub pour un parfum. Toujours élégant, un sourire vissé aux lèvres, un sens de l'humour dévastateur et ce parfum boisé entêtant. Pour Scott, j'aurais marché sur des braises en dansant la macarena. Pour avoir un seul regard de sa part — un vrai regard —, j'aurais avalé ces mêmes braises tout en chantant la macarena.

— Impact dans trois secondes, Liv. Bombe la poitrine, ferme la bouche et tente d'articuler une phrase.

— Fastoche…

— Salut, fit la voix rauque de Scott.

En un instant, je perdis le contrôle. Ma gorge s'asséchа, mes mains tremblèrent et mon corps sembla se disloquer comme sous l'impact d'un missile. Scott avait ce pouvoir : faire de moi une groupie écervelée, qui gloussait comme une idiote aux neurones fondus.

— Salut, fit Anne avec un naturel que je lui enviai. Je ne savais pas que tu serais là.

— Je ne le savais pas non plus. Je suis arrivé plus tôt finalement. Salut, Liv !

Son regard bleu océan se porta sur moi, avant de revenir sur Anne. Le contact visuel avait duré à peine une seconde, et j'étais déjà pétrifiée sur ma chaise. Comment vouliez-vous qu'un type comme lui s'intéresse à une statue muette comme moi ?

Je me contentai de hocher la tête et de lever piteusement la main en guise de signe de vie. Anne m'enfonça son coude dans les côtes, tentant de me réanimer, puis demanda :

— Tu repars bientôt ?

— Après Noël. Je veux assister à la fête de Noël de Stella. Paraît que ses rénovations sont réussies. Et je ne suis pas allé à Pawleys Island depuis des mois, ça me donnera l'occasion d'y faire un tour.

— Je ne savais pas que tu étais invité, dis-je, surprise.

Stella avait convié la majorité des gens qui l'avaient aidée dans la rénovation d'un ancien chalet en ruine qu'elle avait acheté. Trois étages de poussière, de toiles d'araignée et de rideaux jaunis. J'avais passé plusieurs week-ends à l'aider à dépoussiérer les lieux, à faire les vitres et à poncer le parquet. J'ignorais que Scott avait participé.

— J'ai nettoyé le jardin et taillé les haies au printemps. Et j'ai commencé à lui faire un peu de publicité pour remplir les lieux et lui présenter des prestataires.

Il se passa la main dans les cheveux, et je ressentis les premiers symptômes de la syncope. J'aurais tué pour enfouir mes mains dans cette chevelure. Imaginez ce que j'aurais pu faire pour lui retirer ses vêtements !

— Oh ! d'accord ! Liv et moi y serons aussi !

— Chouette. J'espère qu'on aura l'occasion de discuter un peu ensemble.

Un nouveau coup de coude d'Anne me tira un cri de surprise. Je me redressai et rassemblai un reste de dignité — une grande partie était aux pieds de Scott, en guise d'offrandes. Je m'éclaircis la gorge et tentai d'agir avec un semblant de normalité.

— J'espère aussi. J'ai l'impression qu'on n'a pas discuté depuis… des lustres !

— J'ai été pas mal occupé, s'excusa-t-il en se frottant la nuque. Qu'est-ce que tu deviens, Liv ?

— Eh bien, j'ai ouvert ma boutique de vêtements à Charlotte.

Scott tira une chaise et s'installa à califourchon face à moi. Pour la première fois depuis que nous nous connaissions — depuis l'âge de six ans, certainement —, il me regardait avec intérêt.

— Je savais que tu finirais par prendre ton envol. Tu n'étais pas faite pour ce job de publicitaire. C'est bien que tu aies démissionné !

— En fait, ce sont eux qui m'ont… démissionnée. J'ai planté un de leurs plus gros clients.

Le regard de Scott passa de moi à Anne, puis au sol. De toute évidence, il cherchait à prendre la fuite, le plus vite possible. Ma grand-mère Ruth aurait pu lui proposer un paso-doble, qu'il aurait sûrement accepté avec une joie non dissimulée.

— Du coup, repris-je, j'ai racheté une boutique et je me suis installée. Et toi, les bateaux ?

— Ça marche bien. Même si j'aimerais passer plus de temps ici. Ça me manque ce genre d'événements et de conversations.

Ma gorge se serra tellement que je crus presque qu'une âme malfaisante m'étranglait de ses mains invisibles et puissantes. Scott me fixait avec une sincérité inédite, rehaussée d'un intérêt tout aussi nouveau. Quelqu'un, là-haut, avait entendu mes prières et exauçait mon vœu le plus cher.

— C'est joli ce bracelet !

Scott prit ma main dans la sienne et, pendant quelques secondes, tritura le bracelet à breloques que m'avait offert Callum pour mon anniversaire. Ma peau me picota à l'endroit où ses doigts me touchaient, et mon cœur s'emballa aussitôt. C'était officiellement l'attention la plus tendre, la plus érotique et la plus… réelle que Scott me portait depuis toujours. J'échangeai un regard terrifié avec Anne, qui, d'une moue satisfaite, m'encouragea à le laisser faire.

Comme si j'avais envie que ça s'arrête !

Ses mains étaient rugueuses, et ses doigts galopèrent sur mon avant-bras jusqu'à atteindre le coude. Il me semblait que tout mon corps se résumait à ce centimètre carré de peau. Mon énergie, mon sang, mon désir : tout convergeait à l'endroit où Scott avait posé son pouce.

Malheureusement, je pouffai comme une idiote, retirai mon bras et manquai de cogner au passage le menton de mon promis.

— C'est… C'est joli, oui, bégayai-je.

— Un cadeau ?

— Oui. De Callum.

— Callum ? Qui est Callum ?

Un frisson de joie me parcourut quand je décelai une pointe d'agressivité dans la question de Scott. Il fouilla la salle des yeux, à la recherche de l'intrus, avant de reporter son regard sur moi. J'étais déjà dans un état second. Le parfum de sa jalousie me mettait en transe.

Scott.

Jaloux.

De Callum.

Quelqu'un avait dû dissoudre une drogue hallucinogène dans mon verre.

— Alors, où est-il ? demanda Scott avec intérêt.

— Il n'est pas ici. C'est mon voisin. Il tient le bar juste en face de ma boutique. J'ai l'habitude d'y aller le soir après la fermeture.

— Soyons honnêtes, Liv, Callum est bien plus qu'un voisin, intervint Anne.

Je lui lançai un regard incendiaire, tentant de décrypter les messages sibyllins de mon amie. Callum était un voisin. Un ami. Peut-être mon meilleur ami à Charlotte. Mais le ton d'Anne semblait dire qu'il était bien plus que ça. La frontière entre la jalousie et l'ignorance était minime. Je ne voulais pas que Scott prenne la fuite en imaginant que Callum et moi…

— Un ami ? tenta Scott.

— Un ami proche, répondit Anne.

À quel moment de cette conversation étais-je devenue invisible ? J'observais l'échange entre Scott et Anne, comme l'arbitre de la finale de Wimbledon. Quelque chose m'échappait. Anne avait une lueur malicieuse dans le regard, pendant que Scott la fixait. En fait, je n'étais pas à Wimbledon, j'étais en pleine séance de chasse, où Anne était le prédateur et Scott, la proie.

— Pas si proche que ça, dis-je, en espérant sauver la situation.

Le visage de Scott s'adoucit dans un sourire. Puis il lâcha :

— Liv ne s'amouracherait pas d'un barman ! Elle vaut beaucoup mieux que ça !

— Nous ne sommes pas…

— Tu as tort, me coupa Anne, d'une voix tranchante comme une lame.

Elle me jeta un coup d'œil, s'assurant que je n'étais pas en train de m'évanouir sur ma chaise. Qu'est-ce qui lui prenait ? Scott était là, il m'avait regardée, il m'avait parlé, nous avions discuté de notre avenir proche — la soirée chez Stella, prévue dans quatre mois ! — et voilà qu'Anne vêtue de son armure était en train de saboter mes plans.

— Callum est un mec plutôt sympa. Et il a offert ce bracelet à Liv pour leur premier mois de relation. Mignon, non ?

— Quoi ? !

— Je sais que tu ne veux pas aborder le sujet, Liv, mais il est temps d'assumer et de parler de Callum à tes proches. Votre relation est si belle, il ne faudrait pas la cacher !

— En tout cas, il n'est pas ici, constata Scott.

Le ton de sa voix était acerbe et cassant. Callum, en effet, n'était pas ici. Il n'avait aucune raison d'être présent au mariage de ma sœur. Je l'imaginai brièvement dans un smoking et ravalai un rire. Callum ne jurait que par ses jeans et ses T-shirts délavés et maculés de taches de bière. Il aurait fallu, en plus, qu'il taille sa barbe, qu'il investisse dans des chaussures vernies et qu'il parvienne à faire la conversation avec ma mère, tout en dansant. Callum et moi étions de deux mondes différents. J'appréciais son amitié, son humour, sa façon bien à lui de dédramatiser la situation, mais, à l'inverse de Scott, il n'avait jamais éveillé en moi le moindre désir.

— Il n'est pas le bienvenu chez les Davids ? questionna mon fantasme sur pattes.

— Il… Il est très pris, mentis-je.

Je ne savais même pas pourquoi je jouais à ce jeu initié par Anne. Je n'avais aucune raison de poursuivre ce manège. Scott était jaloux, j'avais marqué des points et, en manœuvrant finement, je pouvais espérer finir ma soirée avec lui.

— Très pris au point de ne pas t'accompagner aux événements familiaux ? À sa place, je ne te lâcherais pas d'une semelle.

Il me fallut toute la volonté du monde pour m'empêcher de tourner la tête afin de vérifier que Scott ne parlait pas à une autre fille. Se faire draguer par cet homme était enivrant. Je rêvais de lui depuis si longtemps qu'il m'était difficile d'admettre que cette conversation était réelle. Pourtant, elle l'était bien. Ses sourires, ses regards, la position même de son corps sur cette chaise. Tous les indices convergeaient vers la même conclusion : je plaisais à Scott.

— Il avait lui-même une réunion familiale, reprit Anne.

À l'instant où la situation semblait s'améliorer, Anne m'enfonçait un peu plus. Je la détestais. Elle ignora mes œillades assassines et mes promesses de morts lentes et douloureuses. D'un mouvement de tête, je l'encourageai à décamper, mais, à mon grand désarroi, elle porta le coup final.

— Mais, avant de partir, il lui a laissé la clé de chez lui.

Tu sais, comme... Enfin, je crois que c'est une invitation à vivre ensemble. N'est-ce pas, Liv ?

Je clignai des yeux. Même dans mes pires cauchemars, je n'aurais jamais cru Anne capable de me mettre dans une telle situation. J'analysai rapidement mes choix : soit j'acquiesçais et le mensonge prenait de l'ampleur, soit je niais et je me perdais dans un flot incompréhensible d'explications.

Autant acquiescer ! De toute façon, d'ici la fin de la soirée, cette histoire fantaisiste avec Callum mourrait d'elle-même. Ça durerait deux heures, puis j'inventerais une fausse rupture et je retrouverais Scott chez Stella. Un tout petit mensonge pour une belle cause.

Belle et sexy, la cause.

— C'est encore très récent, répondis-je prudemment.

Scott opina sans rien dire. J'aurais aimé affirmer que les flammes de la jalousie brûlaient dans ses yeux. Mais, honnêtement, son visage dur et tendu ne trahissait que de la colère. Je poussai un soupir, tout en échangeant un regard inquiet avec Anne. Elle avait été trop loin avec cette histoire de clé. Elle venait de mettre mon plan en miettes, et il m'était désormais impossible de rattraper la situation.

— Bien. Je vais vous laisser, alors, conclut Scott. On se revoit vite, j'espère !

— Euh... oui.

Il déposa un baiser furtif sur ma joue qui me fit fermer les yeux de plaisir. Si proche et si loin à la fois, comme un souvenir qu'on tente de garder pour toujours, Scott m'échappait à nouveau. Son indifférence, puis sa jalousie avaient laissé place à la colère. J'avais appris à faire avec son indifférence, j'avais savouré sa récente jalousie, mais je n'étais pas prête à affronter sa colère... surtout au sujet d'une relation imaginaire avec Callum.

Je le regardai s'éloigner, soupirant à nouveau.

— Il est jaloux, murmura Anne, près de moi.

— Mais pourquoi as-tu fait ça ? !

— Les hommes veulent toujours ce qu'ils ne peuvent pas avoir. La jalousie est beaucoup plus efficace.

— Par rapport à quoi ?

— Par rapport à ton air de poisson rouge à court d'air que tu affiches dès que tu le vois. Bon sang, Liv ! Prends-toi en main ! Il sait que tu es amoureuse de lui et il en profite. J'ai juste voulu t'aider !

— En parlant d'une relation imaginaire avec Callum ?

— Votre relation n'est pas imaginaire.

— Nous sommes amis ! Il m'a offert ce bracelet pour mon anniversaire, et je n'ai pas la clé de chez lui. Tu as laissé entendre à Scott que j'avais une relation amoureuse avec Callum. Comment je fais pour rattraper ça maintenant ?

— Tu n'as rien à faire, répliqua-t-elle en souriant.

Elle arqua un sourcil et, d'un signe de tête, me désigna le bar devant lequel Scott patientait. Armé de deux coupes de champagne, il me dévisageait avec intérêt et défi. Je me souvenais parfaitement des ravages du sourire de Scott auprès de la population féminine du lycée. En revanche, je n'avais aucun souvenir d'une fille qui avait osé lui résister.

— Il va revenir ici. Il va reprendre cette chaise et il va te bombarder de questions. Reste évasive sur le sujet de Callum. J'ai dit que tu avais la clé, pas que tu avais accepté de vivre avec lui, poursuivit Anne.

— Et s'il se rend compte de la supercherie ?

— Quand j'ai rencontré Michael, j'étais ivre morte. Je n'ai aucun souvenir de notre soirée ni de ce dont nous avons discuté. Quand il m'a réinvitée, j'ai fait comme si je me souvenais de tout.

— Et comment a-t-il réagi quand il a compris que tu mentais ?

— Il ne le sait toujours pas. L'honnêteté, dans un couple, c'est très surfait, conclut-elle en agitant sa fraîche alliance sous mes yeux. Ce petit mensonge ne nuit à personne !

C'était vrai : Callum ne serait jamais mis au courant, Scott finirait par avaler un nouveau mensonge pour effacer celui-ci, et moi, je savourerais bientôt mon trophée si longtemps convoité. Un mensonge facile, pratique, sans incidence.

Un mensonge idéal.

J'acquiesçai, convaincue par les arguments d'Anne. Après tout, elle avait réussi à séduire Michael — son grand amour à elle —, était parvenue à l'épouser et finirait par donner naissance à ses enfants. Selon ma mère, qui désespérait de me voir en couple, Anne était un exemple à suivre.

Par ailleurs, Anne avait raison sur un autre point : je devais me prendre en main. Je ne pouvais pas passer mon temps à fantasmer sur Scott et laisser filer la seule chance qui m'avait été offerte en près de vingt ans. Si Scott était vraiment intéressé, alors cette soirée marquerait le début de notre histoire. Et, quand je raconterais ça à Callum — dans les grandes lignes, en omettant son rôle majeur dans cette entreprise de séduction —, il serait heureux pour moi.

Quand je relevai les yeux vers le bar, Scott me fixait toujours. Il m'adressa un sourire lumineux, avant de revenir vers moi avec la mine ravie et assurée du type qui va découvrir les Amériques. Ça tombait bien : j'étais toute prête à être colonisée.

Dans une chorégraphie parfaite, il fit exactement ce qu'Anne avait prédit : il reprit sa chaise, me tendit une coupe et posa des questions sur ma vie et sur Callum. À son sujet, je restais très vague, mettant en avant mes doutes — mensongers — et mes hésitations — imaginaires.

— Tu comprends, cette histoire va un peu trop vite pour moi. Je ne sais pas si nous sommes vraiment sur la même longueur d'onde.

Je mentais avec un aplomb sidérant. Scott opinait, posait parfois sa main sur mon bras, me fixait avec intensité. Mon estomac faisait des petits bonds de joie, pendant que mes jambes tremblaient à chaque fois que Scott me touchait.

— Vous étiez amis, c'est peut-être ce qui pose problème. Tu sais, je ne crois que très peu à ces histoires d'amis qui deviennent plus que des amis.

— Tu as peut-être raison.

— Tu veux danser ?

— Avec toi ? !

— Ça détermine ta réponse ?

— Si c'est avec toi, je ne dis pas non. Sache, néanmoins, que j'ai un sens du rythme assez médiocre.

— C'est ce qui fait tout ton charme, murmura-t-il, en prenant ma main dans la sienne.

Je me sentis fondre comme neige au soleil pendant qu'il m'entraînait vers la piste de danse. Le disco avait maintenant fait place à des rythmes plus lents. Scott attira mon corps contre le sien et posa une main dans le bas de mon dos. Ses gestes étaient sûrs, son visage confiant. J'eus la sensation désagréable qu'il m'avait invitée à danser pour écourter notre conversation, pressé de passer à l'étape suivante.

— La dernière fois qu'on a dansé ensemble, on avait sept ans, dis-je, embarrassée.

— Je m'en souviens parfaitement. Une robe bleue, des chaussures vernies et des chaussettes en dentelle. Adorable.

— Les chaussettes ?

— Toi. Tu étais très mignonne. Tu l'es toujours, ajouta-t-il à mon oreille.

Mon cœur reprit ce marathon agréable, tandis que ma main accrochait son épaule, comme si je voulais m'assurer que je ne rêvais pas. Nous esquissâmes trois pas maladroits, entrecoupés de rires avant que mon père et ma mère, excellents danseurs, surgissent près de nous.

— Je peux ? demanda mon père.

Scott se rembrunit aussitôt, avant de m'adresser un sourire forcé. Un nouvel obstacle imprévu dans sa tentative de séduction. Ma mère lâcha rapidement les bras de mon père et, tout sourire, entreprit de faire tournoyer Scott sur la piste de danse.

— Scott Matthews, dit mon père.

Je tentai d'ignorer son ton désapprobateur. Mon père n'avait jamais apprécié Scott. À l'époque où il était proviseur du lycée de notre petite ville, il avait pris l'habitude de le recevoir régulièrement dans son bureau. Scott accumulait les coups d'éclat — repeindre les vestiaires en vert pomme, kidnapper la mascotte de l'équipe de basket et calfeutrer les serrures de la salle d'examen de chewing-gum pour retarder l'épreuve —, et mon père lui avait plusieurs fois prédit un avenir des plus fragiles.

— Il convoie des catamarans dans les Caraïbes, expliquai-je à mon père.

— Ce n'est pas vraiment un métier.

Nous dansâmes en silence pendant un long moment. Au loin, je vis ma mère rire de bon cœur avec Scott. Encore une femme qui succombait à son charme irrésistible. Plusieurs fois, je sentis leurs regards sur mon père et moi. Ils devaient certainement se moquer de mes pas hésitants et de mon père ravalant une grimace à chaque orteil que je massacrais.

— Tu n'aimes pas le voir ici, n'est-ce pas ? demandai-je finalement.

— Ta sœur l'a invité. Ce que je n'aime pas voir, c'est toi dansant avec lui.

— Papa !

— Il te faut un homme un peu plus… responsable ! Un homme qui sache prendre soin de toi, qui soit présent, qui soit sûr et qui gagne honnêtement sa vie.

Je levai les yeux au ciel, exaspérée. Il y avait eu beaucoup de mariages dernièrement, mon père espérait donc que je chemine moi aussi vers l'autel. Avec lui, trouver un mec s'apparentait à jouer au Super Bingo, sauf que je ne gagnais jamais à ce jeu : il y avait toujours une case en moins… ou une case en trop.

— Tu me fais tellement penser à ta mère, dit-il avec tendresse. Quand je l'ai rencontrée, elle avait les mêmes cheveux longs et bruns que toi. Et tu as ses yeux. Je le sais, j'y vois la même envie d'indépendance.

— Séduire maman n'a donc pas été simple ?

— Séduire une femme n'est jamais simple.

La chanson toucha enfin à sa fin, et Scott se matérialisa à mes côtés, avec ma mère, rayonnante.

Oui, c'était l'effet Scott Matthews : quelques minutes près de lui à sentir son parfum de soleil et à deviner ses mains chaudes contre vous suffisaient à illuminer votre journée.

— Je veux tout savoir sur ce Callum ! lança ma mère.

Je me figeai, pétrifiée. Scott, bras croisés, me dévisageait avec attention. Ça ne devait être qu'un petit mensonge, un mensonge idéal et sans conséquence. Le regard de mon père se mit à flamber, partagé entre son aversion pour Scott et la surprise abyssale de me découvrir « en couple » avec un homme dont il n'avait jamais entendu parler.

— J'aimerais bien en savoir plus aussi ! renchérit-il.

— Elle va vivre avec lui, termina Scott.

Je cherchai un moyen de prendre la fuite. À ma gauche, mes parents ; à ma droite, Scott. Et aucun trou de souris pour m'en sortir. Acculée, je pris alors la plus mauvaise décision de l'année.

— Justement, j'allais vous en parler, déclarai-je avec enthousiasme.

Un mensonge idéal. Ou presque.

20 décembre

J'avais retourné le sujet dans tous les sens et je n'avais pas trouvé de meilleures solutions. Après avoir maudit

Anne pour m'avoir embarquée dans cet improbable mensonge, je devais maintenant aller jusqu'au bout de ce plan catastrophique.

Évidemment, il aurait été plus simple de dire la vérité. Plus simple, plus rapide, plus expéditif. Mais la seule idée de voir la déception dans le regard de mes parents et l'incrédulité dans les yeux de Scott m'avait fait éliminer cette option assez vite. J'étais si proche de tous mes rêves avec lui que je ne pouvais pas envisager la possibilité de saboter mes chances.

Mon tout petit mensonge avait pris un tournant désastreux. Désormais, Scott pensait que j'allais vivre avec Callum, mes parents pensaient que j'allais vivre avec Callum, mes sœurs pensaient que j'allais vivre avec Callum. De coups de fil en visites, de mails en événements familiaux, cette histoire avait pris des proportions dantesques. Tout le monde pensait que Callum et moi étions fous amoureux. À chaque occasion où j'entrevoyais la possibilité de m'en sortir dignement, un nouveau mensonge surgissait, consolidant le tout premier.

Dès lors, personne ne comprenait vraiment pourquoi ce pauvre Callum n'avait pas encore posé les pieds dans le salon familial. Ce à quoi ma mère n'avait pas tardé à remédier au cours d'une de nos conversations téléphoniques.

— J'ai prévu une place à table pour Callum, bien sûr. Est-ce que tu sais ce qui lui ferait plaisir pour Noël ?

— Maman, tu n'es pas obligée de prévoir un cadeau pour lui. Je ne sais même pas s'il viendra !

— Il ne ferme pas le bar pendant les vacances ?

— Il est très pris, tu sais.

— Tu vas vivre avec cet homme, la moindre des choses serait de nous le présenter.

Dans un ultime soupir, j'avais salué ma mère et raccroché. J'étais dans une impasse. Plus j'attendais, moins j'avais de solutions. Quand j'avais raconté cette conversation à Anne, elle avait pourtant rapidement trouvé une parade : jouer le jeu. Je devais m'afficher avec Callum, simuler une dispute terrible, pleurer, rompre et être inconsolable pour tous. Sauf pour Scott, évidemment. L'idée était séduisante et avait le mérite de sauver les apparences : le mensonge resterait un secret, Scott avait le rôle du héros et moi, j'étais la pauvre fille désespérée d'avoir encore échoué au Super Bingo de mon père.

Un plan idéal.

Sauf que je devais trouver un Callum.

J'appréciais Callum, je l'appréciais vraiment : en tant qu'ami, il était fantastique, toujours prêt à me soutenir et à m'aider à porter mes lourds cartons, il était capable de me regarder droit dans les yeux et de déterminer à la perfection le cocktail qu'il me fallait ; et puis, il riait de mes blagues et se moquait de mes moufles Minnie. Malgré tout, je n'imaginais pas une seule seconde qu'il accepte de participer à mon plan idéal. De toute façon, le bar était ouvert tous les jours de l'année, et je n'aurais jamais osé demander à Callum de le fermer pour jouer avec moi la grande comédie de la vie de couple.

Je rassemblai mes affaires et ajustai ma tenue devant le miroir en pied de la cabine d'essayage. Je fermais la boutique ce soir pour quinze jours de vacances familiales. Quinze jours pendant lesquels je devrais successivement :

me montrer amoureuse d'un homme, faire en sorte qu'il réponde au prénom de Callum, simuler une dispute, prévoir une rupture sanglante et jouer la comédie de la fille éplorée. Pas vraiment les vacances reposantes que j'avais imaginées…

Je remontai mes collants en laine sur mes jambes et enfilai mes bottines. Je lissai ma jupe noire et m'assurai que mon haut, orné d'un petit bonhomme de neige à l'épaule, tombait parfaitement. Même si mon seul plan pour la soirée était de recruter un acteur pour jouer la comédie à mes parents, cela ne devait pas m'empêcher d'apparaître à mon avantage. Je relâchai mes cheveux sur les épaules, appliquai une touche de mascara noir pour rehausser mes yeux noisette, puis, du bout de l'index, mis un soupçon de rouge à lèvres nacré.

Mes moufles et mon béret à la main, je fermai la porte de la boutique et tirai sur le rideau en fer. J'avais volontairement laissé la guirlande lumineuse allumée, espérant que la vitrine, composée de vêtements, de jouets, de fausse neige et de deux automates attirerait l'attention des passants.

Je grimaçai en sentant quelques flocons de neige tomber sur mon visage et râlai pour de bon quand une boule de neige s'écrasa contre mon dos.

— Jefferson, grognai-je en me tournant. Tu n'as pas mieux à faire ?

Jefferson était le serveur de Callum. C'était certainement le mec le plus paumé que je connaissais. Parfois étudiant, parfois serveur, parfois dragueur, parfois philosophe de comptoir. Ses cheveux fous et blonds tentaient de s'échapper de son bonnet, sa légère barbe lui donnait cinq ans de plus que son âge véritable et ses yeux, d'un noir d'encre, semblaient insondables.

Je boutonnai mon manteau, pendant que son regard courait sur moi. Il arqua un sourcil et émit un sifflement admiratif.

— Je vais juste au bar, dis-je afin de couper court à ses pensées déviantes.

— Callum ?

— Oui, au bar de Callum !

— Non, je veux dire, cette tenue, c'est pour lui ou… pour quelqu'un d'autre ?

Je restai muette, incapable de trouver une réponse convenable. Cette tenue était bien pour Callum… pour le faux Callum qui allait devoir jouer le rôle de mon petit ami parfait pendant deux jours. J'enfilai mes moufles et éludai la question :

— Et toi, tu fais quoi pendant les fêtes ?

— J'ai prévu de dormir. Si possible accompagné.

La neige redoubla d'intensité, et je frissonnai. J'avais deux entretiens planifiés, à quinze minutes d'intervalle chacun. À l'issue de la soirée, il me faudrait faire un choix entre mes trois faux prétendants.

— Alors, c'est pour lui ou pour quelqu'un d'autre ?

— Une fille ne peut pas s'habiller ainsi uniquement pour elle ? demandai-je, lasse de cette conversation.

Le sourire de Jefferson s'affaissa et, son casque de moto à la main, il approcha de moi. Il arborait une mine sérieuse inédite.

— Le bar est vide. Callum va sûrement fermer plus

tôt, alors si tu dois y voir quelqu'un, ça serait peut-être mieux de… de faire ça ailleurs.

— Au pire, Callum me mettra dehors ! répondis-je en haussant les épaules.

Je ne voyais pas où était le problème : il était encore tôt, et Callum n'était jamais à cheval sur les horaires. Le regard de Jefferson passa de ma tenue au bar, avant de revenir sur moi. Quelque chose n'allait pas. Il n'avait pas sa bonne humeur habituelle et il semblait contrarié.

— Fais comme tu veux.

Interloquée par sa réaction, je le rattrapai in extremis par le bras. Quel était le rapport entre ma tenue, Callum et les horaires du bar ? Soudain, je compris. Si Callum fermait le bar et si Jefferson s'inquiétait de ma tenue, c'était parce que Callum attendait quelqu'un… quelqu'un qui aurait mal interprété que je rôde dans le bar, dans cette tenue !

Évidemment !

— Est-ce que Callum est avec quelqu'un ? demandai-je dans un sourire. Je la connais ?

Callum avec une fille, c'était un véritable événement. À ses yeux, il n'y avait que le bar, le bar… et encore le bar. Je n'existais dans sa vie que parce que j'avais franchi le seuil de son précieux bar.

— Tu la connais… mieux que tu ne le crois, répondit-il en riant.

Je libérai son bras. Il enfila son casque et s'éloigna de moi, me laissant stupéfaite sur le trottoir. Je le regardai grimper sur sa moto, puis mettre les gaz avec plus de force que nécessaire. Ses yeux trouvèrent les miens, et j'y décelai une pointe de colère et de lassitude. Une seconde plus tard, il filait sur la route enneigée, slalomant entre les plaques de verglas.

Je traversai la rue, le col de mon manteau fermement remonté sur mon cou, et manquai de glisser sur les pavés gelés. Si la neige tombait toute la nuit, nous aurions une belle poudreuse immaculée à l'aube. J'espérais juste que ma chaudière tiendrait le coup face à cette nouvelle vague de froid.

En entrant dans le bar, une bouffée de chaleur m'enveloppa. Un parfum de cannelle et d'écorce de sapin flottait au-dessus des tables. Perché sur une chaise, Callum mettait la touche finale à sa décoration, suspendant une guirlande rouge vif sur le mur opposé. Sur les tables, des branches de sapin cernaient des boules multicolores. Au-dessus du bar, de petites guirlandes lumineuses scintillaient, et Callum avait même habillé l'avant du comptoir en découpant de la laine d'hivernage pour en faire une illusion de neige.

— Besoin d'aide ? demandai-je en retirant mon béret.

Je contemplai le sac en plastique à ses pieds, rempli d'autres guirlandes multicolores et de chaussettes vertes. Je déboutonnai mon manteau et le déposai sur une patère.

— J'ai croisé Jefferson, dis-je, en espérant lui soutirer une explication.

— Le bar est vide, je l'ai fait rentrer plus tôt chez lui.

Il sauta de la chaise et approcha de moi. Son jean était rentré dans une paire de rangers élimée, et il portait un T-shirt bleu pâle, déformé et décoloré. Il ramena sa longue et impétueuse tignasse noire de jais sur l'arrière de son crâne, puis planta son regard gris acier dans le mien.

— Un cocktail ? proposa-t-il.

Il déposa un baiser furtif sur ma joue, pendant que je retirai mes moufles. Je jetai un coup d'œil à ma montre. J'allais recevoir mon premier candidat d'ici quelques minutes. Un soupçon d'alcool me donnerait peut-être suffisamment de courage. J'acquiesçai et m'installai à ma table, sur l'une des banquettes en cuir.

— Tu as mis le paquet sur la décoration, commentai-je.

— Tu aimes ?

— Disons que ça me surprend de ta part. Je ne t'imaginais pas… Noël… ni… Mon Dieu, tu as mis des chants de Noël en fond musical ?

Je tendis l'oreille et étouffai un rire. À ce rythme, j'allais trouver Callum affublé d'un bonnet de Père Noël et distribuant des cocktails gratuits le 25 décembre. J'entendis des bouteilles s'entrechoquer et devinai le son des glaçons qu'on secouait dans un shaker.

— Tu me connais mal. C'est une période que j'aime beaucoup.

— Je t'ai entendu hier encore râler contre la neige ! lui rappelai-je en me tournant vers lui.

Il m'adressa un sourire complice, tout en sortant un verre à cocktail du réfrigérateur. Je me levai de table et arpentai la salle. Dans l'arrière-salle, Callum avait installé deux billards et un juke-box des années 1950. C'était l'une de ses fiertés.

— Rien à voir. Je n'aime pas la neige, certes, mais j'aime beaucoup Noël.

— Est-ce que je dois me méfier et vérifier s'il y a du gui au-dessus de la porte ?

— De qui devrais-tu te méfier ? demanda-t-il avec malice.

— Du type qui sait qu'il y a du gui !

Du coin de l'œil, je tentai de vérifier si gui il y avait. D'où j'étais, impossible de savoir. Callum me fixait, comme s'il cherchait à déterminer mon sentiment à l'idée d'affronter la perspective d'un baiser forcé.

— Tu sais, j'ai toujours trouvé que cette technique était un peu… lâche.

— Lâche ? Tu es en train de briser la magie de Noël, Liv ! Le gui, ce n'est pas de la lâcheté, c'est laisser faire le destin !

— Le destin au-dessus d'une porte ?

— Tu fais partie de ces filles qui n'aiment pas Noël ?

Il versa sa décoction dans le verre avec application, m'empêchant de déchiffrer les émotions sur son visage. Callum était impressionnant : très grand, carré, imposant et tatoué. Pas le genre de type à se laisser bercer par un cantique de Noël, en buvant du chocolat chaud sous un plaid.

— Je fais partie de ces filles qui n'aiment pas devoir s'incliner devant une tradition tordue.

— Parce que tu as peur ?

Il contourna le bar, mon verre à la main. Un glaçon se noyait dans le liquide ambré. Callum me le tendit et me fixa avec intensité. En silence, il détailla à son tour ma tenue. Pour la première fois depuis le début de notre amitié, je me sentis mal à l'aise. J'avais l'impression que ses yeux pouvaient lire en moi, que mon corps ne m'appartenait plus vraiment. Gênée, je m'agitai maladroitement.

— Saké, une pincée de gingembre et une pointe de cannelle, récita-t-il d'une voix douce.

— Un cocktail de Noël.

— Et ça, c'est pour la touche finale.

Avec un sourire lumineux, il déposa un sablé en forme de bonhomme dans mon verre. Désormais il était tout proche de moi, me laissant le loisir d'admirer les arabesques d'un tatouage sombre qui s'enroulait autour de son cou.

— C'est… Tu as fait les biscuits ? demandai-je d'une voix mal assurée.

— Une amie m'a préparé une fournée. Mais tu es la première de la journée à expérimenter ce cocktail.

— Tu cherches à me convaincre de la magie de Noël ?

Ma remarque tomba à plat. Je voulais retrouver une distance respectable avec Callum, une distance qui ne me ferait pas admirer la courbe de son biceps tendu sous son T-shirt, une distance qui ne me ferait pas remarquer l'air électrique et trop rare entre nous, une distance qui ne me ferait pas sentir les battements fous de mon cœur.

Je doutais même de pouvoir avaler une seule goutte de ce cocktail, tant ma gorge était serrée.

Callum poussa un soupir, puis prit le biscuit imbibé d'alcool pour en croquer un morceau. Plus exactement, il le mit dans sa bouche et le laissa fondre sur sa langue, tout en me fixant. Ses yeux gris prirent une teinte d'orage, et mon estomac fit un looping. Il replongea le biscuit dans mon verre pendant de courtes secondes, puis me l'offrit.

Docilement, j'entrouvris les lèvres et laissai le biscuit fondre dans ma bouche.

— C'est bon ?

Je hochai la tête avec gourmandise. C'était délicieux.

— Tu vois, c'est magique, murmura-t-il.

Du pouce, il chassa une miette de sablé de mes lèvres. Sa main resta sur ma joue et, soudain, nos bouches ne furent plus qu'à quelques centimètres l'une de l'autre. Je paniquai et reculai d'un pas.

Qu'est-ce qu'il était en train de faire ? Ne devait-il pas voir quelqu'un ? Qu'est-ce que *j'étais* en train de faire ? C'était Callum, mon ami. Toute cette histoire me perturbait bien plus que je ne l'avais imaginé.

Il s'écarta aussi, comme s'il avait lu dans mes pensées.

— Je te laisse t'installer à ta table. De toute évidence, tu attends quelqu'un.

Je lissai nerveusement le tissu de ma jupe et passai une main embarrassée dans mes cheveux. J'avais été à deux doigts de franchir la frontière de mon amitié avec Callum. Le genre de frontière, qui, une fois franchie, n'autorise aucun retour en arrière. Assise à ma table, je plongeai les lèvres dans mon verre, savourant la douceur de celui-ci. Avec un peu de chance, cela me remettrait les idées en place.

— Pourquoi du saké ? demandai-je.

— Pourquoi pas ? sourit-il.

La sonnette de la porte interrompit notre échange. Mon premier candidat pour jouer l'amour de ma vie venait d'arriver. Je sirotai une gorgée de mon cocktail, étouffant un ricanement en voyant le regard noir que lui adressait mon barman préféré.

— La même chose, commanda-t-il en désignant mon verre.

Nouveau rire contenu. J'échangeai un regard avec Callum, qui secoua la tête. Ce genre de personnage l'insupportait. Aussi, quand Callum se présenta à notre table avec une bière à peine fraîche, je savais que les hostilités étaient lancées.

— J'ai demandé un cocktail, fit mon vis-à-vis d'un ton acerbe.

— Et moi, j'ai demandé une Rolls. On ne fait pas toujours ce qu'on veut. Tout va bien, Liv ?

— Monsieur allait justement partir.

Ces deux minutes d'échange m'en avaient assez dit sur l'homme qui venait de s'asseoir en face de moi. Il était censé jouer mon amoureux, je devais donc être à l'aise avec lui. Or, son ton acerbe et son attitude ne me disaient rien qui vaille. L'homme se leva aussitôt, morigénant dans sa barbe, pendant que je roulais en boule son CV.

— Je te ressers un verre ? proposa Callum en s'assurant que l'intrus soit sorti de son bar.

— Avec plaisir. Est-ce que je dois venir le chercher ?

Son regard gris acier prit de nouveau cette teinte plus sombre. Alors qu'il était sur le point de me répondre, un autre candidat franchit la porte du bar, et Callum ronchonna.

— Je te l'amène, conclut-il en retournant à son bar.

Quelques minutes plus tard, alors que je discutais avec James — le deuxième candidat —, Callum m'apporta mon verre. Il lorgna sur le CV devant moi pendant une brève seconde, avant de demander à mon potentiel futur faux amoureux ce qu'il voulait boire.

— Oh… que buvez-vous, Olivia ?

— C'est un Gingerbread Man, répondit Callum d'une voix sévère. C'est à base de saké.

James grimaça, avant que son regard parcoure le bar sur sa droite. Callum s'impatienta et croisa ses bras musclés sur sa poitrine. Décidément, il n'était pas particulièrement aimable ce soir.

— Un lait chaud ? railla-t-il.

— Eh bien… pourquoi pas ?

Jamais contenir un rire tonitruant ne fut aussi compliqué. J'eus la sensation que Callum se décomposait. Ce type venait de lui piquer sa réplique favorite et ne semblait pas s'alarmer de l'air menaçant affiché par mon ami.

— Avec une pincée de cannelle. C'est Noël, tout de même, souligna James.

Cette fois, j'éclatai de rire. Callum me lança un regard furieux, et, de dépit, jeta avec violence le torchon sur son épaule. Je me réfugiai dans mon verre, espérant noyer mon fou rire. Je devais encore poser quelques questions à James.

— Un lait chaud, un ! annonça Callum.

— James, reprenons, voulez-vous ? Il s'agit donc de deux jours, chez mes parents à Darlington. Vous devez jouer mon amoureux transi. Il est entendu qu'au début du deuxième jour nous aurons une dispute mémorable et que notre collaboration s'arrêtera à ce moment-là.

— Est-ce que vous prenez en charge les frais de déplacement ? demanda James en tapotant des doigts la table.

— Vous n'avez pas de voiture ?

— Elle est en panne.

Une pensée émue pour le Super Bingo de mon père me traversa l'esprit : la case « possède un véhicule » resterait vide. Je portai mon verre à mes lèvres et sirotai mon second

Gingerbread Man. Callum avait encore vu juste avec ce cocktail. Il convenait parfaitement à la situation : quelque chose de fort en attaque, pour m'aider à surmonter ce type d'entretien, puis, quelque chose de plus doux, la cannelle, pour me rappeler que ce pauvre garçon n'y était pour rien et que j'étais l'instigatrice de cette histoire tordue. D'un air absent, je croquai le biscuit qui baignait dans mon verre et parcourus à nouveau le CV de James.

— On dira que vous l'avez prêtée.

— À qui ?

— À qui vous voulez, m'exaspérai-je. Je vois que vous avez suivi des cours d'improvisation, ça ne devrait donc pas vous poser de problème. Rappelez-moi vos tarifs ?

— 500 dollars par jour et 300 la nuit.

— Ce qui fait 1 300 dollars. Vous dormirez dans un fauteuil inconfortable, l'informai-je.

— Ça fait 1 500 : il faut prévoir les frais de restauration et d'habillement.

1 500 ? ! Est-ce que Scott valait 1 500 dollars et une grosse partie de ma dignité ? Sûrement que oui, puisque je me contentai de hocher la tête, en tentant de me souvenir du montant de mes économies.

— Payable d'avance, ajouta-t-il.

Callum revint en sifflotant à notre table, et je priai de toutes mes forces pour que le lait chaud atterrisse sur les cuisses de James ; ce type allait quand même me coûter une bonne partie de mes économies. Il fallait compenser mon karma. Malheureusement, Callum posa sa tasse fumante devant lui, sans que la moindre goutte ne s'en échappe.

Il ne me restait plus qu'à espérer que mon ami ait remplacé la cannelle par du piment.

— Quel devra être le sujet de la dispute ? demanda James sans attendre que Callum reprenne sa place au bar.

— Peu importe. Nous improviserons. Nous devons convenir d'un prochain rendez-vous pour caler certains détails. Mes parents ont un art parfait de l'interrogatoire, aussi, nous devons nous entendre sur les réponses à formuler.

— Bien, d'accord.

— Et autant vous prévenir tout de suite : aucun geste intime, aucun baiser, aucune main caressée. Je ne suis pas une grande adepte des démonstrations d'affection. Nous ferons soft.

— Ça me va, acquiesça-t-il.

J'étais presque vexée. J'avais fait un effort sur ma tenue, sur mon maquillage et sur mes cheveux… Et ce type ne tentait même pas sa chance ! Il n'était pas vraiment mon genre, mais il aurait pu montrer un peu de courtoisie en me draguant au moins pour me récompenser de mes efforts.

— Parfait, James. Je crois que c'est tout pour ce soir. Je vous rappelle dès demain pour fixer une réunion de travail !

Je tendis le bras pour le saluer et le congédier au plus vite. La situation était vraiment gênante, et j'avais de la chance si ce type ne m'interrogeait pas sur les motivations de cette fumisterie. Il me serra rapidement la main, avala son lait chaud d'un trait — lait chaud, sans piment, misère ! — et se leva de table.

— À demain, alors !

Il se dirigea vers la sortie, et ma respiration reprit enfin calmement. James était le tout premier entretien que je menais… et je venais donc de l'embaucher pour jouer la comédie devant mes parents. C'était humiliant et un peu dégradant, en fait !

— Et vous pensez à mon paiement, hurla-t-il de la porte.

Ma fierté ratatinée implora l'ultime onction. Rouge pivoine, j'acquiesçai, sans même prendre le temps de me tourner vers lui. Pour la discrétion, j'étais cuite.

Je finis mon verre d'un trait, laissant la brûlure de l'alcool effacer celle de la honte. La sonnette retentit, signifiant le départ définitif de James.

Je pris mon visage entre mes mains et râlai contre moi-même. C'était une mauvaise idée. Une très très mauvaise idée. J'allais tout avouer à mes parents. Ce soir même. Je les appelais, je leur disais tout et je retrouvais enfin le chemin de la liberté. Scott allait me tourner le dos, mais tant pis. Je trouverais un autre moyen d'être attirante à ses yeux.

— Je ne vais pas faire comme si je n'avais rien entendu, dit Callum, en déposant un troisième cocktail devant moi.

— Mais…

— Pas de « mais ». En revanche, si tu pouvais me dire combien de types vont encore défiler, ça m'aiderait. Je ne voudrais pas fermer trop tard.

— C'était le dernier. Je… C'était un entretien d'embauche, en fait.

— Pour ta boutique ?

— Non… J'aurais préféré. C'était nettement plus humiliant.

— Humiliant comment ? demanda-t-il, un peu inquiet.

Ses yeux gris me fixaient avec curiosité. Il n'y avait que de la bienveillance dans son regard. Callum était l'un de mes amis les plus proches. Peut-être que porter ce mensonge à deux serait plus simple, peut-être qu'il trouverait une solution parfaite pour m'aider à m'en sortir. Avec lui, tout paraissait toujours plus simple.

— J'ai embauché ce type pour jouer mon faux petit ami devant mes parents, pendant les fêtes de Noël, histoire de rendre jaloux Scott, débitai-je d'une traite.

Je cachai mon visage cramoisi entre mes mains, incapable de soutenir le regard écarquillé de mon ami. Je savais que la situation était désastreuse, mais la raconter et voir la réaction de Callum la rendait encore plus catastrophique. Ce dernier pressa une main sur mon épaule, avant qu'elle ne glisse dans mon dos dans un geste affectueux.

— C'est assez humiliant pour finir la bouteille de saké, admit-il en masquant mal un rire.

— Je sais. Mais je me suis retrouvée embarquée malgré moi dans ce mensonge ! Il devenait de plus en plus gros, et je ne savais pas comment m'en sortir alors j'ai continué… et voilà où j'en suis.

— Dire la vérité peut arranger bien des choses.

— Et passer pour une mythomane aux yeux de Scott ? Et puis, hors de question de décevoir mon père. J'ai vendu cette histoire pour coller à son Super Bingo, gémis-je, désespérée.

— Super Bingo ?

— Toutes les qualités que mon père attend chez son futur gendre… Responsable, financièrement indépendant, qui me protège, qui m'aime et qui apprécie mon humour douteux. Avoir une voiture est un plus, qu'il porte mes valises est assez déterminant et si, en plus, il sait faire la différence entre une truite et un goujon, c'est la cerise sur le gâteau. Évidemment, cet homme doit aussi sentir bon, détester le disco et savoir dépecer un cerf avec un canif.

À la réflexion, ce portrait-robot correspondait plutôt bien à Callum. J'oubliai volontairement de lui dire que les tatouages étaient une case éliminatoire. Il me caressait toujours le dos pour m'apaiser, tandis que son esprit devait sûrement être occupé à analyser la situation rationnellement, loin des émotions exacerbées.

— Donc, ton plan, c'est d'embaucher ce type pour jouer la comédie et gagner le Super Bingo ?

— Mon plan, c'est d'embaucher ce type pour tenir *ton* rôle.

La main de Callum s'arrêta net, et je me maudis d'avoir parlé trop vite. Si j'avais pu, j'aurais pris la fuite à toutes jambes. J'aurais retiré les lattes de parquet de mes mains, creusé un trou et je m'y serais enterrée vivante pour ne pas affronter son visage de cendres.

— Je te demande pardon ? fit-il.

— Je… Je suis censée être amoureuse de toi. Enfin d'un Callum.

— D'un Callum ? Tu veux dire que… Tu as laissé entendre que toi et moi… Et tu veux ce mec pour jouer mon rôle ? s'exclama-t-il, partagé entre vexation et surprise.

— Pour jouer le rôle de mon petit ami. Il s'appelle comme toi, mais ce n'est pas vraiment toi. Et on est censés vivre très prochainement ensemble. Et ce bracelet est un cadeau pour notre premier mois de relation.

Maintenant que j'étais lancée, je ne pouvais plus m'arrêter. Tous mes mensonges finissaient étalés sur cette table, entre Callum et moi. Je balançai chacun des détails que j'avais donnés pour enjoliver mon histoire imaginaire avec lui : de son aversion pour les épinards en passant par son talent pour les cocktails, jusqu'à son goût pour les suçons.

— Les suçons ? Je n'ai plus quinze ans !

— Je sais. J'ai été prise de court. Ma mère a débarqué un beau matin, et j'avais été piquée par une araignée. Elle a cru que…

Un nouveau microscopique mensonge qui était venu s'ajouter à la montagne. Je baissai les yeux sur mes mains nouées autour de mon verre. Je me sentais de plus en plus ridicule. Callum avait raison sur un point : ni lui ni moi n'avions quinze ans et j'aurais dû me comporter en adulte dès le début.

— Et quel est ton plan maintenant ?

— Présenter James, mimer la vie de couple, nous disputer et rompre. Et, si possible, finir dans les bras de Scott.

— J'ai besoin d'un verre.

Un silence de plomb s'abattit dans le bar. J'avais envie de pleurer sur mon sort, de gifler Anne, de ramper aux pieds de Scott, de rester dans ce bar jusqu'à la fin des temps en espérant que Callum digère mes mensonges.

Du coin de l'œil, je le vis se verser un verre de whisky et l'avaler d'un trait. Il me toisa d'un œil furieux, puis se servit un second verre. Il le but tout aussi vite, puis contourna son bar et fila verrouiller la porte d'entrée.

— Ce n'était pas mon idée, plaidai-je. Les choses se sont emballées et… Bon sang, je ne sais même pas pourquoi tu es en colère après moi !

— Je ne suis pas en colère, dit-il finalement. Je suis… surpris.

— Écoute, je vais te laisser. Jeff m'a dit que tu attendais de la visite et je ne voudrais pas te déranger plus longtemps.

J'étais suffisamment embarrassée par la situation, je ne voulais pas me retrouver à porter la chandelle entre Callum et une inconnue. J'appréciais trop mon ami pour ruiner son rendez-vous… surtout que cette perspective me renvoyait à ma propre solitude : cela revenait à enfoncer une lame rouillée au fond de mon cœur. Si même Callum avait quelqu'un…

— Je n'attends personne.

Il marqua une pause, puis, dans un souffle à peine audible, il avoua enfin ce qu'il avait en tête :

— Je vais le faire.

— Quoi ?

— Jouer la comédie, faire semblant d'être avec toi devant tes parents. Je vais le faire.

Mon cri de stupéfaction s'étrangla dans ma gorge.

Chapitre 2

Jefferson

Cher Père Noël, parce que j'ai été très sage (et vraiment veinard), je voudrais : une sœur moins envahissante, un café au lait, un délit de fuite.

Je passai une main sous mon T-shirt pour me gratter le ventre. L'autre trouva mon front, espérant ainsi apaiser la douleur aiguë qui pressait mon cerveau dans un étau insupportable. Je soulevai une paupière alourdie par le whisky. À l'instant où un rayon de soleil transperça ma rétine, je grimaçai et recouvris ma tête du drap.

Je le repoussai aussitôt : l'odeur âcre du tissu me tira un nouveau grognement. Ma main glissa sous mon caleçon, et j'entamai une vérification minutieuse de mon entre-jambe. L'équipement était complet. Je me soulevai sur mes avant-bras et claquai ma langue chargée contre mon palais. Mes yeux parcoururent ma chambre dévastée par la fête de la veille : des vêtements éparpillés, des bouteilles renversées, une pyramide de gobelets effondrée et deux brunes endormies, encore habillées, dans mon lit. Leur maquillage avait coulé, leurs cheveux étaient entortillés et, entre elles, reposait une bouteille de champagne vide. Je glissai mon index dans le goulot, la soulevai, et priai pour que son contenu ne se soit pas répandu sur le matelas.

Je poussai un soupir, puis grommelai un vague juron. Mon ventre me démangea à nouveau. Je relevai mon T-shirt et découvris un dessin au feutre rouge, représentant le Père Noël nu et à quatre pattes. Je me tordis le cou : la Mère Noël était derrière lui, équipée d'une cravache enrubannée d'une branche de gui.

— Lenny, grommelai-je.

Je sortis de mon lit, mal réveillé et sérieusement attaqué par une gueule de bois. Lorsque mon petit orteil heurta le pied de l'armoire, je ravalai un cri de douleur, sautillant comme un abruti jusqu'à la porte de ma chambre. Le salon était heureusement vide, à l'exception des ultimes reliefs de notre soirée : un paquet de chips éventré traînait sur le canapé, pendant qu'une collection de bouteilles de champagne traçait une piste jusqu'à la cuisine.

Je retirai mon T-shirt et l'ajoutai à la montagne de linge sale. Un jour ou l'autre, je finirais par trouver le chemin de la laverie. J'étirai les bras au-dessus de ma tête et essayai d'assouplir ma nuque raide. L'horloge au mur affichait presque 11 heures. C'était donc l'heure idéale pour dévorer le reste de pizza froide qui lanternait au réfrigérateur, arrosé de café réchauffé de la veille. Je dénichai un coin de table vide et propre, et commençai mon pique-nique improvisé.

Du regard, j'embrassai l'appartement. Le linge sale, les plantes vertes mortes, le courrier entassé sur le guéridon et les multiples dessins de Lenny sur les murs étouffaient l'endroit. En face de moi, la fenêtre, mal isolée, laissait passer les rayons du soleil et éclairait la pièce. Un souffle d'air glacé caressa mes pieds, et un frisson me parcourut. Un manteau neigeux scintillait sur le minuscule balcon. Un nouveau soupir m'échappa : d'ici deux jours, nous fêterions Noël.

Je détestais Noël. Je détestais l'ambiance de Noël, l'odeur du sapin, les chants d'enfants et le dîner traditionnel. L'an dernier, j'avais coupé court à cette corvée en travaillant pour Callum. Évidemment, cette année, il avait décidé de fermer pendant les vacances, me privant ainsi d'un prétexte parfait pour éviter ma famille.

La seule perspective d'écumer les magasins à la recherche de cadeaux m'épuisait déjà. Je finis ma pizza froide en fixant quelques flocons voleter dehors. Avec un peu de chance, les routes deviendraient impraticables, et j'échapperais à la réunion familiale annuelle. Je bus une gorgée de mon infâme café et me levai de table à l'instant où mon portable sonna.

Surpris, je cherchai du regard mon téléphone. Les sens encore embrumés par l'alcool, je me retrouvai dans la cuisine, l'oreille dressée, tel un chien de chasse traquant sa proie au milieu des broussailles. Mon portable cessa de sonner, et je haussai les épaules. J'avais gagné par KO.

À peine eus-je tourné le dos que mon téléphone se manifesta à nouveau. Je me remis en quête, imaginant qu'il ne pouvait s'agir que de Callum. Avec un peu de chance, ses plans étaient tombés à l'eau, et il rouvrait finalement le bar. Je réduisis mon champ de recherche, constatant que je me rapprochais de plus en plus du micro-ondes.

— Personne ne veut savoir comment tu es arrivé là-dedans, dis-je tout en ouvrant la porte de l'appareil.

Le prénom de ma sœur s'affichait sur l'écran. Je ravalai une grimace et poussai un soupir. Je n'avais pas vraiment envie de lui parler, et encore moins de l'entendre. Depuis le début du mois, elle s'acharnait à me convaincre que passer Noël en famille pouvait être une bonne idée.

Ma sœur oubliait parfois que nous ne vivions pas dans une série télévisée et que s'asseoir autour d'une table, avec une mère envahissante et un père féru d'histoire au point de transformer ma chambre en musée de la guerre d'Indépendance, était loin d'être si génial. Je finis par décrocher, sans avoir trouvé de nouvelle excuse pour éviter le Noël familial : mon cerveau n'étant pas encore tout à fait opérationnel, il me faudrait improviser.

— Ah, super, tu es réveillé ! s'écria ma sœur, soulagée. J'ai vraiment besoin de toi et je craignais que…

— Oh ! oh ! Stop, je tiens à conserver mes tympans. Que puis-je faire pour atténuer ton hystérie ? demandai-je après avoir vérifié que ma sœur était plus calme.

— Il faut que tu m'aides.

— Le temps de sortir la Batmobile, et je suis à toi.

Elle éclata de rire, et je réprimai une douleur intense dans tout mon crâne. J'écartai le téléphone de mon oreille et le posai sur le plan de travail de la cuisine. J'enclenchai le haut-parleur et me mis en quête d'un verre propre. Il me fallait une aspirine.

— C'est la merde, reprit ma sœur, un ton plus bas.

Je rinçai une coupe de champagne, la secouai au-dessus de l'évier, puis la remplis d'eau. J'y jetai un comprimé et observai les fines bulles effervescentes remonter à la surface. Machinalement, j'allumai la télévision et la mis en sourdine. À l'écran défilaient les dernières images de Mason Graham, l'acteur du moment, visitant un hôpital pour enfants malades. Son sourire hollywoodien était presque une agression visuelle. Après les images de l'hôpital se succédèrent celles de sa villa luxueuse, de son dernier film et de son couple parfait avec une jeune star de la télévision.

Ce type ne devait certainement jamais se lever avec la sensation que sa vie était un désastre. Je grimaçai et tournai le dos à l'écran.

— J'ai vraiment besoin de toi…, reprit ma sœur.

— Ta voiture est encore en panne ?

— Tu crois vraiment que je t'aurais appelé si c'était le cas ? Tu ne sais même pas changer un pneu !

J'avalai mon aspirine d'un trait et me passai la main sur la bouche. Le goût était désagréable et amer, mais j'étais prêt à gober tout le tube si cela pouvait faire taire le bourdonnement horrible de mon cerveau, qui semblait se répercuter et vibrer dans tout mon corps. Être debout était presque une torture.

— Michael m'a lâchée.

— Et Michael est…

— Michael est mon cobaye pour mon mémoire de sociologie ! lança-t-elle finalement, exaspérée.

Sans rien dire, je jetai un deuxième comprimé d'aspirine dans mon verre et le remplis. Sans attendre qu'il soit même à moitié fondu, je le bus d'un trait, me fustigeant d'être aussi crétin quand il s'agissait de ma sœur. Une nouvelle gaffe à inscrire à ma collection.

— J'ai besoin que tu le remplaces.

— Que je le remplace ? Tu veux faire une étude sociologique sur moi ?

— Sur les affinités amoureuses. Je peux me débrouiller sans lui, mais il me faut absolument quelqu'un d'autre pour la partie expérimentale.

— Je ne vois pas en quoi cela me concerne !

Par habitude, je me méfiais des idées de ma sœur et de ses expériences. Plus jeune, déjà, elle s'amusait à me poser des défis, que je ne parvenais pas à refuser. J'avais ainsi infiltré une troupe de pom-pom girls pour vérifier une étude sur l'intégration des hommes dans un groupe exclusivement féminin. Ma sœur avait eu la meilleure note de l'université, tandis que j'avais été viré pendant une semaine.

— Il faut que tu prennes sa place pour l'expérimentation. Je t'en prie, Jeff, il faut que tu m'aides. C'est cet après-midi, il faut que tu viennes !

Sa voix se transformait peu à peu en supplique. Si je n'acceptais pas tout de suite, elle finirait par geindre.

— Alana est ici, j'ai loué le local une fortune, et c'est vraiment la partie la plus importante du mémoire, continua-t-elle. Tu as juste… Tu dois juste…

— Me déguiser en lapin et danser la macarena ? raillai-je.

— Non. Tu dois juste être toi-même. Écoute, viens sur place, je t'expliquerai tout.

— Je dois aller bosser, mentis-je.

— J'ai appelé Callum, et le bar est fermé pour la semaine. Je t'envoie l'adresse, ramène tes fesses.

— Claire !

— Je paye les cafés, et c'est ma dernière offre !

Ce n'était pas une offre, c'était une menace à peine voilée. Ma sœur me tenait. Depuis la rentrée de septembre, mes parents pensaient naïvement que je fréquentais encore l'université, alors que, chaque soir, je jouais les serveurs dans un bar bondé d'étudiants. Je m'étais promis de tout leur avouer, mais, les semaines passant, je trouvais de moins en moins la force de les affronter. Pour mes parents, les études étaient la clé vers un avenir merveilleux, en banlieue, avec deux enfants et demi, une pelouse parfaitement taillée et un barbecue à quatre feux. Personnellement, cela m'effrayait.

Quelque part, je savais qu'ils ne comprendraient pas.

— Bien. J'arrive, marmonnai-je.

— Super ! À tout à l'heure !

Elle mit fin à la communication, et je ravalai un grognement défait. Mes yeux se promenèrent sur mon appartement en ruine. Bouteilles, vêtements, boîtes de pizza, odeur douteuse et lampe renversée. J'étais à des années-lumière de la vie que mes parents imaginaient pour moi, et pourtant cela ne me satisfaisait pas.

Après avoir pris une douche et laissé un mot à Lenny — l'informant notamment de la présence de deux filles dans ma chambre —, je rejoignis l'adresse que m'avait transmise ma sœur. Je garai ma moto au pied de l'immeuble en briques et mis mes lunettes de soleil. La neige crissa sous mes bottes, pendant que je marchais vers l'entrée du bâtiment. Mon casque à la main, je grimpai les deux étages d'un pas vif et retrouvai mon impatiente de sœur, tapant du pied devant une porte.

— J'excuse ton retard uniquement parce que tu as pris une douche et enfilé des vêtements propres.

Elle me détailla avec minutie, à un point tel que je baissai la tête sur ma chemise noire pour m'assurer qu'elle n'était pas tachée. Mon jean bleu foncé, lui, était artistiquement déchiré au genou gauche. Une chance que Liv, la voisine de Callum, ait sa propre boutique de fringues. J'arrivais ainsi à être décent, à la pointe de la mode et à ne pas aggraver mon découvert.

— Jolie chemise. Neuve ?

— Fin de stock de Liv.

— Tu pourras la porter pour le dîner de Noël.

Sans attendre ma réponse — parce qu'elle la connaissait déjà sûrement —, elle ouvrit la porte derrière elle et d'un geste m'invita à entrer. Je me retrouvai dans une grande pièce séparée en deux par une vitre. J'eus une pensée furtive pour toutes les séries policières que je regardais : j'étais devant une salle d'interrogatoire. Derrière la vitre, une jeune femme aux cheveux auburn patientait, assise à une table en bois.

— Je vais rester de ce côté ici et enregistrer votre conversation, expliqua ma sœur.

Je repoussai mes lunettes sur le haut de mon crâne, et mon regard se balada sur les instruments habituels de ma sœur : une caméra dirigée vers la jeune femme, un dictaphone, un carnet de notes et une multitude de crayons.

— Ton mémoire porte sur quoi au juste ?

— La théorie d'Aron sur le désir, répondit-elle en sortant une feuille d'un dossier.

Je la parcourus des yeux, découvrant une liste de questions aussi improbables qu'intimes. Ma migraine me lancinait toujours, et je finis par secouer la tête. Ma sœur se dirigea vers la caméra et colla son œil au viseur. Elle ajusta le zoom, indifférente à mon incompréhension. Je tournai la feuille, découvrant d'autres questions. Claire se redressa et croisa les bras sur sa poitrine.

— Aspirine ? fit-elle avec un sourire moqueur.

— J'en ai déjà pris deux. Tu m'expliques ?

— Alana et toi avez la même liste de questions. Vous devez vous les poser chacun votre tour, sans en commenter les réponses. À la fin du questionnaire, vous devrez me décrire vos impressions.

— Sur le désir ?

— Sur ce que tu ressens. Désir, envie de meurtre, peu importe. Il faut que tu sois honnête. J'ai déjà briefé Alana et j'ai loué cette salle jusqu'à 15 heures.

Ma sœur parlait si vite que j'eus du mal à la suivre. D'impatience, elle claqua des doigts plusieurs fois et me montra la petite porte qui donnait sur l'autre partie de la pièce. Mon regard navigua de ma sœur autoritaire à la fameuse Alana. Un rideau de cheveux me cachait son visage, mais mon regard s'arrêta sur son pull blanc cassé — qui semblait suffisamment chaud et douillet pour avoir envie de se rouler dedans — et le bracelet fin argenté cerclant son poignet.

— Miroir sans tain. Je vous vois, mais vous ne me verrez pas, précisa ma sœur.

— D'accord, répondis-je sans vraiment l'écouter.

Je songeai brièvement à la perspective de plonger ma tête dans le pull d'Alana pour piquer un somme. Cela me tira un sourire et, au même instant, Alana tourna le visage vers nous. Elle ne pouvait pas nous voir, et pourtant ses yeux verts trouvèrent les miens et ses lèvres se retroussèrent dans un sourire embarrassé. Les battements furieux de mon cœur chassèrent mon reste de gueule de bois. Mon estomac fit un petit bond curieux, pendant que ma gorge s'asséchait. Je remarquai quelques taches de rousseur qui décoraient adorablement ses joues. Elle se tordit les mains, avant de baisser les yeux sur une bague qu'elle triturait nerveusement. Cette fille était envoûtante. En un regard pétillant et un sourire timide, elle avait apaisé le monde autour de moi.

Et la voix de ma sœur !

Alana était belle, mais d'une façon qui lui était propre. Elle n'avait rien en commun avec les filles superficielles qui hantaient le bar. Sa peau laiteuse était dépourvue de maquillage, et ses cheveux retombaient en boucles folles sur ses épaules. Chez elle, aucun décolleté aguicheur, aucun jean trop serré, aucun artifice. Et pourtant elle était sublime. On aurait dit qu'elle venait de s'échapper d'une légende arthurienne.

Elle baissa les yeux et laissa ses longues mèches cacher son visage, néanmoins je la dévisageai toujours, incapable de m'arracher à sa contemplation. Je tirai nerveusement sur les manches de ma chemise et passai une main dans mes cheveux encore humides et presque gelés.

Je me sentais maladroit, grossier. Je n'avais aucune chance avec une fille comme elle.

— Tu ne nous présentes pas ?

— C'est tout l'intérêt de l'exercice : vous vous présentez et vous répondez à la liste. C'est simple, Jefferson, tu devrais y arriver. Même avec une gueule de bois.

Simple ? Je n'y voyais rien de simple au contraire. Mon manque de courage et ma propension au mensonge rendaient l'exercice périlleux. Ma sœur m'adressa un regard d'avertissement pendant que je serrai la feuille plus fort entre mes mains.

— Sois toi-même, me recommanda-t-elle.

— J'ai besoin d'un café, dis-je en ouvrant la porte.

— Je vais en commander.

Le sourire de ma sœur me rassura, mais ne parvint pas à compenser le tambourinement insurrectionnel de mes méninges contre ma boîte crânienne. Je poussai un ultime soupir et, tendu, je trébuchai sur mes propres pieds et cognai la chaise contre la table. Les dents serrées, j'étouffai un juron, tandis qu'Alana ravalait un rire nerveux.

Nous étions au moins à égalité sur ce point.

J'enlevai mes lunettes et les glissai dans l'encolure de mon T-shirt sous ma chemise. Je retirai ma veste en jean et m'assis finalement pour trouver le regard de ma compagne d'expérimentation. Je dépliai la feuille de questions que j'avais froissée sans m'en rendre compte et la lissai sur la table. Alana s'éclaircit la gorge, et c'est en relevant les yeux vers elle que je vis sa main tendue.

— Bonjour, souffla-t-elle. Alana.

— Jefferson.

Je serrai sa paume chaude contre la mienne. Elle se pinça les lèvres, et j'eus alors tout loisir de la détailler. Elle repoussa son imposante chevelure derrière les épaules et laissa apparaître les traits délicats de son visage. Je l'observai de nouveau, touché par son embarras. J'avais envie de prendre ses mains tremblantes dans les miennes, de découvrir si la peau de son cou était aussi douce qu'elle en avait l'air, de deviner la chaleur de son corps contre le mien.

— Quand vous voulez, fit la voix de ma sœur au travers d'un haut-parleur grésillant.

— C'est... bizarre, non ? chuchota Alana en se penchant vers moi.

— Après vingt ans de vie commune avec elle, on finit par s'y habituer.

À son tour, elle déplia sa feuille de questions — en meilleur état que la mienne — et poussa un long soupir. Nous échangeâmes un nouveau regard, comme si nous réalisions tous les deux à quel point la situation était grotesque.

— Tu veux commencer ? proposai-je.

Elle baissa les yeux vers son papier, avant de prendre une profonde inspiration et de se lancer.

— Euh... oui. Alors, première question : si tu pouvais inviter quelqu'un à dîner, un proche, un disparu, une relation, une célébrité, qui choisirais-tu ?

Une bouffée de nostalgie m'étreignit. Depuis quelques semaines, j'avais conscience que mon mode de vie — hors de la fac, reclus dans l'appartement, à faire semblant d'être heureux de servir dix litres de bière à l'heure — ne menait à rien. Dans ma lutte contre mes parents, j'avais perdu.

Parce que je ne voyais pas quoi faire d'autre, je songeais désormais à retourner au fin fond de la Caroline du Sud. L'homme qui m'avait toujours soutenu dans mes choix n'était plus de ce monde, mais j'étais certain qu'il aurait compris mes décisions.

— Mon grand-père. Quand j'étais jeune, il m'emmenait pêcher, on mangeait des sandwichs. Alors, je pense que je lui ferais des sandwichs à mon tour, dis-je en souriant.

— La reine Elizabeth. Parce que ça doit être fascinant de parler avec une compatriote qui a été témoin de l'histoire. Je lui ferais du thé. Et des scones, bien sûr.

— Britannique ?

— Écossaise.

— Il y a une différence ?

— Pour mon père, oui.

Elle m'adressa un sourire lumineux, avant de coincer une mèche de cheveux derrière son oreille. Je m'enfonçai dans ma chaise et l'observai. Je comprenais maintenant d'où venaient cette peau diaphane et les reflets roux de sa chevelure. Si mon père apprenait qu'une Écossaise me plaisait, il me renierait sur-le-champ.

— Deuxième question, enchaîna-t-elle, aimerais-tu être célèbre ? Et de quelle manière ?

— Il faut un truc prestigieux, comme la découverte d'un vaccin. Ou devenir le meilleur pote de Mason Graham.

— L'acteur ? s'exclama-t-elle. Pourquoi lui ?

— Il a l'air d'avoir une super baraque en Californie avec piscine et suffisamment de chambres pour dormir dans une pièce différente pendant un mois. Je peux jouer le meilleur ami idéal.

— Ce n'est pas très épanouissant.

— Qui a dit que la célébrité devait être épanouissante ? Comment aimerais-tu être célèbre, toi ? Tu veux… révéler au monde l'existence du Loch Ness ?

— Nessie existe, affirma-t-elle avec conviction. Peut-être… devenir une héroïne ? Sauver la vie de quelqu'un ? Faire la manœuvre de Heimlich sur un enfant en train de s'étouffer au parc avec sa sucette ?

— Tu maîtrises la manœuvre de Heimlich ?

— Non. Ce qui anéantit mes chances de devenir célèbre. Nessie restera donc mon atout maître.

— Mise plutôt sur tes seins ! Cela te fait deux atouts maîtres !

Son rire sembla rebondir sur tous les murs de la pièce. Ses yeux pétillaient de joie et son large sourire était éblouissant. Après l'embarras de notre rencontre, Alana faisait maintenant montre d'un naturel enjoué. Elle se moquait de rire trop fort ou d'être l'objet d'une expérimentation tordue. Elle riait à gorge déployée, et j'étais presque fier d'assister à ce spectacle. Un sourire idiot fleurit sur mes lèvres, et je me surpris à l'imaginer rire encore sur mon lit, nue contre moi, ses cheveux éparpillés sur l'oreiller. Nos regards se croisèrent, et j'arquai un sourcil, de plus en plus sous son charme.

— Mon rire est très communicatif, expliqua-t-elle sur un ton d'excuse.

— J'aime beaucoup.

Je me penchai au-dessus de la table et, de l'index, lui

intimai de s'approcher à son tour. Je jetai un coup d'œil vers le miroir, imaginant le regard sombre de ma sœur qui devait désormais comprendre que je n'avais pas l'intention de me plier bien sagement à son expérience. Alana m'imita tout en étouffant un nouveau rire. La pointe de ses cheveux effleura ma main, et il me sembla déceler une pointe de cacao dans son parfum.

— Ton rire est… thérapeutique, avouai-je dans un chuchotis. Tu viens sûrement de me sauver la vie.

Ses yeux s'arrondirent, et elle ouvrit la bouche, prête à répondre, sans qu'aucun son en sorte. Je baissai le regard vers ses lèvres, et mon cœur fit un petit bond dans ma poitrine. Je capturai une des mèches de sa chevelure et l'entortillai autour de mon index. Son souffle s'accéléra et, pendant une courte seconde, je sus qu'elle pensait à la même chose que moi : cette table était définitivement de trop entre nous.

— On pourrait prendre la fuite, tentai-je.

— Ton cheval de prince charmant est garé en double file ?

— J'ai la version moderne du cheval.

Elle se contenta de sourire, et j'eus une bouffée de fierté en voyant ses joues rosir. Je n'étais pas certain de lui plaire, mais les réactions de son corps trahissaient son attirance. Elle se pinça les lèvres, comme pour contenir un nouvel éclat de rire incontrôlable tandis que je fomentais un plan machiavélique pour m'évader de la pièce. Soudain, un bruit strident et insupportable siffla par les haut-parleurs, puis la voix de ma sœur grésilla :

— Question suivante !

— Rabat-joie, répondit Alana en plissant les paupières.

Elle se recula, et nous retrouvâmes nos positions initiales. Je replongeai le nez dans la liste de questions. Si je l'avais trouvée longue avant d'entrer ici, elle me semblait maintenant interminable. Je poussai un soupir et repris mon rôle de cobaye.

— Quand as-tu chanté pour la dernière fois ? Et quand as-tu chanté pour la dernière fois pour quelqu'un d'autre ? demandai-je, consterné.

— C'est à l'anniversaire de ma sœur. Je lui ai chanté *Joyeux Anniversaire* ce matin au téléphone. Et j'ai chanté hier soir, seule dans ma cuisine, en préparant une tarte aux poires. Je crois que c'était du Britney Spears. Ne me juge pas, me prévint-elle en levant un index impérieux.

— Une tarte aux poires ?

— Je suis traiteur. Des clients voulaient goûter avant de signer le contrat. Et toi ? Dernier récital de chant ?

— Au bar, avant-hier. Callum, mon patron, met des chansons de Noël. Dieu sait pourtant que je n'aime pas ça, mais je n'ai pas pu m'empêcher de chanter *Jingle Bells*.

— Tu travailles dans un bar ?

— Le serveur le plus rapide de l'ouest de la ville ! Ce n'est pas vraiment une vocation, juste… une occupation.

Face à Alana, je me sentais un peu minable. Elle gérait son entreprise, pendant que je tergiversais toujours sur ce que je voulais faire de ma vie. Malgré tout, elle me fixait avec curiosité, comme si elle tentait de me percer à jour. Je n'avais pourtant aucun secret. Je souffrais juste de lâcheté pathologique, refusant de prendre une décision — refusant même d'y réfléchir —, mais j'étais assez lucide pour me rendre compte que ma situation actuelle ne menait à rien. Ma vie était un beau fiasco, et la seule étincelle qui y brillait était assise face à moi.

— Et tu n'as pas chanté pour quelqu'un ?

— Hormis *Joyeux Anniversaire* à mon père, non. Il m'en faudrait beaucoup pour que je chante pour quelqu'un.

— Beaucoup ?

— Un coup de foudre. *A minima.*

— Je ne suis pas contre la sérénade.

— Je ne suis pas du genre… romantique, avouai-je.

Alana haussa un sourcil, un peu surprise, mais ne dit rien de plus. Elle baissa les yeux vers la liste des questions, et un sourire illumina son visage.

— Je crois qu'on peut se rapprocher pour la prochaine question.

La pointe de triomphe qui perça dans sa voix me tira une nouvelle bouffée de fierté : je lui plaisais. Et elle ne parvenait pas à le dissimuler. Son ton était embarrassé, presque prudent et je compris qu'elle nouait ses mains pour cacher sa nervosité. Alana n'avait décidément rien de commun avec les autres femmes : un charme discret, un visage d'ange et une timidité touchante.

J'étais ébloui.

Elle recula sa chaise dans un crissement détestable, se leva, contourna la table avec grâce, puis s'appuya contre elle, juste à côté de moi. Aussitôt, une vague de désir courut le long de mon dos. D'elle, je n'avais vu que le pull chaste et duveteux que seule une fille sage pouvait porter. Maintenant qu'elle était debout devant moi, je découvrais une paire de jambes gainées dans un jean noir, savamment déchiré sur ses cuisses et laissant apparaître sa peau laiteuse. Je mourais d'envie d'y passer mon index et de caresser sa peau.

Je me levai à mon tour, et elle planta son regard dans le mien. Je peinais presque à respirer tant mon cœur battait à un rythme saccadé. Nous échangeâmes un nouveau sourire, qui me soulagea. Elle percevait aussi, elle sentait cette vibration particulière entre nous et ce parfum saturé de désir incontrôlable. Lentement, nous nous construisions une bulle douce et réconfortante. Ma sœur pouvait oublier ses trente-six questions : il ne m'en avait fallu que trois pour être fasciné par Alana et il m'en faudrait à peine autant pour trouver un prétexte pour m'échapper avec elle.

Je devais juste lui faire comprendre, faire en sorte qu'Alana me fasse confiance et suive mon plan. Elle passa la langue sur ses lèvres et, dans un nouvel accès de timidité, murmura sa question :

— Citez trois éléments que votre partenaire et vous semblez avoir en commun.

Elle passa une main dans sa chevelure et réduisit l'espace entre nous. Sans rien dire, elle effleura mon sourcil de l'index, indifférente à la tempête qu'elle venait de déclencher. À son contact, mon corps se réveilla brutalement et tous mes muscles se tendirent.

— Comme toi, j'ai une cicatrice sur le sourcil.

Elle souleva une mèche de cheveux. Pendant une seconde, je crus qu'il s'agissait d'une simple invitation à regarder, mais son souffle court m'incita à aller plus loin.

— Je peux ? demandai-je.

Elle hocha la tête doucement. Comme elle l'avait fait, je passai un index sur son sourcil, devinant une minuscule cicatrice. Alana réprima un frémissement, et un sourire flotta sur ses lèvres.

— Accident de voiture avec mon père.

— Chute de vélo, répondis-je. J'ai percuté un arbre, qui n'a pas survécu à notre rencontre.

Un éclat de rire lui échappa, et toute la tension encagée entre nos deux corps sembla se dissoudre dans l'instant. Je frottai mes mains l'une contre l'autre, tentant d'en finir avec le picotement d'envie qui me torturait. Je voulais encore la toucher. Ailleurs. Partout. Longtemps. Retirer chacun de ses vêtements, découvrir chaque parcelle de son corps, faire frémir sa peau, deviner les battements de son cœur dans sa poitrine.

Cette femme suscitait en moi des sensations inédites. Je la désirais. Je voulais la protéger. Je voulais lui prouver que j'étais un mec bien, qui méritait une fille comme elle. C'était sûrement ça le plus compliqué.

Et, pour faire tout ça, nous devions sortir d'ici.

— Nous avons tous les deux un jean déchiré, continua-t-elle.

Elle ne me toucha pas cette fois, et je ravalai ma déception.

— Pour la dernière chose, j'ai un doute, avoua-t-elle.

Elle prit ma main dans la sienne, ses doigts remontèrent sur mon poignet, et elle défit le bouton qui maintenait la manche. Je la fixai, stupéfait. Ses gestes étaient doux et assurés. Elle m'adressa un regard, nos têtes à quelques centimètres l'une de l'autre. C'était intime et, pour une fois, être intime avec une femme ne m'effrayait pas. Je couchais avec pas mal d'entre elles, les draguais sans pitié, mais jamais — au grand jamais — je leur confiais mes états d'âme. Il s'agissait de relations physiques, mécaniques et éphémères.

Avec Alana, c'était autre chose. Une chimie particulière, un désir inédit, un lien immédiat.

Mon tatouage apparut lentement, au fur et à mesure qu'elle relevait le tissu sur mon avant-bras. À hauteur du coude, elle s'arrêta et fit galoper ses doigts sur ma peau.

— Nous sommes tous les deux tatoués, conclut-elle.

— Comment l'as-tu deviné ?

— Quand tu as retiré ta veste, il m'a semblé voir le début d'un dessin.

Du pouce, elle caressa l'extrémité de mon tatouage, avant d'en suivre les lignes avec curiosité. La queue du dragon courait sur l'intérieur de mon avant-bras, cernait mon bras et remontait jusqu'à mon épaule. Sur mon omoplate, le monstre impressionnant avait la gueule ouverte. J'avais passé de nombreuses heures chez le tatoueur et j'en étais assez fier. Mais ce qui me plaisait encore plus, c'était de sentir les doigts chauds d'Alana sur moi.

— C'est comme un livre qu'on découvre, dit-elle. Le mien est sur l'épaule, il est beaucoup plus petit.

Si j'avais été audacieux — si j'avais été avec une autre femme —, je lui aurais demandé de me le montrer. J'étouffais de curiosité au sujet d'Alana, de son histoire, de sa vie, de ce qu'elle ressentait mais j'avais peur d'aller trop vite, de la brusquer. Sa main glissa une dernière fois sur mon avant-bras, et elle abandonna mon tatouage à regret. Ses yeux restaient vissés dessus, comme fascinés.

— C'est à toi. Les trois choses que nous avons en commun.

Je laissai mon bras retomber, incapable de trouver quoi que ce soit. Nous nous connaissions à peine, et je savais déjà qu'Alana et moi étions de deux mondes différents. Elle était responsable, elle travaillait, quand moi j'esquivais ma propre vie en espérant que tout s'arrange spontanément.

Je tournai le visage vers le miroir, perdu dans mes réflexions.

— Eh bien, nous avons tous les deux une sœur, dis-je finalement.

Alana me répondit d'un petit sourire, et j'eus la sensation d'avoir gâché l'un des trois vœux d'Aladin. J'aurais dû profiter de cette question pour la toucher encore. En approchant de moi, en décrétant que nous devions nous lever et nous rapprocher pour cette question, elle avait fait un premier pas.

Je me devais d'en faire un autre, de lui faire comprendre que j'étais terriblement et inexplicablement attiré par elle. Ensuite, il me faudrait encore la convaincre de s'enfuir avec moi. J'imaginais déjà son corps serré contre le mien sur la moto et ses mains jointes autour de ma taille. Je ne savais pas où nous y irions — en tout cas, pas chez moi —, mais quitter cette pièce devenait urgent.

Je regardai Alana fixement. Dans ses iris verts, je ne vis que de l'encouragement. Elle se pinça à nouveau les lèvres, tentant de contrôler sa respiration erratique.

— Nous avons tous les deux des taches de rousseur.

Alana fronça les sourcils de perplexité et approcha son visage si près du mien que nos nez se touchèrent presque.

Ma gorge se serra, et l'odeur de son parfum déclencha une nouvelle cavalcade de mon cœur. Au creux de mes reins, un désir puissant, sauvage, menaçait de m'engloutir. Elle scruta mon visage tandis qu'avec délicatesse je posai une main sur sa joue.

Ses yeux s'agrandirent de surprise, mais elle ne bougea pas. J'avais envie de l'embrasser, de goûter ses lèvres, de prendre possession de sa bouche avec autant de force que possible. L'embrasser. La revendiquer. Être à elle et qu'elle soit à moi. Il n'y avait plus rien de rationnel entre nous.

Mon pouce se promena sur ses lèvres douces, et je sentis le bout de sa langue effleurer ma peau. J'approchai la bouche de son oreille et chuchotai ma dernière réponse :

— Et je crois que ni toi ni moi n'avons jamais eu autant envie d'embrasser quelqu'un.

Un frisson la parcourut, et ses mains se posèrent une courte seconde contre mon torse, comme si elle voulait s'empêcher de chuter. Nos deux souffles étaient parfaitement synchrones : haletants et désespérés.

— Retournez à vos places !

La voix de ma sœur nous fit bondir. Nous reculâmes et, comme des enfants punis, nous nous exécutâmes. Alana retrouva sa place, et la table en bois entre nous devint mon ennemi intime. Un silence pesant s'installa dans la pièce, et il me fallut rassembler toute mon énergie pour reposer les yeux sur la liste de questions.

— Dites à votre partenaire ce que vous aimez en lui, débitai-je sans enthousiasme.

Puis, passé la seconde de surprise, j'enchaînai :

— Je commence.

Le cœur battant, je tentai de faire une liste de ce que j'aimais chez Alana. J'aurais pu dire « tout », mais ce n'était pas suffisant. J'aimais son visage, ses yeux, son parfum, son toucher délicat, son rire franc.

— Ta peau. J'aime la couleur de ta peau. C'est... pur. J'aime la façon dont tes cheveux bouclent sur tes épaules. J'aime que tu te pinces les lèvres quand tu es trop nerveuse pour me regarder. J'aime... j'aime ce que je ressens actuellement. Je me sens bien. Complet. Et... bref, je suis mauvais pour ce genre de choses, mais j'aime ça.

Ses joues rosirent, et je m'en voulus d'avoir oublié ce détail. Je m'en voulus d'avoir oublié tous les détails d'Alana : ses hésitations adorables, sa manière de me parler d'un seul regard, le contact de sa peau contre la mienne.

Tout.

— J'aime... j'aime ton sourire tordu, déclara-t-elle en riant. J'aime tes cheveux ébouriffés. J'aime ton sens de l'humour et j'aime que tu ries de mon rire. J'aime... que tu ressentes la même chose que moi au même moment. J'aime ta façon de me toucher. Tu ne refrènes rien, ton visage est si expressif. On voit tout sur ton visage. Oh ! et j'aime ton tatouage, j'aime imaginer à quoi il ressemble en entier.

Un nouveau rougissement apparut, et mes pensées vagabondèrent jusqu'à Alana allongée sous moi, son visage rose de plaisir. Mon sexe se tendit un peu plus, et je m'agitai sur ma chaise pour contenir mon excitation. Quelle que fût l'issue de notre rencontre, je savais déjà qu'elle me marquerait pour de bon, qu'Alana ne pouvait pas se contenter de passer furtivement dans ma vie.

Je la voulais près de moi, avec moi. Ici. Ailleurs. Longtemps. Cette idée tournait en boucle, incontrôlable, lancinante.

D'une main incertaine, Alana reprit la liste de questions.

— Qu'est-ce qui, dans votre vie, vous fait le plus éprouver de la gratitude ?

— D'avoir répondu à l'appel de ma sœur ce matin.

Alana éclata de rire et arqua un sourcil dans ma direction. Elle ramena ses cheveux derrière son oreille et sembla réfléchir à une réponse acceptable.

— D'avoir remplacé au pied levé ma colocataire.

— Pour venir ici ?

Elle hocha la tête avec enthousiasme, et je m'enfonçai dans ma chaise. Je repoussai la liste de questions et m'avançai vers elle. J'avais besoin de savoir si j'avais de la chance. Une chance monumentale.

— Aurions-nous pu nous croiser ailleurs ?

Alana pencha la tête et sembla étudier mon visage. Elle n'aurait pas dû être ici, et je devrais, normalement, être dans mon appartement, armé d'un sac-poubelle pour évacuer les vestiges de ma dernière soirée. Notre présence ici n'était liée qu'au hasard.

— Je ne crois pas, dit-elle. Je vis dans une maison en périphérie, à l'autre bout de la ville.

— Je vis dans le centre.

— Je ne suis pas une grande fêtarde. Plutôt du genre à aller faire un footing au petit matin.

— Je ne sais même pas où sont rangées mes baskets. Notre seul lien est donc ma sœur ?

— Que je ne connaissais pas, il y a encore deux heures !

Alana eut un petit rire, avant de se cacher le visage entre les mains. Il y avait de l'incrédulité dans son rire, ainsi qu'une sorte de remerciement au destin. Je n'avais jamais été le genre à croire au grand amour, encore moins au coup de foudre. Pourtant, à cet instant précis, au moment où Alana empoignait son col roulé pour le remonter sur son menton, je savais que c'était en train de se produire, que notre rencontre marquait le début de quelque chose.

Ou était-ce peut-être simplement la fin de mes tourments. Comme si, en entrant dans ma vie, elle avait apaisé la tempête qui y régnait depuis des mois.

— Peut-être que c'est Noël, dit-elle finalement.

— Noël ? Genre… un miracle ?

— Pourquoi pas ?

J'esquissai une vague grimace avant que la voix de ma sœur nous rappelle à l'ordre. Nous ne devions pas nous écarter du scénario de son questionnaire. Je nous autorisais encore deux questions avant de prendre la poudre d'escampette. J'avais maintenant un plan pour nous sortir d'ici. Je repris ma liste.

— Y a-t-il une chose que tu rêves de faire depuis longtemps ? Pourquoi ne l'as-tu pas encore réalisée ?

— Je rêve de prendre des vacances ! Des vraies. Je n'en ai pas pris depuis deux ans, je crois. Mon métier est très prenant et… je ne sais pas, je n'ai jamais eu le cœur à partir seule. Je trouve ça un peu déprimant.

Elle tira sur le bout de ses manches et joua nerveusement avec. Elle releva lentement les yeux vers moi, et mon corps frissonna, parcouru d'un fourmillement agréable. Toute mon attention était restée fixée sur ce mot : « seule ». Je lui adressai un sourire entendu, cherchant un moyen de lui faire comprendre que j'étais aussi célibataire.

— On devrait sortir nos agendas et caler une date de vacances, proposai-je. Si possible dans un endroit où il fait plus de 5 °C.

— On oublie donc le ski ?

— De la neige, du froid, des combinaisons hideuses et la forte probabilité d'être rapatrié par mon assurance, énumérai-je en comptant sur mes doigts le nombre de mauvaises raisons pour ne pas aller à la montagne.

— J'imaginais plutôt un feu de cheminée, une peau de bête et des chutes de neige bien trop conséquentes pour sortir du chalet.

Ses trois bonnes raisons, sa voix douce et cette lueur complice dans le regard anéantissaient mes cinq mauvaises. Je baissai la tête, m'inclinant devant la pertinence de sa démonstration. M'aurait-elle proposé d'aller faire de la plongée sous la glace, que j'aurais été le premier à revêtir une combinaison en néoprène.

— Je pensais plutôt à une plage de sable, des cocktails et des bains de minuit, dis-je pour sauver l'honneur.

— Nous tirerons à pile ou face.

Sa réponse sonna comme une promesse, et mon cœur tenta de s'évader de ma poitrine. Pour elle et sur un simple regard, j'aurais été capable de partir dans l'instant et de la suivre n'importe où.

— Et toi, de quoi rêves-tu ? m'interrogea-t-elle.

De ta voix douce vibrant contre ma peau ? De la meilleure manière pour te retirer ton pull ? De la façon dont tes cheveux cascadent sur ton dos nu ?

J'ouvris la bouche, mais parvins à contenir le nombre d'idées et d'images obscènes qui me traversaient l'esprit. Il était trop tôt pour envisager ce genre de choses.

— De trouver ma voie, avouai-je finalement. Je ne sais pas encore ce que je veux faire de ma vie. J'ai l'impression d'être devant un gouffre et ne pas savoir comment le franchir sans me faire mal.

— Ça viendra. Avant d'entrer dans une cuisine de restaurant, je n'avais aucune idée que c'était ce que je voulais faire.

— Peut-être. Nouvelle question ?

Je n'avais aucune envie de poursuivre sur ce sujet et de lui laisser entrevoir le vide de ma vie, j'avais encore l'espoir de faire illusion. Ma conversation avec Alana était allée beaucoup plus loin que toutes mes discussions des deux derniers mois. En quelques questions et quelques confidences, elle avait réussi à gratter le vernis, à me forcer à être moi-même. Alana reprit sa feuille, et je décidai qu'il s'agissait de la dernière question. Ma sœur allait râler, j'allais encore passer pour l'égoïste de service mais je l'assumerais. Je voulais Alana pour moi seul, à l'abri des regards, loin de cette liste de questions qui en dévoilait trop.

— Racontez à votre partenaire une situation, un moment très gênant de votre vie.

Un sourire flotta sur ses lèvres, et elle me regarda avec curiosité. Elle repoussa la liste, croisa les bras sur la table et m'offrit toute son attention, refrénant poliment sa jubilation.

— Tu aimes les récits honteux ? demandai-je en souriant.

— J'adore ça ! Je suis tout ouïe.

— Eh bien, puisque nous sommes en pleine période de Noël, je crois que j'ai décroché la palme l'an dernier en inversant le cadeau de ma mère et de Callum.

— Qui est Callum ?

— Mon boss et ce qui se rapproche le plus d'un meilleur ami. Il est propriétaire du bar dans lequel je travaille.

D'un geste impatient, Alana m'encouragea à poursuivre. Je baissai les yeux sur mes mains, triturant la feuille de questions. Avec le recul, je trouvais cette anecdote plutôt drôle, mais sur le coup j'avais bien cru que ma mère et mon père allaient faire un AVC dans la seconde.

— Au bar, chaque année, on fait un tirage au sort avec les autres employés. L'an dernier, je suis tombé sur le prénom de Callum. Je ne savais pas trop… Bref, j'ai beaucoup galéré pour lui trouver un cadeau. Il est ami avec une fille. Je sais qu'il… disons qu'il aime beaucoup cette fille. J'ai fait tout et n'importe quoi pour qu'il finisse par avoir le courage d'aller le lui dire et… c'est comme ça que j'ai eu l'idée du cadeau.

— Tout et n'importe quoi ?

— Il adore cette fille et, très honnêtement, je ne peux pas nier qu'ils sont faits pour être ensemble. J'ai même tenté de le rendre jaloux, mais il est persuadé qu'elle mérite mieux que lui.

— Ils devraient peut-être répondre à toutes ces questions, lança Alana.

— Peut-être. Je crois surtout qu'il devrait cesser de tourner en rond, qu'il devrait aller la voir, lui dire qu'il veut être avec elle et l'embrasser sans attendre qu'elle réponde. Il manque de couilles ! Et, parce qu'il manque de couilles, le soir de Noël ma mère s'est retrouvée avec un sex-toy entre les mains.

Je relevai les yeux vers Alana, qui me fixait avec incrédulité. Son rire resta coincé dans le fond de sa gorge et elle bégaya :

— Tu veux dire que… enfin… tu as…

Elle agita les mains devant elle, mimant l'échange catastrophique de cadeaux.

— Callum a adoré son foulard en soie rose pâle ! Je trouvais qu'il manquait vraiment de courage… enfin… de couilles, alors je me suis dit que j'allais lui en offrir. Avec une boîte de préservatifs.

Lui rappeler que mon cadeau pour Callum partait d'une bonne intention n'amoindrissait pourtant pas mon embarras. Je me souvenais du regard ébahi de ma mère et du froncement de sourcils colérique de mon père. Il y avait eu un moment de flottement, avant que ma mère jette le cadeau en question, comme elle se serait débarrassée d'un plat trop chaud. J'avais encore honte de moi.

— Et Callum et cette fille ?

— Situation inchangée à ma connaissance. Et, à moins d'un geste de sa part, je pense que leur relation restera dramatiquement platonique.

— Peut-être qu'ils ont trouvé leur équilibre ainsi ?

— Je ne pourrais pas rester ami avec une fille qui m'excite.

Alana arqua un sourcil, partagée entre rire et stupéfaction. Je secouai la tête, réalisant que j'avais sûrement été un peu trop franc. Je risquai tout de même un sourire et ajoutai dans un murmure complice :

— Autant te prévenir, toi et moi, nous ne serons jamais amis.

Loin de se laisser impressionner, Alana se pencha vers moi et planta son regard pétillant dans le mien.

— Autant te prévenir, ça n'était pas franchement dans mes plans.

Un silence lourd de désir et de sous-entendus nous enveloppa et envahit la pièce au point de nous faire suffoquer. Je jetai un coup d'œil nerveux vers le miroir, imaginant ma sœur en pleine prise de notes. Quand mes yeux retrouvèrent ceux d'Alana, je compris tout de suite qu'elle envisageait, elle aussi, une prodigieuse fuite.

— Il faut que tu répondes à la question, Alana, siffla la voix de ma sœur.

Nous sursautâmes de concert, et je vis clairement les iris d'Alana s'obscurcir de contrariété. Elle prit sa feuille d'un geste brusque et relut silencieusement la question.

— Un moment très gênant de ta vie ? lui rappelai-je.

— J'ai l'impression d'en vivre un chaque jour, dit-elle, dans un rire.

— Tu en as déjà vécu un aujourd'hui ?

— J'ai rougi devant toi plusieurs fois.

— Tu trouves ça gênant ?

— Depuis que j'ai passé mes douze ans, oui.

— Je trouve ça plutôt charmant.

— Parce que tu me dragues ouvertement depuis que tu es entré dans cette pièce.

— Pour être honnête, je crois que je te draguais déjà quand j'étais juste derrière le miroir.

Elle rougit à nouveau et planqua son visage dans son col roulé, ne laissant plus apparaître que ses yeux brillants et rivés sur la table. Elle sembla se perdre dans sa réflexion, puis repoussa son pull et prit une profonde inspiration.

— Plus jeune, je tenais une sorte de journal intime. C'était plus une façon de vider tout ce qu'il y avait là-dedans, expliqua-t-elle en tapotant son front de l'index. Et, là-dedans, il y avait ce garçon qui me plaisait énormément.

— Anglais ?

— Écossais, fit-elle en souriant. Fingal.

— Fingal ? répétai-je en retenant un rire. On dirait le nom d'un meuble suédois destiné à être toujours bancal.

Alana étrécit le regard, et ses traits se durcirent d'une menace feinte. Son sourire, cependant, réduisit à néant ses efforts pour paraître dangereuse, et elle ramena nerveusement ses cheveux en arrière.

— Fingal était… Enfin, disons que j'étais un peu amoureuse de lui.

Un rougissement adorable couvrit ses joues. Alana était un livre ouvert : il suffisait de regarder son visage pour décrypter ses émotions. Elle n'avait rien d'une fille mystérieuse ou volontairement glaciale. Chez elle, tout était à fleur de peau.

— Tu n'es pas le genre de fille à tomber « un peu » amoureuse.

Son rougissement s'accentua, gagnant le bas de son visage. Elle battit des cils, un peu embarrassée, avant de révéler l'ampleur de son secret :

— J'étais folle amoureuse de lui. Lui ne savait même pas que j'existais. Alors je l'ai écrit dans ce fameux journal. Beaucoup écrit.

— Genre avec des cœurs et des envolées lyriques ?

— Genre.

Elle couvrit son visage des mains, et sa gêne emplit soudain toute la pièce. Je me demandais si elle avait déjà raconté cette histoire à quelqu'un. Une pointe d'inquiétude me piqua l'estomac : se pouvait-il qu'elle soit toujours amoureuse de Fingal ? Cette pensée désagréable me fit froncer les sourcils.

Sans même le connaître, ni savoir à quoi il ressemblait, je détestais officiellement Fingal.

— Un jour, j'ai amené mon journal à l'école. Et évidemment il est tombé de mon sac. Je ne l'ai pas vu tout de suite, et quand je m'en suis aperçue il était trop tard. Toute l'école savait que j'aimais Fingal.

Un soupir lui échappa, et une pointe de tristesse habita son regard. Mon cœur se serra. J'aurais fait n'importe quoi pour prendre Alana dans mes bras et lui faire oublier cette humiliation.

N'importe quoi, comme fuir d'ici.

— Et Fingal ?

— Un jour, il m'a regardée, pour voir à quoi je ressemblais. Mais, j'ai vite dû accepter le fait que je ne passerais pas Noël avec lui.

Elle laissa échapper un petit rire, apparemment, elle se régalait de la suite de cette histoire. Elle secoua la tête, et son regard lumineux retrouva le mien.

— J'ai brûlé mon journal quelques jours plus tard et j'ai manqué d'incendier la cuisine de ma mère.

— Vraiment ?

— Vraiment, oui ! J'ai menti. J'ai dit que je cuisinais et que j'avais laissé brûler un torchon. J'ai si bien donné le change, que ma mère m'a inscrite à des cours de cuisine.

— Et tu es traiteur. Grâce à Fingal, donc ?

— Peut-être, oui, admit-elle en haussant les épaules.

Un silence s'installa entre nous. Alana saisit sa feuille de questions, et, relevant les yeux vers moi, la plia en quatre. Elle posa la main dessus et, d'un regard, me fit le signe que j'attendais. Elle voulait partir. Et je voulais quitter cet endroit avec elle.

En quelques secondes, je préparai la liste des embûches à franchir : faire en sorte que ma sœur parte, cavaler jusqu'à ma moto, prier pour qu'elle démarre du premier coup et nous tirer d'ici aussi vite que possible.

Avec un peu de chance, la magie de Noël allait opérer avec deux jours d'avance.

Je gardai les yeux rivés à ceux d'Alana et opinai légèrement. Je m'éclaircis la gorge et pivotai vers le miroir.

— Claire, tu ne m'avais pas promis un café ?

— C'est vraiment nécessaire ? répondit ma sœur par les haut-parleurs.

— Absolument nécessaire.

J'entendis Alana ravaler un rire et, des deux mains, elle saisit nerveusement le col de son pull. Elle avait sûrement envie d'y camoufler un nouveau rougissement, celui qui trahirait notre gros mensonge. Je parvins à rester stoïque, mais sursautai quand la porte de la salle s'ouvrit à la volée pour laisser apparaître le visage irrité de ma sœur qui demanda :

— Café, alors ?

Sans attendre notre réponse, elle enroula son écharpe autour de son cou et referma son long manteau en laine rouge.

— Il neige, râla-t-elle. Tu choisis ton moment pour avoir besoin d'un café !

— Café au lait, sirop de chocolat, précisai-je. Avec un muffin à la cannelle. Alana, tu veux quelque chose ?

Je lui lançai un regard, espérant qu'elle comprendrait — comme elle l'avait fait depuis notre rencontre — ma demande silencieuse. Claire aurait pu trouver un simple café au bas de l'immeuble. Mais il fallait qu'elle s'en éloigne au moins quelques minutes.

— Un lait chaud, à la vanille. Lait entier, s'il te plaît. Et un deuxième muffin, ajouta-t-elle en se levant de sa chaise.

— Où est-ce que tu vas ? demanda aussitôt ma sœur, soupçonneuse.

Alana m'adressa un regard alarmé, tandis que son visage commençait déjà à prendre une teinte coquelicot. Pendant une courte seconde, mon plan vacilla et nos mensonges semblèrent prendre toute la place dans la pièce. Je me levai à mon tour et fis face à ma sœur.

— Fais nous poser autant de questions que tu veux, mais, crois-moi, je ne vais sûrement pas ressentir grand-chose pour une fille qui se tortille sur sa chaise parce qu'elle veut aller aux toilettes !

— Oui, c'est ça ! J'ai besoin d'aller aux toilettes !

L'enthousiasme d'Alana, certainement soulagée d'avoir

une parade plausible, ne fit qu'amplifier la sensation de malaise. Je retins un soupir, notant mentalement qu'Alana était incapable de mentir, et adressai un sourire assuré à ma sœur. Je savais comment elle fonctionnait : la distraire devrait normalement suffire.

— Tu devrais te dépêcher. Il nous reste pas mal de questions à traiter.

L'attention de ma sœur se reporta sur moi, et elle sortit ses gants de sa poche en me dévisageant. Je me murai dans un reliquat d'honnêteté silencieuse et, pour l'encourager, me dirigeai vers la porte pour la lui ouvrir. Elle jeta un coup d'œil vers Alana, pétrifiée derrière moi, puis noua la ceinture de son manteau d'un geste sec.

— Je reviens dans dix minutes.

Elle eut un nouveau regard circulaire qui valait tous les avertissements du monde. Claire allait me tuer. Je me contentai de hocher la tête.

Dix minutes. Il ne m'en fallait pas plus de deux pour quitter cet endroit et me fâcher avec ma sœur. Elle m'en voudrait de saccager son expérience, elle pesterait contre mon habituelle inconscience, mais je ne pouvais pas rester coincé ici, dans cette pièce stérile et triste, quand Alana rayonnait et me faisait sentir heureux.

De me sentir aussi bien, ça ne m'était pas arrivé depuis des semaines. Je voulais en profiter. Au moins un peu, avant qu'elle ne découvre que je n'étais qu'un minable incapable de décider de sa vie.

— À tout de suite, lança ma sœur en quittant la pièce.

Je retins mon souffle et pivotai vers Alana. Les yeux écarquillés, la mine incertaine, elle patientait en silence, comme une proie prise au piège. J'avançai près d'elle et vis ses lèvres bouger.

— Qu'est-ce que tu fais ? demandai-je.

— Je compte.

— Tu comptes ?

— Je compte jusqu'à 100 et à 101 je pense qu'on pourra partir d'ici. C'est une technique que j'utilisais avec mon père, quand je voulais quitter ma chambre pour sortir avec mes copines.

— Tu as fait le mur ?

— Fait, défait, refait. J'ai dû être maçon dans une vie antérieure, répondit-elle en riant. 48.

— 102, la coupai-je. Viens !

Je pris sa main dans la mienne, lui laissant à peine le temps de récupérer son manteau en laine noir. J'attrapai ma veste et ouvris la porte, en jetant un coup d'œil à droite et à gauche. La main d'Alana se resserra dans la mienne, et je sentis mon cœur tressauter dans ma poitrine. Son pouce s'égara dans le creux de ma main, dessinant des arabesques sur ma paume. Cette fille n'avait aucune idée de ce qu'elle provoquait : une vague de chaleur parcourut mon corps, et je dus me retenir de toutes mes forces pour ne pas la plaquer contre la porte et l'embrasser sur-le-champ.

Je savais qu'elle méritait mieux que cette salle sinistre et qu'un vulgaire élan de désir et de possession.

— On devrait peut-être se séparer, suggéra-t-elle. Et se retrouver en bas. Si ta sœur nous voit, elle ne gobera certainement pas cette histoire de pause pipi !

— On reste ensemble. Viens par ici !

Je traversai la salle d'observation qu'occupait ma sœur,

récupérai mon casque, dévalai l'escalier et me retrouvai dans le hall principal de l'immeuble. Je me tournai vers Alana et regardai sa tenue. Même avec ce manteau, installée derrière moi, elle risquait de claquer des dents. Je sortis mes gants nichés au fond du sac, ainsi qu'un vieux foulard troué qui servait à me protéger la gorge.

— Enfile ça, sinon tu vas mourir de froid.

— On va où au juste ? Chez toi ?

J'étouffai un rire nerveux. Alana ne méritait pas que je la ramène dans ce qui me servait d'appartement. Je l'imaginais plus dans un endroit propre, aux murs blancs et à la moquette moelleuse. Ma main toujours dans la sienne, nous sortîmes de l'immeuble et rejoignîmes ma moto, garée sur le trottoir.

— Je compte profiter encore un peu de la bonne image que tu as de moi. Si on va chez moi, tu risques d'être déçue. Où veux-tu aller ?

Elle jeta un coup d'œil aux alentours, inquiète du possible retour de ma sœur. Elle enroula mon foulard autour de sa gorge, puis elle écarquilla les yeux quand je lui tendis un casque.

— C'est celui de ma sœur, expliquai-je.

— Je… Je dois faire mes derniers achats de Noël. Et je dois finaliser un dîner demain…

— D'accord.

Je n'avais pas le temps d'argumenter. Ma sœur allait revenir, et je préférais encore me balader avec elle dans les magasins, plutôt que de rester ici. Alana enfila son casque et batailla avec la jugulaire.

— Laisse-moi faire.

Elle bascula la tête en arrière, alors que je serrai la sangle sous son menton. J'ajustai son foulard, pendant qu'elle dégageait ses cheveux d'un geste souple. Je lançai les gaz de ma moto et invitai Alana à s'installer. Elle hésita une courte seconde, avant de s'asseoir avec tâtonnement sur le siège. Je la rejoignis et, de nouveau, avec une maladresse touchante, elle enroula ses bras autour de ma taille, et je sentis son corps tressauter.

— C'est la première fois que je fais de la moto, avoua-t-elle dans un gloussement.

Je fis ronfler le moteur, envahi d'une fierté inédite. Après plusieurs mois d'errance, il me semblait que je trouvais enfin un but. Alana se serra plus étroitement contre moi, et je nous conduisis jusqu'au boulevard.

Au loin, je vis la silhouette de ma sœur, encombrée de nos deux boissons chaudes et de nos muffins. J'aurais aimé dire qu'une pointe de culpabilité me tiraillait, mais, en toute franchise, mon premier réflexe fut d'accélérer un peu plus et de savourer les mains d'Alana s'enfonçant dans ma taille, pendant que son corps se plaquait contre le mien.

Chapitre 3

Mason

Cher Père Noël, parce que j'ai été très sage (et assidûment traqué), je voudrais : du calme, de la neige, redevenir célibataire.

— Soirée au Viper ce soir, tu viens ?

Je sursautai en entendant l'insupportable voix aiguë de Madison. Allongée sur un transat et vêtue d'un bikini noir de créateur, elle consultait son téléphone portable rose vif. J'ajustai mes lunettes de soleil et retournai à mon scénario. Ce n'était pas palpitant, mais c'était toujours mieux que d'entendre Madison couiner et rire à chaque nouveau message qu'elle recevait.

— Y aura des producteurs et Ivy. J'aimerais vraiment que tu viennes. Cela fait des semaines que nous n'avons pas fait une apparition publique !

— Cela fait des semaines que nous ne couchons plus ensemble non plus, lui rappelai-je sans cacher mon amertume.

— Tu sais très bien que notre relation sert nos deux

carrières, dit-elle sans même poser son téléphone. J'ai besoin d'une image de marque, tu as besoin de faire rêver tes fans. Il nous reste un film encore à tourner. Évitons de fâcher les producteurs... Et notre public !

— Tu pourrais au moins faire semblant. Te servir de ton jeu d'actrice.

Elle ne perçut même pas l'ironie de ma remarque. Madison cumulait des rôles de figuration dans des films de série B. De mon côté, je recevais de plus en plus de propositions, surtout des blockbusters, mais j'espérais, un jour, tenir le rôle principal d'un film indépendant. L'industrie me pesait un peu ; j'étais las de faire toujours la une des journaux, de sourire en toutes circonstances, d'être suivi par des paparazzis ou encore d'afficher une relation parfaite avec une Madison plus douée pour son image que pour son métier.

Je poussai un soupir et tournai la page de mon scénario.

— Je fais semblant, répondit-elle. Ce n'est pas moi qui ai décidé d'investir la chambre d'amis et de vivre reclus.

— Je ne vis pas reclus. Mais je ne vois pas la nécessité de sortir chaque jour pour se retrouver sur Internet.

— Alors peut-être que tu devrais changer de métier !

— J'y songe, murmurai-je. J'y songe.

Je ne plaisantais qu'à moitié. J'aimais mon métier, j'aimais tourner des films, j'aimais devenir quelqu'un d'autre, mais je détestais les à-côtés. Je vomissais les unes mensongères des magazines, je haïssais d'être scruté, d'être une bête de foire et d'être incapable de contrôler la machine à fric qui tournait autour de moi.

— Et il faut penser à Noël, continua Madison. Sapin, cadeaux et soirée.

— Soirée ?

— Puisque tu ne veux plus aller vers le monde, le monde va venir à toi !

Je me levai de ma chaise longue, ravalant une soudaine colère. J'étais en maillot de bain, sous une température supérieure à 25 °C et Madison me demandait de penser à Noël. J'avais envie de ricaner. Noël en Californie, c'était improbable. Je venais du Montana, où les quatre saisons existaient encore. Ici, il faisait beau et chaud tout le temps. À l'occasion, une averse venait nous rappeler que nous ne vivions pas sous cloche.

— J'essayerai de venir, mentis-je en ramassant ma serviette-éponge.

— Super ! Tu me ramènes du thé glacé ?

Du thé glacé un 19 décembre… Quelque chose n'allait pas bien. Je n'allais pas bien.

Je rentrai dans ma maison démesurée : huit chambres, quatre salles de bains, une piscine, une cuisine équipée, un réfrigérateur surdimensionné pour un « couple » qui mangeait presque chaque jour à l'extérieur. Malgré mon entourage, malgré la foule permanente, malgré les marques d'affection du public, je me sentais seul dans ce monde factice. La plupart de mes amis d'enfance avaient peu à peu déserté ma vie. J'étais toujours en tournage ou en promotion. Et, quand j'étais chez moi, je n'aspirais qu'au calme et à la tranquillité. Depuis plusieurs mois maintenant, je n'arrivais pas à me sortir de la léthargie paralysante qui accompagnait le triste constat de ma solitude.

Je pris une bouteille d'eau et je me réfugiai dans le salon. Je m'installai sur le canapé et vérifiai mon téléphone, posé sur la table basse. J'avais un message de mon agent et un de mon assistant me rappelant le même rendez-vous de fin de journée ; le tournage de mon prochain film devait commencer avant la fin de l'année, et ce rendez-vous avait pour but de caler le planning définitif et les éventuels déplacements.

Je repoussai le scénario que j'étais en train de lire et parcourus Internet à la recherche d'une distraction. J'avais besoin de sortir d'ici, de découvrir un moyen de retrouver mes marques et ma personnalité, loin des turpitudes du marketing et du show-biz.

Un appel de mon assistant me ramena vite à la réalité. Même en étant seul dans mon salon, même en essayant de faire autre chose qu'« acteur », je n'avais jamais la possibilité d'être moi-même. J'étais « Mason-Graham-acteur », alors que je voulais juste être… Mason. Au moins cinq minutes.

— Tu ne m'as pas confirmé ton rendez-vous de ce soir, lança Jonah.

— Bonjour à toi aussi, marmonnai-je.

— Je suis à l'aéroport, désolé. Je vais embarquer dans deux minutes.

— Fêtes en famille ?

— Parfaitement. Je vais retrouver mon Texas aride et ma famille de dingues. Alors, pour ce soir ?

— Ça ira, j'y serai.

— Essaye de le dire en ayant l'air convaincu. Ça ne devrait pas poser de problème pour l'acteur que tu es !

Je me pinçai l'arête du nez et entamai des allées et venues dans le salon. De la fenêtre, je voyais Madison, toujours dénudée, parfaire son bronzage déjà impeccable. Son téléphone à la main, elle tapait ses messages plus vite que son ombre. À quel moment de notre histoire étions-nous devenus si différents ? Lors de notre rencontre, j'avais apprécié son enthousiasme et son rire... maintenant, tout m'exaspérait chez elle. En particulier, le fait que nous avions convenu d'une durée minimum à notre relation.

— Madison me sort par les yeux. Il va falloir pondre un communiqué, je ne la supporte plus dans cette maison. D'ailleurs, je ne supporte plus cette maison !

— On se calme ! Il ne te reste que quelques mois à tenir.

— Je ne veux plus la voir. Je ne la supporte plus. Ne peut-on pas dénoncer cet accord et trouver un arrangement ?

— Ça te coûterait cher. Et je ne parle pas que d'argent.

Je poussai un nouveau soupir et canalisai ma colère. Il devait forcément exister une échappatoire à ce type de problème. Madison éclata de rire, et j'eus la chair de poule. Je passai une main rageuse dans ma chevelure trop longue, tentant de trouver une solution.

— J'ai besoin de prendre l'air, murmurai-je. Il faut que je m'éloigne.

Jonah éclata de rire. Il avait raison de le prendre sur le ton de l'humour : prendre les transports sans me faire repérer relevait de l'exploit. Même avec une casquette et des lunettes, les réseaux sociaux parvenaient à trahir ma position au mètre près. Je ne pouvais même pas traverser la rue tranquille.

— J'ai besoin d'une pause, Jonah. Besoin d'être autre chose qu'un acteur.

— Bonne chance alors ! ricana-t-il. Pourquoi n'irais-tu pas chez tes parents quelques jours ?

— Ce n'est guère plus calme qu'ici.

— Loue une cabane au fond des bois. Enfin, si tu en déniches une avec un réseau téléphonique, Hilda pourrait me tuer si tu partais sans être joignable !

Sa remarque me tira un sourire. Hilda, mon agent, veillait sur moi comme une mère. Elle avait cru en moi dès mes premiers films et trouvait toujours le moyen de me dégoter des rendez-vous avec des producteurs en vue. Hilda avait fait ma carrière… et je ne me voyais pas l'appeler pour lui dire que désormais cette carrière m'insupportait. Elle aurait pris ça pour de l'ingratitude, alors qu'il s'agissait juste d'un besoin vital de faire une pause et de réfléchir à ce que je voulais vraiment.

— Hilda t'écartèlerait vivant, c'est certain, approuvai-je.

— Écoute, Mason, va à ce rendez-vous ce soir et… tiens le coup !

— « Tiens le coup », c'est ça ton conseil ?

— Je vais dans ma famille. Tenir le coup est mon mantra. Je peux te le prêter quelques jours. Le tournage commence dans une semaine à l'autre bout du pays, Madison sera loin, et tu pourras… gamberger en toute quiétude.

— Et si je partais plus tôt ?

Soudain, la perspective de ce tournage m'apparaissait comme mon salut. Cela m'éloignerait de cette ville et de Madison. C'était une idée.

— Et où irais-tu ? Dès que tu poses les pieds quelque part, l'univers entier est au courant au bout de deux minutes.

— C'est vrai, admis-je dans un soupir défait.

— Je vais devoir couper, on va décoller.

Il y eut un silence entre Jonah et moi. Il savait que je n'allais pas bien, que mon humeur sombre persistait depuis plusieurs semaines. Pourtant, il avait raison : c'était un problème insoluble. Avoir la paix était un vœu pieux.

— Mason, je sais que… je vois à quel point les choses ont changé en peu de temps. Est-ce que… est-ce que tu veux venir passer quelques jours dans le Texas ?

— Est-ce qu'il neige dans le Texas ?

— Normalement non. Mais je peux demander à mon oncle Teddy de balancer du polystyrène du toit de la maison, si tu veux.

— Du toit de la maison ? répétai-je en retenant un rire.

— Il faut s'assurer qu'il ait bu un peu pour qu'il accepte. Mais c'est un homme plutôt volontaire pour rendre service. Je dois vraiment te laisser. L'hôtesse me regarde d'un air peu avenant.

— Bonnes vacances, Jonah.

— À la semaine prochaine. Et appelle-moi ce soir pour me dire si…

La fin de sa phrase fut coupée par une voix féminine sévère. Sûrement que Jonah venait de se faire confisquer son appareil, comme un vilain petit garçon. J'éclatai de rire en l'entendant menacer de porter plainte contre la compagnie. La communication fut interrompue, et je lançai mon téléphone sur le canapé. Jonah n'avait pas trouvé la solution miracle, mais il était au moins parvenu à me faire rire.

— Je vais me préparer pour ce soir, m'annonça Madison.

Sa voix me fit sursauter. Machinalement, je jetai un coup d'œil à ma montre. Bon sang, mais combien de temps lui fallait-il pour se préparer ? Trois jours ?

— Je présume que tu ne viens pas ?

— En effet. J'ai un rendez-vous en fin de journée et je dois finir de lire ce scénario d'ici demain.

Pour une fois, mes deux excuses étaient vraies et valables. Un silence tendu emplit le salon pourtant très grand, et Madison laissa entrevoir un début d'exaspération. Malgré moi, je me surpris à sourire. Peut-être que ce serait elle qui mettrait un terme à notre arrangement. Une attention de sa part que j'apprécierais énormément, comme un cadeau de Noël avant l'heure.

— Bien. Il va falloir qu'on parle.

Cette phrase, tant redoutée habituellement, me faisait l'effet d'un véritable baume. Si elle voulait parler, j'étais prêt à affronter une scène, j'étais même prêt à rédiger moi-même le communiqué de presse.

— Quand tu veux, la défiai-je.

— Ne fais pas ça, Mason. Tu es en train de tout gâcher.

— Entre nous ?

— Dans ta vie. Tu vas finir par te mettre tout le monde à dos. Jonah est parti pour quelque temps, il n'y a que nous deux ici : je propose que nous profitions des jours à venir pour améliorer notre relation.

— « Améliorer notre relation » ? On fait quoi ? Une nouvelle recette ? De nouvelles clauses ? Une « paparazzade » inopinée dans le dernier bar à la mode ? À mon avis, le meilleur vecteur d'amélioration est la séparation, Madison. Je peux même aller chercher un traitement anti-parasitaire pour te faciliter la tâche !

— Je vais sortir. Je pense qu'on pourra en discuter calmement à mon retour, non ?

Madison me parlait comme si j'étais un gamin de cinq ans à qui l'on essayait de faire comprendre pourquoi il était claquemuré chez lui. J'étais puni… et je ne me souvenais pourtant pas avoir fait une quelconque bêtise.

Hormis inviter Madison ici, ce qui, en soit, était stupide.

Je finis par abdiquer. Me disputer avec elle ne mènerait à rien. Dans un nouveau soupir, je m'effondrai sur le canapé. Madison fila dans sa chambre en sautillant comme une adolescente, ignorant mes états d'âme.

Je consultai mes mails, cherchant le planning prévisionnel dont nous devions parler à la réunion de ce soir. Le tournage avait lieu sur la côte Est. Jonah avait déjà réservé mes billets et mon hôtel. J'étudiai le planning et les différents lieux pendant de longs moments, notant que la fin du tournage était prévue en avril. D'ici là, Madison aurait fichu le camp. C'était un objectif comme un autre.

En regardant à nouveau les billets d'avion, ma conversation avec Jonah me revint. Partir. C'était la solution. J'avais besoin d'air, besoin d'être ailleurs… et pour cela je devais me débrouiller. Je devais mettre un plan en place.

Un plan qui visait à m'évader de ma propre vie. Facile sur le papier, plus compliqué dans la vraie vie.

Je repris mon téléphone et un bloc-notes. Avant toute chose, il me fallait un point de chute, un endroit suffisamment calme et loin de tout pour reprendre pied et retrouver mon énergie. Juste quelques jours, le temps d'une pause. Une courte pause pour m'aider à redevenir moi-même. J'épluchai la liste des hôtels près du lieu de tournage, avant de réaliser que je serais bien trop facilement repéré. Je ne pouvais pas empêcher le personnel de l'hôtel de parler, et cela mènerait les médias directement à moi.

Il fallait trouver plus petit, plus modeste. Un endroit sans prétention où ma visite passerait totalement inaperçue.

Une ferme en Antarctique ? Une cabane au fond de l'Amazonie ? Une île déserte ? N'importe quoi, même un monastère aurait pu faire l'affaire !

Je continuai mes recherches, abandonnant les hôtels pour les locations saisonnières. À cette période de l'année, je craignais de me confronter à un autre problème : en raison de l'ouverture des pistes de ski à une dizaine de kilomètres, tout risquait d'être déjà pris d'assaut.

— Tu fais quoi ? demanda Madison derrière moi.

J'appuyai sur un bouton, et l'écran de mon téléphone s'éteignit. Personne ne devait être au courant de cette évasion. Même pas Jonah. Il était incapable de tenir sa langue et finirait par tout balancer dès que Hilda le menacerait d'une lime à ongles.

— Je regardais le planning pour la réunion de tout à l'heure. C'est assez chargé.

Mon mensonge passa si bien que Madison posa une main sur mon épaule en guise de réconfort. Elle avait revêtu une courte robe rouge et arborait un maquillage chargé. Sa soirée risquait de s'éterniser. Tant mieux, mon évasion n'en serait que plus simple. Elle pressa ses lèvres contre les miennes et m'adressa un sourire tendre.

— Ne travaille pas trop, tout de même.

— Ne t'en fais pas. Je pars d'ici dans trente minutes.

Et je ne reviendrai pas.

J'étais tellement fier d'avoir enfin pris la décision qui s'imposait ! Madison quitta les lieux l'instant suivant, et j'eus tout le loisir de me replonger dans mes recherches.

La page des locations s'afficha rapidement. Des maisons, des appartements… Je n'avais même pas besoin de tout cet espace. Une chambre équipée d'une salle de bains était largement suffisante. Une annonce attira finalement mon attention.

Chambre disponible contre travaux d'aménagement (peinture, pose de parquet). Une connaissance de la plomberie serait un plus (un plus énorme !). Pension complète prévue, outils fournis.

Venez avec vos mains et votre sens de l'humour, je me charge du reste.

Tant qu'à faire, venez aussi avec vos muscles !

La dernière phrase me tira un rire. Je n'avais aucune connaissance en plomberie, mais je pouvais tout à fait peindre, et poser du parquet ne devait pas être si compliqué. Cette proposition avait le mérite d'être honnête, et ces activités manuelles me feraient penser à autre chose qu'à ma vie ici. Je cliquai sur « répondre » et rédigeai mon message.

> Bonsoir,
>
> Mes mains sont disponibles dès demain, et mon sens de l'humour est à toute épreuve. Mes muscles sont opérationnels.
>
> Recontactez-moi pour organiser notre prochaine (et redoutable) rencontre.
>
> M.G.

Je le relus plusieurs fois, m'inquiétant de ne pas être totalement honnête. Tant pis ! La situation était trop urgente et cette proposition trop tentante. C'était exactement ce qu'il me fallait. J'envoyai le message tel quel, puis me relevai du canapé pour me préparer pour mon rendez-vous. Avec un peu de chance, avant l'aube, je serais parti.

Le rendez-vous s'éternisait. Les lieux de tournage avaient évolué et, finalement, nous commencions la semaine prochaine, mais en studio. Je grimaçai à l'annonce de cet ajustement, songeant à mes plans.

— Cela ne vous convient pas, Mason ? demanda l'un des producteurs.

— Si, si… Mais je me réjouissais d'être sur la côte Est pendant les fêtes.

— De la famille sur place peut-être ?

— Aucunement. Je voulais juste me souvenir de ce qu'est une météo hivernale, répliquai-je en riant.

Hilda prit le relais et éplucha les feuillets remis par les producteurs. Je vérifiai mon téléphone, frustré de ne pas avoir reçu de réponse à mon message. Je rafraîchis plusieurs fois la page et me renfrognai.

— Une remarque, Mason ? fit Hilda près de moi.

— Euh… non. Tout me va.

— Y compris les trois semaines consécutives de promotion ? Ça risque d'empiéter sur le tournage suivant et…

Elle s'arrêta en réalisant que je ne l'écoutais que d'une oreille. Comme un signe du destin, mon téléphone venait de vibrer bruyamment contre la table en bois verni. Je retins l'envie monstre de me jeter dessus, me souvenant que, dans le cadre de ce rendez-vous interminable, je devais afficher une attitude professionnelle.

— Tout va bien, Mason ? demanda Hilda.

— Oui. Poursuivons.

Je tentai de me replonger dans nos échanges, en vain. Mon téléphone vibra une seconde fois, et mon agent me jeta un regard assassin. Elle n'appréciait apparemment pas que je sois si distrait.

— Bien, messieurs, je crois que nous avons fait le tour du sujet.

Je me levai d'un bond de mon fauteuil et, pressé d'en finir, je tendis la main pour leur dire au revoir. Les deux producteurs me fixèrent, médusés, avant de me saluer.

— Et bonnes fêtes ! lança l'un d'eux alors que je franchissais la porte.

— C'est ça, marmonnai-je.

Mon téléphone était dans la poche arrière de mon jean. J'attendais d'être seul pour lire mes deux messages. Au pire, l'annonce avait déjà trouvé preneur et j'encaisserais une déception à la hauteur de mes désirs de fuite ; au mieux, je devais filer au plus vite chez moi pour boucler ma valise. Dans les deux cas, je ne devais surtout pas éveiller les soupçons de mon agent. Hilda savait sentir à des kilomètres une situation tordue. Elle flairait le mensonge mieux que personne et ne se laissait pas avoir par une esquive facile.

Aussi, quand elle resta silencieuse dans l'ascenseur, je sus qu'elle savait. Elle avait deviné que je mijotais quelque chose. J'ignorais juste si elle approuverait.

— J'espère au moins qu'elle est jolie, dit-elle finalement quand les portes s'ouvrirent au sous-sol.

— Je… quoi ?

— La fille. J'espère qu'elle est jolie.

Je retins un rire. De toute évidence, Hilda me testait. Elle ne savait pas… mais elle avait un doute. Et, dans la catégorie « prêcher le faux pour savoir le vrai », Hilda avait gagné toute une collection de prix. Je baissai les yeux au sol et fouillai dans ma poche à la recherche des clés de ma voiture.

— Tu sais bien qu'il n'y a que Madison dans ma vie, dis-je avec une assurance qui me surprit.

— Essaie de le dire sans rire.

— Hilda…

— Si ! Essaie ! Histoire de savoir si je mise sur le bon acteur pour les prochaines nominations aux Oscars.

Elle arqua un sourcil qui me donna la sensation

d'affronter ma mère au retour d'une escapade nocturne. Hilda pensait qu'il s'agissait d'une autre fille. Bien. Je préférais qu'elle imagine ça plutôt que mon remake de la grande évasion.

— Ce n'est pas…

— … ce que je crois, finit-elle pour moi. Phrase la plus galvaudée de cette ville.

— Ce n'est vraiment pas ce que tu crois. Je t'assure.

Je ne mentais pas. Pas vraiment. Je ne disais pas non plus la vérité. Peu importait. Ma voiture était à dix mètres, les dix mètres les plus longs de ma vie et qui me faisaient faire les plus folles prophéties.

Si j'échappais à Hilda, alors je gagnerais un Oscar.

Si j'échappais à Hilda, Madison se retrouverait en première page de tous les torchons de la planète pour avoir été surprise dans une position compromettante avec un réalisateur.

Si j'échappais à Hilda, je pourrais apprendre mon prochain texte en une seule lecture.

J'allongeai le pas, mes yeux désormais rivés sur l'objectif : la carrosserie rouge vif de ma voiture. Nerveusement, j'appuyai sur la clé, espérant que le déverrouillage des portières signifierait la fin de l'interrogatoire. Je râlai intérieurement en constatant que j'étais encore trop loin.

— Écoute Mason, je sais que mon rôle est strictement dévolu à ta carrière, mais, je t'en prie, ne fais pas…

— Je ne finirai pas en une des journaux, c'est promis.

— C'est une fille ?

— C'est ma vie, répondis-je sèchement.

J'appuyai à nouveau sur la clé et retins un cri de joie

en entendant le bip significatif du déverrouillage des portes. Ma voiture s'illumina, et Hilda soupira. Je savais ce qu'elle redoutait : la une des magazines, un scandale quelconque, une photo compromettante. Elle craignait tout ce qui aurait pu nuire à ma carrière et attirer les médias sur un autre sujet que mes rôles.

— Appelle-moi, d'accord ?

— Sans faute.

Je grimpai derrière le volant avec un enthousiasme suspect. Hilda se chargea de refermer ma portière et ses mains restèrent volontairement dessus. Son visage sérieux se détendit un peu, et elle laissa échapper un rire en me voyant m'affubler d'une casquette et de lunettes noires.

— En plein mois de décembre…

— Et en décapotable, renchéris-je en démarrant la voiture.

Elle vrombit dans tout le parking et j'enclenchai la marche arrière. Je n'avais plus une minute à perdre.

— Mason ?

— Oui ?

— Joyeux Noël, dit Hilda avec douceur.

Je refoulai la pointe de scrupules qui me piquait l'estomac. Pendant une seconde, j'envisageai de tout lui avouer et de lui faire part de mes désirs de fuite. Mais prévenir Hilda n'était pas une bonne idée. Elle ferait tout pour me retenir.

— Et apprends ton texte, me rappela-t-elle en me tendant le lourd manuscrit.

— Je le connais déjà !

— Travaille ton jeu et tes mensonges sinon tu n'auras pas l'Oscar cette année.

Elle recula finalement et me laissa manœuvrer. Le scénario reposait sur le siège passager, épais et lourd. De toute évidence, je devrais effectivement le travailler avant la semaine prochaine. Je sortis du parking en trombe et me faufilai dans la circulation californienne. Au premier feu, je sortis mon téléphone de ma poche, vérifiant l'origine de mes messages. Un sourire se dessina sur mes lèvres en constatant qu'il s'agissait de deux réponses à mon message. Je me garai sur un parking de supermarché et les lus.

Cher M.G.

Avez-vous vraiment les compétences techniques requises ? Plomberie, peinture ? Je ne doute pas de votre sens de l'humour ni de vos muscles… mais j'ai plus besoin d'une salle de bains que d'un clown accro à la muscu !

S.J.

J'éclatai de rire, avant de me reprendre. Honnêtement, je ne savais ni peindre ni déboucher un siphon. Pourtant je devais quitter cette ville, et ce message finit de me convaincre. Je lus le second dans la foulée.

Cher M.G.

Mitchell Galagher ?

Mark Gardner ?

Matthew Goldwin ?

Mason Graham ?

Je cherche, je cherche… même s'il est assez improbable que Mason Graham se présente !

Oubliez mon premier message. Je suis tellement désespérée que j'embaucherais Nemo. Je vous attendrai à l'aéroport de Bangor. Donnez-moi vos horaires.

Oh ! et prévoyez des vêtements chauds : il neige tellement que je vais devoir déneiger l'allée.

« Je », c'est vous, en fait.

S.J.

Un nouveau sourire naquit sur mes lèvres. Je ne pouvais qu'être d'accord : il était improbable que Mason Graham se lance dans des travaux, surtout dans de la plomberie. Je pris une seconde pour réfléchir à ma réponse. Je pouvais encore faire marche arrière et trouver un prétexte pour mettre un terme à cette histoire. Je n'y connaissais rien en bricolage, j'avais un texte à apprendre et, surtout, j'étais Mason Graham. Je n'avais aucun moyen d'imaginer sa réaction : j'étais apprécié, parfois décrié. La planète entière semblait avoir un avis tranché sur Mason Graham.

Chère S.J.

Sofia James ?

Serena Junger ?

Scarlett Johansson ?

Même s'il est assez improbable que Scarlett fasse des rénovations. Je vais réserver mon billet et je vous donnerai les horaires dès que possible. Merci du dress code. Je serai ravi de déneiger votre allée.

Et je vais faire comme si cette dernière phrase n'était pas... n'était pas. Point.

À plus tard,

M.G.

Une réponse apparut dans la seconde.

Cher M.G.

Nous allons vivre ensemble, pour le meilleur et pour le pire, pendant une petite semaine. Cette histoire d'allée était un double test : d'une part, vous n'avez pas dit non (et j'aime les hommes qui ne me refusent rien), d'autre part, vous semblez avoir le même sens de l'humour que moi.

Si, en plus, vous avez de belles fesses, je vous garde jusqu'au nouvel an !

S.J.

À regret, je renonçai à répondre : j'étais déjà en retard. Je jetai mon téléphone sur le siège et sortis du parking pour rejoindre ma villa. Il était tard, mais j'espérais au moins attraper un vol pour New York ; finir à l'hôtel serait toujours mieux que de passer la nuit ici.

Je garai la voiture dans l'allée et me précipitai à l'intérieur. J'ouvris ma valise et y jetai un maximum de vêtements, maudissant Madison d'avoir décrété que les pulls étaient inutiles. Je retrouvai mes jeans et deux chemises épaisses — ultimes vestiges de ma vie campagnarde — ainsi qu'une paire de bottes à crampons. En revanche, je n'avais ni manteau ni écharpe et me contentai d'enfiler ma veste la plus chaude.

Tout en faisant ma valise, j'appelai la compagnie aérienne et réservai un billet pour Bangor, dans le Maine. J'avais presque vingt heures de correspondance à New York, mais c'était insignifiant pour moi. Je n'avais plus qu'une obsession : quitter Los Angeles au plus vite, coûte que coûte. Dans un dernier accès de professionnalisme, je glissai le scénario dans ma valise.

En dix minutes, tout était réglé. Je pris le temps de laisser un mot laconique à Madison.

En vacances. Ne me cherche pas. De retour bientôt.

Je retournai à ma voiture, y jetai ma valise, remis ma casquette et mes lunettes et fonçai jusqu'à l'aéroport. Il me fallait encore trouver le moyen d'y entrer sans créer une émeute ou un débarquement de photographes. Je décidai d'affronter la situation. Je me garai et parvins à atteindre le hall principal de l'aéroport sans être repéré.

— Bonjour, dis-je à voix basse, à l'hôtesse qui allait enregistrer ma valise.

Elle cligna des yeux plusieurs fois et prit mon passeport sans me lâcher du regard. Quand elle découvrit ma photo, elle n'eut plus aucun doute. Mason Graham était mon vrai nom et ma photo était aussi hideuse que celle de n'importe qui. À l'époque, mon visage était encore marqué de mes origines irlandaises : des taches de rousseur, des cheveux tirant sur le roux et un teint blafard. Le soleil californien avait amélioré mon bronzage et mes cheveux n'avaient plus que de roux certains reflets.

— Votre vol est annoncé à l'heure. Vous embarquerez porte 35.

— Parfait. Savez-vous si…

— Le salon lounge est à votre disposition près de la porte 30. Il suffit de présenter votre billet à l'entrée.

Elle me rendit mon passeport, mais sa main manucurée resta dessus. Elle se pencha vers moi, vérifia à droite et à gauche si personne ne nous observait, puis chuchota :

— J'ai beaucoup aimé votre dernier film. Puis-je vous demander un autographe ?

— Bien sûr.

Elle dégaina un bloc-notes à l'effigie de sa compagnie et je m'empressai de signer. Elle n'avait rien d'une fan hors de contrôle ni d'une groupie. Ma seule crainte, c'était que tout cela se retrouve sur Internet. Je ne voulais pas être suivi.

— Écoutez, dis-je en lui rendant son stylo, j'aimerais rester… enfin, ne postez rien sur Internet, s'il vous plaît.

Je me forçai à lui adresser un sourire lumineux, celui que j'utilisais quand je voulais charmer mes interlocuteurs. Son regard se troubla et je remarquai un léger tremblement de sa main.

— Évidemment, murmura-t-elle.

— Merci.

Oui, j'avoue, j'avais associé mon sourire professionnel à ma voix de velours ; ça m'aidait à éblouir suffisamment les gens pour qu'ils en oublient même de respirer. Je quittai le guichet rassuré et filai aussitôt au lounge. Ma quête de normalité se heurtait à la réalité : si j'attendais comme tout le monde, près de la porte d'embarquement, je n'aurais savouré ma solitude que quelques heures. Au moins, dans le salon des premières classes, je limitais le risque de rencontres hasardeuses et de fuites d'informations.

Avant de monter à bord de l'avion, j'envoyai un dernier message à S.J. pour lui donner mon heure d'arrivée à Bangor. J'avais hâte d'être dans le Maine et, en même temps, je redoutais l'instant où elle découvrirait que j'étais Mason Graham. J'allais devoir m'expliquer et, surtout, plaider ma cause. Avec un peu de chance, ma correspondante accepterait de me garder. Avec beaucoup de chance, elle me traiterait avec la normalité que j'espérais.

J'atterris à Bangor près de vingt-quatre heures après mon départ de Los Angeles. Après le décollage, j'avais coupé mon téléphone. Je redoutais maintenant de le rallumer pour tomber sur les messages et invectives de Madison, puis de Hilda. J'admirai le paysage enneigé. Je me sentais déjà mieux rien qu'en regardant les flocons voleter dans les airs.

Après avoir récupéré ma valise, je gagnai la sortie pour rejoindre la petite foule des personnes qui attendaient des passagers. Je frissonnai dans le minuscule terminal et refermai ma veste sur moi. J'observai les gens autour de moi : ils étaient tous habillés de lourds manteaux, couverts par des bonnets et des écharpes en laine. Et surtout... ils avaient des gants, alors que mes doigts gelés tétanisaient autour de la poignée de ma valise. Ici, ma casquette et mes lunettes de soleil étaient des accessoires ridicules et totalement inutiles. Je tournai mon attention sur la sortie et me figeai en voyant mon nom inscrit au feutre noir sur un prospectus bariolé.

J'approchai de la jeune femme qui tenait le papier. Au fur et à mesure de mon avancée, je captai son regard.

Elle avait les joues rouges de froid, et des mèches brunes s'échappaient de son bonnet blanc. Une large doudoune couvrait son corps, et elle portait des bottes doublées aux pieds. J'étais définitivement trop californien pour ce voyage. Ses yeux s'agrandirent et ses doigts se refermèrent sur le prospectus.

— Bonjour, lançai-je.

J'abaissai mes lunettes. Je voulais à la fois qu'elle me reconnaisse — autant éviter à mon ego d'être écorché après seulement dix minutes sur la côte Est — et j'espérais en même temps qu'elle agisse comme une femme agissait normalement en rencontrant un homme pour la première fois.

À l'entendre déglutir lourdement, je compris qu'elle m'avait reconnue.

— Mason Graham, dit-elle d'une voix étranglée.

— Ah non, ça, c'est ma réplique.

Elle ouvrit la bouche, mais ses mots restèrent coincés dans sa gorge. Elle se pinça les lèvres, retira nerveusement son bonnet et passa une main dans ses cheveux pour les arranger.

— Mason Graham, dis-je finalement en tendant la main vers elle.

Son regard glissa de mon visage à ma main, pour revenir à ma main. Puis, elle jeta un coup d'œil circonspect autour d'elle. Ma main se sentait terriblement seule et finit par retomber d'elle-même.

— Si vous pouviez me donner votre prénom, ça nous aiderait pour les prochains jours.

— Où sont les caméras ? demanda-t-elle en tournant sur elle-même.

— Il n'y a pas de caméras. Ni de micros.

Son regard me déshabilla de la tête au pied. Elle cherchait un micro, une caméra, n'importe quoi qui aurait pu justifier ma présence ici.

— J'ai répondu à votre annonce, enchaînai-je pour dissiper le malaise.

Elle se pencha vers moi et, après avoir donné un énième coup d'œil en tous sens, murmura :

— C'est Liv qui a mijoté ça ?

— Je ne connais pas Liv et j'ai vraiment répondu à votre annonce. Vous savez, celle pour vos travaux. Vous m'avez parlé de la neige et…

— … de vos fesses. Je vous ai parlé de vos fesses !

Blême, elle cacha son visage entre ses mains. Puis, comme une enfant, écarta doucement les doigts pour vérifier si le monstre que j'étais se trouvait toujours devant elle. Elle les referma aussitôt et se morigéna.

— J'ai parlé des fesses de Mason Graham à Mason Graham.

— Techniquement, vous ne saviez pas que c'était moi.

Je ravalai difficilement un rire. Elle était si embarrassée qu'elle en avait oublié de me donner son nom. Je retentai ma chance et tendis ma main à nouveau.

— Mason Graham, dis-je avec douceur.

— Euh… oui. Stella. Stella Jones — elle grimaça en regardant son prospectus. Bon sang, et dire que je croyais que c'était une bonne blague ! Vu que je ne connaissais pas votre prénom… et vous aviez l'air… normal.

Elle prit finalement ma main dans la sienne et la secoua avec énergie, sans réaliser qu'elle était en train de me détruire l'épaule. Elle me souriait largement et avec chaleur. Apparemment, Stella n'avait rien d'une groupie. Tant mieux.

— Je vous avouerai que ça m'arrangerait si vous pouviez replier ce truc.

— Oh. Euh oui, bien sûr.

Elle roula le prospectus en boule et s'en débarrassa dans une poubelle à proximité. Puis elle fourra les mains dans ses poches, se dandinant sur ses pieds, toujours embarrassée.

— Et je suis normal, Stella. Parfaitement normal. Et mes fesses vont bien.

— Je n'en doute pas. Je… Bon sang, j'ai envie de me jeter dans le lac et d'attendre la mort. Je suis vraiment… vraiment désolée.

— Désolée de quoi ?

— D'avoir cru que c'était filmé. D'avoir pensé à une blague. D'avoir… D'avoir agi comme je le fais toujours : en ne réfléchissant pas aux conséquences.

— Ne vous excusez pas pour ça, c'est très agréable d'être traité normalement. Je vous assure. Je suis venu pour vous aider pour vos travaux et je compte tenir mes engagements. On verra à la fin de la semaine si je rempile jusqu'au nouvel an !

Elle me dévisagea de la tête aux pieds, et un coin de sa bouche se souleva dans un sourire moqueur. Ce fut à mon tour d'être embarrassé. Je savais que je faisais tache ici, je n'avais pas besoin qu'on me le confirme. La plupart du temps, quand je faisais une rencontre, une forme de retenue s'imposait. On me parlait avec gentillesse — trop —, avec prévenance — beaucoup trop — et on faisait en sorte de préserver mon ego. Cette fille détonnait dans mon paysage habituel : elle était exactement ce dont j'avais besoin pour reprendre pied dans ma vie.

— Lunettes ? Casquette ? Et vous n'avez pas de gants. Votre espérance de vie est limitée à deux heures. Je parie que vous n'y connaissez rien en plomberie ?

— Pas vraiment.

— Vous serez tout juste bon à déneiger mon allée, ironisa-t-elle.

— Je peux être très bon dans le déneigement, assurai-je, sans masquer l'allusion graveleuse.

Elle me jeta un regard, sans prendre la peine de retenir un rire. Passé la stupéfaction de notre rencontre, Stella avait retrouvé son sens de l'humour. D'un geste du menton, elle m'invita à la suivre. Je tirai ma valise derrière moi, les yeux rivés au sol, craignant d'être reconnu. Même si l'aéroport était petit, je n'étais pas à l'abri.

Le pick-up de Stella était garé sur le parking extérieur. La neige avait redoublé d'intensité, et je manquai de glisser sur une plaque de verglas.

— Je croyais que vos muscles étaient opérationnels ?

— Ils le sont. Ce sont mes chaussures qui ne le sont pas. J'ai des bottes dans ma valise.

— Entre la crème solaire et votre planche de surf ?

— J'ai pris des caleçons propres aussi, contrai-je, un peu agacé par son ton sarcastique.

— Vous m'en voyez ravie.

Ses premiers messages m'avaient semblé chaleureux et plutôt enthousiastes, et ce voyage m'était apparu comme une perspective joyeuse, comme la solution à mes états d'âme. Désormais, au vu du climat hostile et de la distance glacée de mon hôtesse, je n'en étais plus si sûr.

— Montez, m'ordonna-t-elle.

Je m'exécutai, transi de froid. Le pick-up démarra dans un à-coup, et nous nous dirigeâmes vers la sortie de l'aéroport. Je frottai mes mains l'une contre l'autre, récoltant un nouveau regard moqueur de la part de Stella.

— Je ne sais pas si vous allez survivre ici pendant une semaine !

— Vos sarcasmes sont plus désagréables que le froid, éludai-je.

— Je ne voulais pas être sarcastique. Je suis juste… surprise.

À une intersection, elle prit sur la gauche et accéléra vivement. Je me cramponnai à mon siège et arborai un visage de marbre. Je n'allais pas continuer à donner des munitions à Stella. Pourtant, en constatant l'état déplorable du pick-up, je ne pus empêcher une pointe d'inquiétude de me piquer l'estomac.

— Disons que quand j'ai posté cette annonce je ne pensais même pas avoir une réponse, continua-t-elle en doublant une voiture qui lambinait.

— Ah oui ? Pourquoi ?

Ma main trouva la poignée de maintien, et je m'y tins avec une nonchalance feinte. Stella me repéra immédiatement, et je la relâchai, honteux et vexé de m'être fait prendre. Elle ravala un rire et secoua la tête d'incrédulité.

— Pourquoi êtes-vous là au juste ? demanda-t-elle avec sérieux.

— J'avais besoin de vacances.

— De vacances ? s'étonna-t-elle. Et vous êtes venu ici ?

— J'avais besoin d'exotisme. Vous savez, de la neige, du froid et un endroit au calme. Ça a l'air chouette ici, chaleureux et vivant !

Au bord de la route, je repérai un cerf empaillé puis, quelques mètres plus loin, un bar minuscule rempli par tous les chasseurs du coin. Je poussai un soupir. Mauvais timing.

— Oh ! je comprends très bien. Je m'extasie tous les jours sur le verglas, sur mes mains abîmées par le froid et sur l'absence de réseau téléphonique, ironisa-t-elle.

— À la base, je suis venu vous aider à faire des travaux. La météo est juste un plus, assurai-je, ravi de voir des étendues blanches et vierges s'offrir à moi.

— N'allez pas dans ce bar, sinon vous finirez comme le cerf.

— Ça ne peut pas être si…

— Ça peut, croyez-moi. Les hommes ici ne sont pas franchement réputés pour leur finesse. Vous leur dites Mason Graham, et ils pensent aussitôt à une nouvelle marque de tracteur.

Un peu dépité, je sortis mon téléphone de ma poche et le rallumai. Je savais que plusieurs messages m'attendaient. Madison, Hilda et Jonah devaient maintenant avoir compris que je leur avais faussé compagnie. Pourtant mon téléphone ne vibra pas une seule fois.

— Je ne plaisantais pas sur le réseau téléphonique, dit Stella. Il n'y a rien ici.

— Tant mieux. Je voulais justement faire un vrai break.

— C'est vraiment ce que vous voulez ? Parce que je peux encore faire demi-tour et vous ramener à l'aéroport.

Sa proposition était tout à fait sérieuse. Peut-être que c'était le moment de plaider ma cause, de lui prouver que répondre à cette annonce n'était pas une immense blague, de lui faire comprendre que, même si j'étais nul en plomberie, je pouvais certainement l'aider. Être franc était ma meilleure arme.

— J'ai besoin de faire une pause, de réfléchir à ce que je veux vraiment. Je ne peux pas le faire là-bas. Je suis en permanence entouré, je ne parviens jamais à être seul. Alors, quand j'ai vu votre annonce, j'ai pensé que c'était une bonne idée de vous répondre. J'avoue, je vous ai menti pour mes compétences en… bricolage. Mais je suis certain que je pourrai vous aider et…

— Et ?

— Et j'ai adoré vos messages. Vous m'avez fait rire et vous aviez l'air si…

— Désespérée ? Au bout du rouleau ? Fatiguée ? Affligée ?

— Normale. Vous aviez l'air normale. Alors, oui, peut-être que je n'ai pas été tout à fait honnête, mais je devais partir. Et pour finir avec la séquence « aveux honteux » : il fait vraiment froid dans votre pick-up.

— Chauffage en panne, répondit-elle dans un haussement d'épaules.

— Et vous comptez le réparer un jour ?

— J'ai joué au loto. Sait-on jamais ? Je suis bien avec Mason Graham dans ma voiture, je peux bien gagner au loto, non ?

— En effet, marmonnai-je, avant de souffler dans le creux de mes mains gelées. À vous.

— À moi quoi ?

— La séquence « aveux honteux ». J'ai dit ce que j'avais sur le cœur, à vous de me parler !

— Oh… Euh… Franchement, il n'y a pas grand-chose à dire sur moi. J'ai bien aimé vos messages aussi. Je craignais que… non, en fait c'est stupide, s'arrêta-t-elle en levant les yeux au ciel. Vous allez vous foutre de moi.

— Vous avez cinq coups d'avance sur ce sujet. Stella, mon ego est agonisant et je suis transi de froid : j'ai besoin de votre aveu honteux pour redorer mon blason.

Elle éclata de rire et se mordit la lèvre inférieure. Puis, elle prit une profonde inspiration et me lança un regard inquiet.

— Je craignais… de tomber sur une espèce de gros lourd poilu, avec des mains plus énormes que ses pieds et…

— Et ?

J'adorais la cuisiner. Je tenais ma revanche sur ses railleries me concernant. Elle était terriblement embarrassée, et nous échangeâmes un regard où elle abdiquait enfin. Embarrasser cette femme était un passe-temps agréable : son corps la trahissait tout le temps. Je me demandais vaguement si elle savait mentir.

— Et j'imaginais ce mec se pencher sur mon carrelage

et révéler… vous savez… ses fesses et tout le reste. Et maintenant j'ai Mason Graham dans ma voiture.

— Mes mains ne sont pas plus grosses que mes pieds. Quant à mes fesses, comme je vous l'ai dit, elles vont bien et j'ai pris des caleçons. Désolé, ajoutai-je dans un rire, mais vous ne verrez rien.

— Je suis vraiment déçue, répondit-elle en se concentrant sur la route.

— C'est presque un compliment. Méfiez-vous, je vais y prendre goût.

— C'est vrai. Il faut donc que je vous dise que votre dernier film était franchement mauvais.

Elle ne m'apprenait malheureusement rien. Les critiques avaient été acerbes, et j'étais loin d'être satisfait du résultat final. Stella prit une route cahoteuse sur la droite. Nous nous éloignions de plus en plus de la civilisation, et les maisons se raréfiaient au profit de l'épaisse forêt de sapins. Le pick-up émit un gémissement plaintif, mais Stella resta les yeux rivés sur la route.

— Une caresse et un uppercut ensuite. C'est un mode de fonctionnement habituel chez vous ? demandai-je.

— Uniquement avec les invités de marque, Mason.

— Je dois m'estimer chanceux ?

— Très, oui. Je n'accepte pas n'importe qui dans ma maison. Et, pour finir sur les aveux honteux, je suis plutôt contente de vous avoir si près de moi. Des tas de femmes voudraient être à ma place !

— Des tas de femmes avec du chauffage.

— J'ai deux ou trois idées pour vous réchauffer. Ici ou ailleurs.

J'attendais l'uppercut. À la lueur de malice dans le regard de Stella, je savais qu'il allait venir, qu'il serait brutal, violent et me mettrait à terre facilement.

La voiture s'arrêta finalement, et Stella en descendit aussitôt. Je quittai l'habitacle à mon tour et récupérai ma valise. Mes yeux s'agrandirent en découvrant le paysage autour de moi : de la neige à perte de vue, des sapins mouchetés de blanc, une barrière vermoulue et un minuscule sentier qui serpentait jusqu'à un chalet en bois de trois étages, chalet qui semblait réclamer qu'on mette fin à ses souffrances. Le toit ployait sous la neige, la façade aurait mérité un bon ravalement et le porche invitait à tout… sauf à la détente.

Ce chalet, c'était l'uppercut que j'attendais.

— Je vous ai préparé une chambre à l'étage, j'espère que vous aimerez.

— Ça sera très bien, répondis-je, dans un automatisme.

— Je vous fais visiter ? Ensuite, on s'y met !

Sa voix débordait d'enthousiasme et de fierté, aux antipodes de l'inquiétude que je ressentais. Je récupérai ma valise à l'arrière du pick-up et suivis Stella. Un sentier se frayait à travers la neige. À vue de nez, il devait y avoir une couche de quarante centimètres rien que devant la maison. Je glissai plusieurs fois et me concentrai pour poser les pieds sur les empreintes que laissait Stella.

Elle poussa la porte du chalet et, enfin, une vague de chaleur m'enveloppa. Je soupirai d'aise et posai ma valise.

— Suivez-moi.

Elle se déchaussa, et je l'imitai sans même lui demander. Elle portait d'épaisses chaussettes en laine, remontées sur le bas de son pantalon. Je réalisai soudain que mon jean, ici, serait aussi efficace qu'une feuille de journal sous la pluie. Nous montâmes jusqu'au premier étage et débouchâmes sur un couloir desservant plusieurs pièces.

— Votre chambre est au fond à gauche. Vue sur la forêt.

Elle ouvrit la porte, et je découvris une pièce chaleureuse. Le bois était omniprésent, tempéré par un mur totalement blanc. Au sol, Stella avait déposé des tapis moelleux, blancs eux aussi. À droite, je devinai la porte qui menait à ma salle de bains. Le lit semblait confortable, recouvert d'un tas de coussins. Je résistai à l'envie de m'y jeter pour piquer un roupillon. Stella ouvrit la grande baie vitrée, laissant apparaître la forêt.

Je ris en voyant le balcon : comme si j'allais y rester pour achever mon hypothermie !

— Quoi ? fit-elle, sans comprendre.

— Il fait -15 °C et vous avez installé un rocking-chair ? Vous pensez vraiment que je vais m'asseoir là ?

Elle haussa les épaules.

— Regarder la forêt m'inspire toujours. Vous avez besoin de savoir où vous en êtes, peut-être que les sapins vous apporteront la solution ! Les serviettes sont dans l'armoire. Il y a aussi des couvertures supplémentaires.

Elle se dirigea vers le chevet et, avec une lueur de triomphe, en sortit un petit coussin.

— Une bouillotte. C'est ce qu'ont les filles sans chauffage, ironisa-t-elle.

— Je n'avais pas pensé à cette méthode, avouai-je dans un sourire.

— Vous imaginiez quelque chose de plus… physique, je suppose ?

Le ton de sa voix avait baissé, et j'aurais juré qu'elle m'avait lancé un regard aguicheur. Je ne pouvais pas faire comme si Stella n'était pas attirante. Depuis qu'elle avait retiré son attirail anti-froid, j'avais découvert son élégante silhouette et j'avais eu tout loisir d'admirer ses fesses en montant l'escalier. Ses cheveux bruns cascadaient dans son dos, et son visage affichait des traits fins. Stella était… jolie. Naturellement jolie.

— Je n'ai rien contre l'exercice physique, répondis-je.

— Tant mieux. La pelle est au sous-sol, vous pouvez commencer à déneiger mon allée.

La caresse — elle jouait merveilleusement bien de son charme — puis l'uppercut. J'allais devoir prendre l'habitude et tenter de ne plus me faire avoir. Elle sortit de ma chambre, sans me laisser le temps de répondre, avant de revenir aussitôt.

— L'allée devant la maison, évidemment, précisa-t-elle inutilement.

J'eus un sourire sans joie. Évidemment. Qu'avais-je espéré ?

Chapitre 4

Olivia

Cher Père Noël, parce que j'ai été très sage (et carrément maligne), je voudrais : un suçon, une branche de gui, un « Fais comme chez toi ».

Mes longs cheveux bruns maintenus dans un chignon de fortune et mon corps enveloppé dans une épaisse serviette-éponge, j'observai mon reflet dans le miroir embué de la salle de bains. D'ici une heure, je devais rejoindre Callum pour notre première et unique répétition. Nous devions nous mettre d'accord sur les réponses d'un certain nombre de questions susceptibles de surgir. Nous avions la soirée pour être raccord et réapprendre à nous connaître. Dès demain, mes parents et ma famille entière prendraient un malin plaisir à jouer à *Usual Suspect* pour nous mettre mal à l'aise.

Je n'avais toujours pas compris pourquoi Callum s'était proposé pour jouer le rôle de mon petit ami imaginaire. J'avais tout de même émis une vague protestation, que mon ami avait balayée d'un geste de la main, de quatre cocktails au gingembre et autant de bières. À la fin de la soirée, j'étais donc « fiancée » à Callum, ivre morte et débordante de gratitude. Mon mensonge idéal se transformait en plan parfait. J'allais me sortir de ce guêpier et je jurerais ensuite solennellement de ne plus jamais mentir.

Cependant, deux jours plus tard, l'alcool avait fini par déserter mon corps, et l'ivresse n'étouffait plus mes états d'âme. Je pouvais l'avouer : j'avais été soulagée que Callum se propose pour camoufler mon mensonge. D'une part, cela m'évitait de partager ma vie avec un inconnu, d'autre part simuler une relation amoureuse avec lui serait nettement moins compliqué. Nous nous connaissions bien, nous connaissions nos vies respectives, et… Callum était loin d'être repoussant. Avec lui, je mettais toutes les chances de mon côté.

Objectivement, Callum aurait pu être mon petit ami. Il était séduisant, drôle, et nous avions partagé de longues soirées très agréables. Peut-être qu'il y avait eu un soupçon d'attirance au tout début, mais, très vite, notre amitié avait pris le pas sur la séduction.

Je grimaçai. Jouer la comédie avec Callum comportait nombre d'avantages, pourtant, la voix de ma conscience ne cessait de me faire douter. Cette mise en scène ne devait durer que deux jours, mais je craignais qu'elle affecte le reste de notre relation. Je tenais vraiment à mon amitié avec lui et j'avais la sensation de la mettre en péril.

Je me séchai les cheveux rapidement et enfilai une jupe par-dessus mes collants avant de mettre un gros pull et camoufler mon cou dans une écharpe épaisse.

Puis, je pris mon sac, enfonçai un bonnet rouge sur mes cheveux et jetai un dernier regard au miroir accroché à ma porte.

— Tu peux le faire, m'encourageai-je.

Je rejoignis le bar à pied, luttant contre le froid polaire qui s'était abattu sur la ville. Mes bottines glissaient sur les plaques de verglas, et je manquai de tomber au moins deux fois. Quand j'arrivai finalement à mon rendez-vous avec Callum, j'étais déjà exténuée par le trajet.

Je poussai la porte et fronçai les sourcils en découvrant l'écriteau fixé sur le bois.

— Tu fermes ? demandai-je à brûle-pourpoint.

— Bonjour, chérie ! répondit Callum avec un sourire gigantesque.

Je le fusillai du regard et retirai mon bonnet dans un geste énervé. Callum s'agitait derrière le bar, versant le contenu d'une bouteille dans le shaker. En voyant ma mine colérique, il se justifia :

— J'essaye juste d'être dans mon rôle pour demain !

— Et moi qui pensais que tu me connaissais parfaitement ! Je ne suis pas très… « petit nom ».

— Vraiment, mon cœur ?

Je lui lançai un nouveau regard sombre, mais ne parvins pas à retenir un sourire quand il me fit un clin d'œil malicieux. C'était la grande force de Callum : parvenir à me faire rire dans les moments les plus improbables. Je m'installai à ma table habituelle, posai mon sac et me débarrassai de mon écharpe.

— Donc, pas de « petit nom » ? demanda-t-il.

— Si on peut éviter, j'aime autant. Je trouve qu'il y a

quelque chose de bizarre dans ces surnoms, comme si c'était des marqueurs de propriété.

Je réprimai un frisson d'effroi. Je tenais bien trop à mon indépendance pour me laisser embarquer dans ce genre d'inepties. Je voulais mettre un terme à mon mensonge, pas entendre ma mère roucouler à chaque fois que Callum m'appellerait « chérie », « mon cœur » ou « ma caille ». Un nouveau frisson me parcourut à cette idée : il fallait très vite oublier ça.

— Donc, tu fermes ? enchaînai-je pour changer de sujet.

— Je ne peux pas être ici et avec toi, chez tes parents, pour jouer le rôle de ton petit ami.

— Tu es vraiment certain de vouloir faire ça ?

— Je me suis proposé, me rappela-t-il.

— Je sais, mais… écoute, peut-être que je ferais mieux de tout leur avouer. T'embarquer là-dedans n'était pas très loyal. J'ai l'impression de t'avoir forcé la main.

Callum leva les yeux vers moi et reposa le shaker qu'il était en train de vider dans une flûte à champagne. Il me fixa pendant quelques instants, puis passa une main dans sa chevelure épaisse.

— Tu ne m'as pas forcé. Nous sommes amis, je t'aide, voilà tout.

— Je devrais tout leur dire, soupirai-je.

— Tu crois ?

— Tu es censé m'encourager à prendre la bonne décision ! Tu es censé me dire que… je ne sais pas… que mentir c'est mal, que j'aurais dû mesurer les conséquences de mes actes, que j'ai eu tort de me laisser embarquer. Et toi, tu acceptes de jouer le jeu ? Mais… pourquoi ?

— Pourquoi pas ?

Je levai les yeux au ciel. Pourquoi devait-il toujours répondre par une pirouette ? Callum était un ami, mais il ne m'avait jamais fait part de ses états d'âme. Je ne l'avais même jamais vu avec une fille. Dans sa vie, il y avait le bar… et le bar. Il retourna à sa préparation, et seul le bruit des verres qui s'entrechoquaient me parvint. Au bout de quelques minutes, il apparut à ma table et me tendit un verre.

— Kiss me Santa[1], dit-il en désignant le verre.

— Cocktail de Noël ?

— Rien que pour toi. Dis-moi ce que tu en penses.

La flûte devant moi était d'une délicieuse couleur rose, et de fines bulles remontaient à la surface. Callum avait fait montre de son sens du détail en ajoutant un bâtonnet rouge et blanc de sucre d'orge. Je le retirai de mon verre et le léchai rapidement. Callum m'observait prudemment, comme s'il craignait que je lui jette le contenu du verre au visage.

Je pris une gorgée et tentai de reconnaître les composantes de mon cocktail.

— Nouvelle création ?

— Pas vraiment. Je l'ai juste ressortie de mes placards.

— Pour moi ?

— Pour nous, corrigea-t-il.

— Pour nous ?

Il s'installa devant moi, exhibant ses tatouages qui couvraient ses avant-bras. Sa chemise épaisse à carreaux était déboutonnée, laissant apparaître un fin T-shirt blanc.

1. Embrasse-moi, Père Noël. (N.d.E.)

Il passa une main sur sa barbe de trois jours et demi, et s'expliqua :

— Tu sais, certains couples ont une chanson fétiche, un film favori ou un lieu qui leur parle. Pour nous, ce sera un cocktail.

— On dira aux gens qu'on s'est rencontrés aux alcooliques anonymes. C'est si romantique ! ironisai-je en buvant une nouvelle gorgée de « notre » cocktail.

— Je préfère la version où j'étais l'âme chevaleresque qui te tenait les cheveux pendant que tu vomissais copieusement dans les toilettes.

— Et j'ai vomi avant ou après que tu m'aies tripotée derrière ton bar ?

— Trop de détails peuvent nuire. Et puis, ce n'est pas franchement plausible.

— À cause de ton côté chevaleresque ?

— Pas vraiment. La réserve est plus grande pour ce genre d'activité.

Je manquai de recracher ma gorgée de cocktail, pendant qu'un sourire lascif s'étirait sur les lèvres humides de Callum. L'image de lui et moi dans sa réserve me traversa furtivement l'esprit. Dans la mesure où Callum était loin d'être repoussant, l'idée n'était pas désagréable.

Un frisson me parcourut, mélange de frustration sexuelle et de gêne. Je devais éviter de penser à ça. Car penser à « ça » m'entraînerait à penser à autre chose, et cette autre chose n'existait pas : nous étions amis, et rien de plus. Le silence entre nous devint subitement gênant et je bottai en touche.

— Tu vois, c'est justement pour préparer ce genre de

détails que nous devions impérativement nous voir ce soir. Ce truc est une merveille, le complimentai-je en désignant mon verre.

David Beckham n'aurait pas fait meilleur dégagement !

Callum m'adressa un sourire ravi et retourna derrière son bar. Il reprit une flûte, et je compris que lui et son côté chevaleresque me préparaient un deuxième verre. Je me soulevai légèrement, tentant de voir quelles boissons il utilisait.

— Ne triche pas, me prévint-il, concentré sur ses gestes.

— Je ne triche pas !

— Je sais que tu regardes. Je sais tout le temps quand tu me regardes, ajouta-t-il en trouvant finalement mes yeux.

Pendant de très longues secondes, un nouveau silence embarrassé m'enveloppa. Nous étions passés de la plaisanterie à une atmosphère sérieuse et troublante. Les pupilles sombres de Callum me fixaient, attendant une réponse. Finalement, mon dégagement n'avait pas été si bon que ça. J'étais perturbée : en un regard et deux phrases, Callum venait d'effacer les contours et les habitudes de notre amitié.

— Champagne, dis-je finalement. Il y a du champagne dans ce truc !

— En effet. Et quoi d'autre ?

— Liqueur de framboise. Ce qui donne l'acidité, c'est bien.

— C'était facile à trouver. Il en manque un.

— Un alcool fort, j'en suis certaine. Je le sens qui persiste dans la gorge.

Je repris une gorgée, me concentrant sur ce fameux composant. Les bulles de champagne pétillaient sur mes papilles, et il me fallut finir le verre pour mettre enfin un nom sur ce qui me tourmentait. Enfin, je criai, victorieuse :

— Vodka !

— À tes ordres, répondit Callum en posant la bouteille bruyamment sur le bar.

Je levai les bras de joie, pendant que Callum ramenait un nouveau cocktail, la bouteille de vodka et une bière. Il s'installa face à moi, un air déterminé sur le visage. Il décapsula sa bière sur le rebord de la table et en but une gorgée.

— Alors, on retient quelle version ? demanda-t-il. Les alcooliques anonymes ou mon côté chevaleresque ?

— Restons classiques : on peut dire qu'on s'est rencontrés ici et que tu m'as draguée, et notre histoire a commencé comme ça.

Callum but une gorgée de sa bière et acquiesça. Je lâchai un petit soupir satisfait et ouvris mon sac à main. J'en sortis une enveloppe et la plaçai au centre de la table. Mon ami reposa sa bière, et son regard navigua de moi à l'enveloppe.

— Qu'est-ce que c'est ?

— Ta... Ton cachet.

— Mon cachet ? Tu n'es quand même pas en train de...

— Callum, je comptais engager quelqu'un de toute façon. Tu fermes le bar, c'est normal que tu sois dédommagé. Par ailleurs, tu vas subir ma famille pendant tout un week-end. Prends-le comme une indemnité pour le préjudice psychologique à venir.

Je poussai l'enveloppe vers lui. Il me fixait avec de grands yeux éberlués. À croire qu'un troisième œil venait de surgir au milieu de mon front. Il reposa sa bière prudemment et secoua la tête. Sa main recouvrit la mienne, et il repoussa l'enveloppe vers moi.

— Je le fais parce que nous sommes amis. Garde ton argent.

— Callum, ce que nous allons faire…

— Quel est le problème au juste ? demanda-t-il, avec curiosité.

Il s'enfonça dans la banquette en cuir noir et croisa ses bras musclés sur son torse. Ses épaules carrées m'impressionnaient, et je me ratatinai sur mon siège. Callum, mâchoires serrées, attendait. Je savais très exactement quel était le problème, mais, devant lui, devant son regard flamboyant, tous les mots se bousculaient dans ma gorge et je ne parvenais pas à articuler le moindre son.

— Ça mettra de la distance, murmurai-je.

— Tu veux mettre de la distance entre nous ?

— Entre le « faux nous ».

— Le « faux nous » ? Je viens juste de te faire admettre qu'il y avait un « nous », et tu le transformes déjà en « faux nous » ?

Son sourire s'élargit. Callum me taquinait, je le savais. Il cherchait à me pousser dans mes retranchements pour me faire dire l'inverse de ce que je voulais exprimer. Évidemment, il prenait un malin plaisir à me torturer, pendant que je me tordais les mains pour trouver une explication.

— Écoute, Callum, nous sommes amis. J'ai peur que… j'ai peur qu'en jouant un couple on finisse par oublier que nous sommes amis. Je ne veux pas perdre ton amitié, j'aime trop ce que nous sommes. Je n'ai pas envie de gâcher notre histoire à cause d'une fausse histoire. Je veux garder le « vrai nous ».

— Je vois.

— Tu vois ?

J'étais épatée : il avait réussi à décrypter mon explication confuse, alors que, même moi, je n'aurais pas été capable de la reformuler. Son visage ne trahissait aucune émotion, et il se contenta de boire une gorgée de sa bière.

— Je dois admettre que je ne sais pas si je dois être vexé ou flatté. Vexé parce que tu penses que je peux oublier ce que nous sommes… et flatté de t'entendre dire que tu crains un dérapage.

— Ce n'est pas tout à fait ça.

Il se pencha vers moi et m'adressa un sourire moqueur.

— Si. C'est tout à fait, ça. Alors, dis-moi. Dois-je me sentir vexé ou ravi ?

— Prends cet argent, Callum.

— Tu ne réponds pas à la question.

— Je veux qu'on reste amis. Cet argent est pour te dédommager de la fermeture du bar et pour maintenir une sorte de lien contractuel. Je te rétribue pour tes services.

Je poussai l'enveloppe vers lui, mais il n'eut aucune réaction. Je me réfugiai dans mon verre, tentant de trouver un moyen de me sortir de ce mauvais pas. J'avais beau me justifier et avoir l'esprit clair concernant ma relation avec Callum, sa façon de me pousser à bout me déstabilisait. Je m'agitai nerveusement sur la banquette, observant sa main repousser l'enveloppe.

— Bien, je suis ravi, alors. Tu penses que toi et moi…

— Je ne pense rien !

— Allons, Liv, penser ce n'est pas si dramatique. Je peux être le premier à l'avouer, si tu veux : c'est vrai, j'y ai pensé.

— À nous ?

— À nous. À toi. J'y pense toujours. Je suis certain qu'on pourrait être fantastiques ensemble.

— On est déjà ensemble, nous sommes amis, lui rappelai-je.

— Tu peux te le répéter autant que tu le veux, Liv, mais tu l'as avoué toute seule : tu veux me donner cet argent pour éviter un dérapage. Je dis juste que « déraper » ne serait pas si dramatique. Cela étant dit, je n'ai pas besoin de cet argent, garde-le. On devrait plutôt répéter notre numéro.

Son ton déterminé ne supportait aucune réponse. Je me contentai de fourrer l'enveloppe dans mon sac et d'acquiescer. Les mains jointes sur la table et troublée par sa déclaration, je repris là où nous en étions restés.

— Donc, nous nous sommes rencontrés au bar ?

— Oui. Je t'ai sauvée des griffes d'un geek de seconde zone.

— Et tu as fait ça parce que…

— Parce que ton père a un Super Bingo. Protéger : c'est fait.

Il sortit un stylo et une serviette blanche en papier de sa poche. Médusée, je le vis cocher la case « protéger Liv », située en haut de sa liste. Je me pinçai les lèvres, réprimant une envie de rire. Je me souvenais maintenant lui avoir effectivement parlé des fameux critères de mon père.

— Tu as pris des notes ? couinai-je.

— J'ai l'intention de bien tenir mon rôle. Nous sommes censés être un couple, non ?

— Nous sommes censés rompre d'ici quarante-huit heures, tu n'as pas besoin d'apparaître comme le gendre idéal.

— J'apprécie déjà ton humour douteux, ça ne fait qu'une case en plus. On vit ensemble ?

Je m'étouffai avec le reste de mon cocktail et toussai plusieurs fois avant de pouvoir reprendre mon souffle. Callum m'observait, imperturbable, sirotant une longue gorgée de bière.

— Je te demande pardon ?

— Est-ce qu'on vit ensemble ? répéta-t-il avec patience.

— Ensemble. Ensemble ? Genre… on partage le loyer ?

— Le loyer, le frigo, la salle de bains et le lit. Est-ce qu'on vit ensemble ?

— Euh… non, pas encore, marmottai-je.

— D'accord. Il faut donc préparer une chronologie.

— Une quoi ?

— Une chronologie. Date de la rencontre, premier baiser, première partie de jambes en l'air sur cette table et présentation à nos familles respectives. Il nous faut des dates, Liv', sinon ils vont découvrir la vérité en moins de cinq minutes.

Je poussai un profond soupir. Ce mensonge m'avait tellement submergée que j'avais complètement oublié de penser à ce genre de détails. Callum avait raison, nous devions nous mettre d'accord sur ces informations. Je connaissais ma mère, et elle risquait de flairer l'escroquerie assez rapidement.

Je me servis une rasade de vodka, me redressai et me décidai à réagir.

— Donc, tu m'as sauvée de l'emprise d'un geek. Disons, il y a six mois. Le 4 juillet ? Ça fait une date facile à retenir. Tu m'as embrassée le soir même.

— Sous le feu d'artifice ? Très romantique, Liv !

— Tu veux gagner le Super Bingo de mon père ou pas ?

— Dans la mesure où tu es le premier prix, je ne suis pas contre. Tu es un lot plutôt… sexy.

J'étrécis les yeux, me demandant s'il plaisantait ou non. Callum me fixait avec une lueur amusée dans le regard et profita de mon silence pour enfoncer le clou.

— Très sexy, même. Bon, disons que je t'ai roulé une pelle hallucinante sous le feu d'artifice. Au moment du bouquet final, ajouta-t-il avec un clin d'œil.

— Hallucinante ? Ça va les chevilles ?

J'arquai un sourcil, en espérant écorner un tout petit peu son ego. Je pouvais comprendre qu'il tienne à soigner les détails, qu'il fasse en sorte que notre histoire paraisse réaliste aux yeux de ma famille, mais je trouvais que notre fausse histoire prenait une tournure hollywoodienne, le tout, à la gloire de Callum.

— Regarde-moi, Liv : tu crois vraiment que je suis le genre de type à faire un petit bisou timide ?

Il se pencha vers moi, et l'air se raréfia dans l'instant. Même la table qui nous séparait me sembla plus petite. Il n'y avait plus la pointe d'humour habituelle dans son regard. Ses yeux sombres me sondaient, et il passa la langue sur ses lèvres.

— Liv, si toi et moi avions dû... massacrer notre amitié, crois-moi que je l'aurais massacrée comme il faut. J'aurais tout détruit sur mon passage, je n'aurais absolument rien laissé, si bien que tu en aurais été ravagée de plaisir.

Sa voix vibra, trahissant sa sincérité. Il me sembla percevoir une pointe de regret dans ses yeux, mais, très vite, il se renfonça dans sa banquette et notre discussion reprit son cours. Pendant un instant, je me demandai si je n'avais pas rêvé, si je n'avais pas mal interprété ses mots. Callum et moi étions amis. C'était ainsi. C'était aussi certain qu'une heure comportait soixante minutes, aussi solide que l'imposant bar en merisier de cette pièce.

Je le fixai une longue seconde, tentant de capter le regard de mon ami. Penché sur sa serviette en papier, il rajoutait une ligne à ses notes.

— Donc, nous sommes d'accord ?

Je n'avais aucune idée de quoi il parlait, mais je hochai la tête. J'étais d'accord, oui. D'accord pour le massacre de notre amitié en bonne et due forme, d'accord pour le baiser hallucinant, d'accord pour notre cocktail préféré, d'accord pour être ravagée de plaisir. D'accord pour tout ça... tant que ça restait de la théorie. Car, si cela se concrétisait, je craignais le pire.

Je cherchai encore comment mon gros mensonge, transformé en plan parfait, était devenu un trou noir aspirant tout sur son passage. Peut-être qu'en fait une heure faisait un peu plus de soixante minutes car maintenant mon amitié avec Callum me semblait bancale.

— Ensuite, disons que je t'ai invitée à dîner plusieurs fois. Tu n'aimes pas le poisson ni la cuisine épicée. Un *steakhouse*... Et puis un italien ?

— Euh... oui.

— Il faut travailler sur les anecdotes, Liv. Les gens adorent les anecdotes. On pourra toujours raconter ce genre de choses si on bloque sur une question.

Un rire nerveux m'échappa. Une fois de plus, j'admirais la capacité de Callum à tenir son rôle au point d'en peaufiner chaque détail. Je devais cependant admettre qu'il avait raison. J'avais sous-estimé cette partie de mon plan, persuadée qu'embaucher un acteur suffirait.

— Bien. Alors disons... disons que tu as renversé ton verre de vin sur moi et que... qu'on a tellement attendu dans ce *steakhouse* qu'on nous a offert l'addition ?

— Parfait. Et je t'ai ramenée ici.

— Au bar ?

— Chez moi. Au-dessus.

La précision n'était pas franchement utile. Je savais que Callum habitait au-dessus. J'avais été chez lui deux ou trois fois, à chaque fois en coup de vent. Mais, qu'il fasse la distinction entre le bar et chez lui, me toucha, sans vraiment que je comprenne pourquoi.

— Et donc, cette nuit-là, nous avons... couché ensemble ?

— C'est ça.

J'avalai une rasade de vodka et trouvai un reste de courage enfoui sous ma honte.

— Et c'était hallucinant ? demandai-je, en ignorant la longue brûlure de l'alcool jusqu'à mon estomac.

Callum releva les yeux vers moi, surpris par ma question. Son regard passa de la bouteille de vodka à mes lèvres, avant de se planter dans le mien. Je lui adressai un sourire chaleureux, essayant de limiter les petits bonds hystériques que mon estomac faisait. J'avais été troublée par la perspective d'être — faussement — ravagée de plaisir par un simple baiser. Je voulais savoir quel genre d'effet me ferait alors une — fausse — nuit avec lui.

— C'était incroyable, murmura-t-il. Parcourir ton corps, entendre ta respiration lourde, embrasser ta peau… Le meilleur moment, c'était au petit matin, quand tu es venue dans mes bras et que tu m'as demandé ce que signifiait chacun de mes tatouages. La meilleure nuit de ma vie, suivie par le meilleur réveil de ma vie.

Je l'écoutai avec attention. Écouter Callum raconter notre fausse première nuit, c'était comme écouter une histoire féerique. Les détails, l'émotion, le ton, la conviction : tout y était. Callum allait envoûter ma famille, aussi facilement qu'il m'avait ensorcelée à cette table. J'en voulais plus, je voulais l'entendre parler de moi, de nous, comme jamais personne ne l'avait fait.

— D'accord, chevrotai-je finalement. Pourquoi… Pourquoi fais-tu ça ? Pourquoi n'es-tu pas le même que d'habitude ?

— Je suis le même, Liv. Exactement le même.

Je fis comme si sa réponse me satisfaisait, mais quelque

chose me tourmentait. Habituellement, Callum faisait des blagues, se moquait allègrement de moi, complimentait ma tenue, me demandait conseil à l'occasion. Mais il n'avait pas cette voix rauque, ses épaules n'étaient pas si tentantes, ses avant-bras n'étaient pas aussi fascinants et son regard ne s'amusait pas à plonger dans le mien pour savourer les effets de notre échange.

Et, en temps normal, mon estomac restait à sa place, mon cœur battait à un rythme normal, ma tension affichait 12/6, et ma gorge n'était pas sèche comme un désert aride. Quelque chose avait bouleversé l'équilibre de notre relation.

— Il faudrait que tu montes, reprit-il.

— Que je monte ?

— Dans mon appartement. Pour voir à quoi ça ressemble, histoire de te remémorer les lieux.

— D'accord. Plus tard, alors.

Je n'étais pas certaine de tenir sur mes jambes : deux cocktails, un verre de vodka et Callum. Trop d'éléments perturbateurs pour moi. Callum acquiesça et croisa les mains devant lui.

— Est-ce que tu vois autre chose à me dire ?

— Sur nous ? Tu as l'air de maîtriser parfaitement le sujet.

— Pas tout à fait, non, rétorqua-t-il en riant. Dis-moi qui sera là, que je fasse semblant de les reconnaître. Je mettrai une main sur le cœur et débiterai leurs prénoms un à un en lâchant un « Liv m'a tellement parlé de vous ! ».

— Tu devrais arrêter de regarder toutes ces comédies

romantiques. Mes deux sœurs seront là, ainsi que mon frère. Avec évidemment leurs conjoints respectifs.

— D'accord. Ce qui fait donc que, avec tes parents, huit personnes différentes peuvent potentiellement nous questionner ?

— C'est ça. Maintenant, je peux te donner des trucs pour éviter de répondre. Mon père et mon frère adorent la pêche à la ligne. Propose-leur une partie de pêche, et ils oublieront le reste de la planète. Pour mes sœurs…

— Je les complimenterai. Ou je demanderai à voir les photos du mariage.

J'approuvai l'idée, épatée par la facilité avec laquelle Callum cernait mes sœurs.

— Tu en as tellement parlé, c'était facile de deviner, se justifia-t-il. Les femmes aiment les compliments, adorent parler de leur mariage et raconter leur accouchement. Quel est mon signe astrologique ?

Pendant une seconde, je ne compris pas le sens de sa question. Puis, je réalisai. Nous étions toujours sur les détails de mon plan. Callum me fournissait les éléments qu'en tant que petite amie je devais connaître.

— Verseau. Tu penses vraiment qu'on va nous poser ce genre de question ?

— Non. Surtout que je suis scorpion. Facile à retenir, y en a un ici.

Il écarta les pans de sa chemise, puis tira sur son T-shirt, me laissant admirer un tatouage imposant qui couvrait une bonne partie de son torse. Mes doigts brûlaient de le toucher, et je les refermai donc fermement autour de mon verre. Je pris une profonde inspiration, tentant de dissiper les vapeurs d'alcool. Apparemment, la vodka donnait une aura particulière à Callum.

— Est-ce que tu vois d'autres choses qu'il faut qu'on travaille ? demandai-je.

Il replia sa serviette débordant de notes et, pendant un court instant, le soulagement m'étreignit. J'allais pouvoir quitter le bar, les jambes flageolantes et l'esprit embué, et retrouver le calme et la solitude de mon appartement. Et, surtout, je n'aurais plus à respirer le même air que Callum. Ni même à reluquer sans vergogne le dessin parfait de sa mâchoire. Pourquoi ne l'avais-je pas remarqué avant ?

— Oui, il y a encore quelque chose.

Sous le regard flamboyant de Callum, tout mon corps se crispa. Je ne craignais pas Callum, mais j'appréhendais mes réactions. En une soirée, mon ami était devenu brusquement attirant, et mon esprit vagabondait dans des territoires brûlants et interdits.

— Ah oui ? Qu'est-ce qu'on a oublié ?

À ma voix enrouée et hésitante, Callum fronça les sourcils. Mes œstrogènes agités menaient un véritable coup d'État dans mon corps. Je me redressai, repoussai mon verre et posai les mains à plat sur la table. Doucement, je repris le contrôle des événements.

— Donc, qu'est-ce qu'on a oublié ?

Un sourire crapuleux s'étira sur les lèvres de Callum. La révolution hormonale reprit, déferlant dans mes veines. Mon cœur manqua un battement, et je restai immobile quand les doigts de Callum effleurèrent les miens. C'était furtif et doux, tout en contraste avec le regard sombre et ardent de mon ami.

Quelque part, au fond de mon ventre, les hormones crièrent victoire et investirent définitivement les lieux. J'étais perdue.

— Il faut qu'on définisse les règles, expliqua Callum avec patience.

— Quel genre de règles ?

— J'ai fait une liste.

— Une autre liste ? Mais pourquoi ?

— Pourquoi pas ? Rassure-toi, je me fierai à tes choix. Et on improvisera si besoin, ajouta-t-il en sortant une nouvelle serviette.

Je ne voyais toujours pas de quoi il s'agissait et j'étais loin d'être rassurée. Après avoir entrevu la fin de mon calvaire, mon bourreau en remettait finalement une couche. Callum déplia la serviette avec une infinie précaution, puis prit le temps de finir sa bière.

— C'est au sujet des contacts, de la façon dont je peux te… toucher.

Je réprimai un sourire en l'entendant hésiter : je n'étais pas la seule à être chamboulée par notre soirée. Soudain, les cartes étaient rebattues. Callum avait joué avec moi une bonne partie de la soirée, je pouvais certainement moi aussi le pousser dans ses retranchements.

En tout cas, je pouvais essayer.

— Me toucher, donc ?

— Liv, si nous sommes un couple, nous devons agir comme un couple. Cela suppose une forme de proximité physique, des gestes tendres, des attentions. Comme je te l'ai dit, ta famille nous grillera très vite si nous ne fignolons pas les détails. On peut improviser sur tout un tas de choses, mais si je dois te prendre la main et que tu sursautes ils se douteront aussitôt de quelque chose.

Je le dévisageai, stupéfaite. Pendant toute sa plaidoirie, Callum n'avait pas cillé. Je doutais même qu'il ait respiré. Les yeux rivés sur sa serviette en papier, il s'éclaircit la gorge, et je ne pus m'empêcher de rire aux éclats.

— Tu as répété cette tirade combien de fois ?

— Quinze fois.

— Quinze ?

— Trente en fait. Depuis ce matin, je la répète en boucle. J'avais le vague espoir que tu abordes le sujet dès le départ.

— Parce que c'est mon plan ?

— Parce que j'aime beaucoup quand les femmes prennent l'initiative. C'est très sexy.

— Je n'ai jamais misé sur mon sex-appeal. En particulier avec toi.

— Tu as tort, répondit-il, laminant mon beau sursaut de confiance en moi. En particulier avec moi.

Un silence s'installa entre nous. Je renonçai immédiatement à la perspective de gagner mon combat contre Callum. Quels que soient mes efforts, en une phrase, il parvenait à m'anéantir. Nous avions eu pourtant l'occasion de partager de nombreuses soirées ensemble, de longues discussions nocturnes, d'interminables nuits à refaire le monde. Nous avions ri, parlé, maudit l'humanité, mais jamais Callum ne m'avait regardée, comme si j'étais… une femme.

Ou peut-être que c'était moi qui ne l'avait jamais considéré comme un homme. Cette soirée ne ressemblait à aucune autre, et mon corps réagissait bien trop vite. Je regrettai presque que Callum se soit porté volontaire, j'étais désormais certaine qu'il y aurait des conséquences à cette mascarade, et je n'étais pas pressée de les affronter.

J'allais devoir renier ma théorie sur l'amitié homme-femme. De toute évidence, il y avait bien une pointe inaltérable de désir, saupoudrée d'une touche de séduction entre nous. Malgré toute ma volonté, préserver les limites me semblait maintenant aussi frustrant qu'accessoire.

— Bien, alors, je t'écoute, l'encourageai-je.

— Tu me dis juste « oui » ou « non ». Te toucher les cheveux ?

— Oui. Évidemment.

— Te prendre par la taille ?

— Oui.

— Te prendre la main ?

— Oui.

Callum passa une main sur sa barbe et reprit son souffle. Je me trouvais presque injuste avec lui. J'étais celle qui avait initié le plan, j'aurais dû être celle qui dictait les règles, au lieu de lui imposer cette situation.

— Et toi ? demandai-je. Est-ce que je peux te toucher les cheveux et te prendre la main ?

— Évidemment. Fesses ?

— Ça dépend, tu veux les prendre ou les toucher ?

— Ça dépend, tu es du genre tendre ou sauvage ?

— Pourquoi faudrait-il choisir ? répliquai-je dans un sourire.

— Bien. Donc, les deux. Dernière question, peux-tu me dire quelle zone de ton anatomie je ne peux pas embrasser ? Lèvres ? Cou ? Main ? Joue ? Front ? Oreille ? Nombril ?

Devant mon air ébahi, Callum ne perdit pas contenance. Au contraire, il me sembla le voir bomber le torse et carrer un peu plus fort les épaules.

— Ton père a son Super Bingo, j'ai le mien, expliqua-t-il avec un sourire à embraser la table entre nous.

J'imaginai brièvement la scène, sentant presque les lèvres de Callum sur toutes les parties du corps qu'il venait de nommer. Une bouffée de chaleur m'étreignit, et je m'agitai sur la banquette.

— Très impressionnant. Mais je pense qu'on va éviter de s'embrasser. Et si jamais ça devait… surgir, je propose qu'on la joue furtif et timide. D'autres questions ?

— Non. Je pense que nous avons fait le tour. Tout est très clair, conclut-il. Il faut qu'on monte là-haut pour que tu voies l'appartement.

Il replia sa serviette, complètement inconscient de l'état dans lequel j'étais. Mon sang bouillonnait sous ma peau, et j'aurais pu donner ma vie pour une nouvelle rasade de courage et de vodka. Je rassemblai mon reste de forces et me levai de table. J'espérais au moins donner l'impression que je ne subissais pas toute cette soirée.

Callum m'imita et tendit la main vers moi. Je la fixai de longs instants, avant de l'entendre soupirer.

— Va falloir bosser tes réflexes, Liv ! Prends ma main !

— Oh ! oui. Bien sûr ! Je réfléchissais.

— À quoi donc ?

— Euh… À rien.

Mes doigts s'enroulèrent autour des siens. Callum me tenait la main avec force, m'entraînant derrière lui en direction de l'escalier de l'arrière-salle. Je trébuchai et manquai de tomber plusieurs fois avant de franchir finalement le seuil de son appartement. Mes neurones fonctionnaient à plein tube. J'aurais préféré rester au bar : c'était un endroit neutre, qui avait vu naître et fleurir notre amitié. Le bar était un endroit sûr ; au bar, nous étions amis.

Ici, dans cet appartement, tout était plus intime. Tout était Callum : les murs, la décoration, le parfum. Je devais quitter cet endroit, avant de franchir le point de non-retour et avant que notre amitié ne devienne qu'un vague souvenir. À l'instant où j'ouvris la bouche, Callum se tourna vers moi.

— Bienvenue chez moi.

Le piège se refermait sur moi. La petite dose de courage dont j'avais besoin pour quitter cet endroit et affronter Callum venait de s'évanouir dans la pièce. Il libéra ma main et alla allumer deux lampes. J'en profitai pour avancer dans la grande pièce, admirant sa collection de livres d'occasion. J'oubliai mes doutes et décidai de jouer le jeu.

Le salon était bordé de deux fauteuils en cuir sur la gauche. Sur la droite, un canapé avait été disposé sous la fenêtre principale, qui donnait sur la rue et me permettait de voir que la neige avait redoublé. Je grimaçai, songeant à la longue route qui nous attendait demain.

Je finis le tour de la pièce, souriant devant la montagne

de jeux vidéo. Je me souvenais encore du dimanche après-midi passé ici pour l'aider à accrocher l'écran de télévision monumental. Ce truc pesait une tonne. Callum avait encore ce tapis noir, épais et duveteux qui recouvrait un parquet usé. Il m'avait avoué qu'il prenait un plaisir fou à y marcher pieds nus chaque matin. Les murs blanc cassé tranchaient dans ce décor sombre et très masculin.

Cet appartement, c'était exactement Callum : sombre en apparence, lumineux dès que vous en grattiez la surface.

— Je ne me souvenais pas que c'était si bien rangé.

— J'ai fait un effort pour toi, expliqua-t-il en roulant en boule une serviette de bain égarée sur le canapé. Donc, ici, c'est le salon.

— Ta console, tes jeux, ton fauteuil, ton tapis… J'avais compris en fait. La cuisine est par là, je crois.

Je désignai une porte sur la droite, et Callum acquiesça. Je sentis son regard sur moi pendant que je gagnais la petite pièce. Là encore, il avait joué à la fée du logis : rien ne traînait, le plan de travail était vierge de miettes et le réfrigérateur était presque trop propre pour être honnête.

— Au fait, quel est ton plat préféré ? demandai-je.

Je sursautai en sentant les mains de Callum sur mes hanches. Mon corps se tendit, entre surprise et excitation. Je devinai son corps derrière le mien et je luttai contre l'envie de réduire l'espace entre nous. Ce soir-là, avant que je passe la porte du bar, nous étions encore amis, j'appréciais Callum pour son humour et notre complicité me suffisait. Maintenant… maintenant tout était différent. Callum était trop proche et trop loin à la fois. La situation était bizarre, et en même temps terriblement normale. J'étais de plus en plus perdue : toute cette soirée nous embarquait sur un chemin risqué, pourtant, je ne m'étais pas sentie aussi bien avec un homme depuis une éternité. Mes résistances étaient en train de lâcher une à une.

— Le sashimi de poulpe, chuchota-t-il contre mon cou.

Pour un peu, j'en aurais gloussé de rire. Je m'attendais à tout, sauf au poulpe. Je devais cependant admettre que sentir la voix de Callum vibrer contre ma peau rendait le poulpe beaucoup plus sexy. Ses mains se refermèrent un peu plus sur mes hanches.

— Mais, disons que pour ce week-end, mon plat préféré sera celui que ta mère sortira du four.

— Bonne réponse, murmurai-je.

— Et, puisqu'on parle de ta mère et de dégustation, je pense qu'il faut qu'on peaufine un ultime détail.

Je me tournai vers lui, sans comprendre. Mes mains trouvèrent son torse, et ma respiration ne devint qu'un souffle erratique. Mon estomac entama un looping inédit et, à l'instant où je compris où Callum voulait en venir, mes doigts paniqués se refermèrent sur sa chemise.

— Non, dis-je finalement.

— Ça peut nous permettre d'être tranquilles pour le week-end. Si tes parents voient la marque d'un suçon, ils ne vont pas se poser de questions sur notre intimité.

— C'est moi qui risque de m'en poser !

Je m'arrachai à son étreinte et retournai dans le salon à peine éclairé. Toutes mes affaires étaient restées au rez-de-chaussée, dans le bar, et je ressentais maintenant une certaine urgence à quitter les lieux. Toute cette histoire allait trop loin.

— Liv, si tu n'es pas capable de le faire ici, sans spectateur, comment feras-tu devant tes parents ? Comment réagiras-tu quand je viendrai t'embrasser au réveil ? Nous allons même devoir coucher ensemble !

— Dormir, pas coucher.

— Il me semble que nous devons justement leur faire croire que nous couchons, pas que nous… dormons !

Pendant un court instant, nous nous dévisageâmes, muets, pendant qu'un tourbillon d'émotions déstabilisantes et électriques dansait autour de nous. Je n'aimais pas le virage que prenait cette conversation. J'avais perdu mes repères depuis longtemps, et mon fameux plan parfait se révélait catastrophique.

J'approchai de lui lentement. Callum me fixait, tentant vainement de lire dans mes pensées embrouillées. Je ne voulais pas me disputer avec lui, et l'atmosphère entre nous était tendue. Je devais faire en sorte de rectifier le tir pour demain.

Et pour notre amitié. Je ne voulais pas perdre ce qui nous liait.

— Je m'assurerai d'avoir l'air béat et d'être parfaitement décoiffée au réveil, souris-je. En revanche, si cela ne t'ennuie pas, je ne marcherai pas comme une fille qui vient de faire du rodéo pendant des heures.

— Et, si cela ne t'ennuie pas, je vais vite chasser cette image de cow-girl de ma tête.

— Je ferais une excellente cow-girl ! protestai-je, un peu vexée.

— C'est justement pour ça que je vais essayer de l'oublier. T'imaginer en train de me chevaucher n'est généralement pas bon pour ma santé mentale, Liv.

— Généralement ? !

— Généralement.

Je voulais détendre l'atmosphère et je n'étais parvenue qu'à l'alourdir davantage. Au regard sombre de Callum, je compris que m'imaginer en cow-girl était une sorte d'habitude.

— J'éviterai donc de le faire en présence de tes parents, reprit-il. Te toucher sera déjà assez… dangereux. Je crois que tu ne t'en rends pas compte.

— Me dire que je suis une femme potentiellement dangereuse est en effet assez nouveau. Je vais rajouter ça à mon CV.

— Rajoute sexy. Et drôle. Et intelligente.

— Sauf pour les plans foireux, dis-je dans un rire.

— Sauf pour les plans foireux.

En une seconde, la bulle de tension qui nous enveloppait s'était dégonflée. Pourtant, au fur et à mesure de ma conversation avec Callum, je ne pouvais pas nier que quelque chose avait changé. Callum me trouvait dangereuse, sexy, drôle et intelligente… pas le genre d'adjectifs qu'on utilisait pour complimenter sa meilleure amie. Mon ego se trémoussait de joie ; autant dire que ma révolution hormonale était en train de gagner.

— On peut encore tout arrêter, proposai-je. Je ne veux pas qu'on gâche notre amitié juste pour sauver mes fesses.

— Tes fesses méritent d'être sauvées.

— Génial, me voilà résumée à une paire de fesses.

— Une très belle paire de fesses. Ne t'en fais pas pour moi, Liv. On va faire ce week-end chez tes parents, et nos vies reprendront leurs cours.

J'étais loin d'en être aussi certaine. Pourtant, j'avais envie d'y croire. Je ne voulais pas d'embarras entre nous, pas de moments de gêne. J'avais été l'instigatrice du plan, je devais maintenant être celle qui nous mettrait à l'aise, qui ferait en sorte que l'on dépasse cette épreuve et tout ce qui risquait de nous tourmenter.

— Faisons-le, proposai-je.

Callum me fixa avec de grands yeux surpris, et je me repris immédiatement.

— Le suçon, faisons-le. Ça nous permettra de… briser la glace. Tu as raison, on aura l'air moins empotés ensuite si jamais on doit se… euh… toucher devant ma famille.

Il soupira de soulagement, et ses larges épaules s'affaissèrent. En silence, il regagna le salon, m'obligeant à le suivre. Je préparais déjà mes arguments : paraître à l'aise devant mes parents, éviter d'être pris au dépourvu, mieux se connaître. Éventuellement, répondre à un fantasme immédiat et résoudre le mystère de la douceur des lèvres de Callum.

— Tu en es sûre ?

— Oui, oui. Tu avais parfaitement raison. Je ne sais pas pourquoi… j'ai paniqué. Mais il vaut mieux que je panique ici que chez mes parents, non ?

— Je ne crois pas que « faire paniquer ma fille » rentre dans le Super Bingo de ton père.

— En effet. Il faut qu'on soit à l'aise avec nos corps et avec notre relation. D'ailleurs, on devrait aller plus loin.

D'un geste vif, je retirai mon pull épais, laissant apparaître un débardeur fin noir bordé de dentelles. Le regard chaud de Callum se promena sur moi, s'attardant sur le galbe de ma poitrine.

— Plus loin ? Merde, Liv, on doit juste…

— Nous sommes censés être intimes, n'est-ce pas ?

— Apparemment, répondit-il en haussant les épaules.

— Je voudrais voir tes tatouages, sentir ce que ça fait. Comme ça, ça nous permettra de mieux nous… connaître. On sera moins surpris. Ça… brise la glace. Si on fait ça, si on arrive à faire ça, tout le reste se passera très bien.

— D'accord.

J'étais stupéfaite de parvenir à mes fins aussi vite. Après la tension de nos derniers échanges, nous revenions à une certaine normalité : une normalité où Callum redevenait le taiseux habituel et où il ne bataillait pas contre moi. En silence, il déboutonna sa chemise. Je l'observai et sentis mon cœur s'emballer un peu plus fort à chaque bouton défait. La seconde de normalité venait de s'achever. Habituellement, devant Callum, mon corps ne réagissait pas. Il n'y avait pas cette tension latente, ni cette chaleur diffuse. Je secouai la tête, espérant chasser le malaise qui me gagnait.

Callum me plaisait. Physiquement.

Ce que j'avais pris pour un malaise, voire une légère ébriété, était de l'excitation.

Encore un truc pas prévu au plan.

Avant de retirer son T-shirt, il me regarda une dernière fois, s'assurant que j'étais toujours d'accord. Je hochai la tête, et son T-shirt vola sur le canapé.

La gorge serrée, je détaillai le torse musclé et noirci d'encre de Callum. Je savais qu'il était tatoué, mais là, ça dépassait mon imagination. Chaque parcelle de sa peau était recouverte de dessins complexes. Les tatouages mettaient en valeur sa musculature, et je me surpris à humecter mes lèvres desséchées.

— Ils ont tous une signification ?

— Non, répondit-il en riant. J'aime juste les tatouages.

Mon regard se perdit sur le dessin d'un serpent qui ondulait sur son ventre. C'était comme suivre une route sur une carte, sauf que la route finissait sous la ceinture de son jean. Une impasse qui me rendait encore plus curieuse.

Je n'avais jamais été curieuse avec Callum. Pour moi, il était un ami. Cela l'éloignait donc de la sphère de mes fantasmes. Pourtant, je devais être honnête, Callum était attirant, un véritable objet de curiosité.

Encore une nouveauté qui m'inquiétait.

— Bien. On fait ça comment ? demandai-je.

— Je présume que nous devons être plus proches.

Sauf que j'étais paralysée. Je tentai de me convaincre que tout était comme d'habitude, que voir Callum à moitié nu ne m'affectait pas. De toute évidence, mes milliards de neurones ne faisaient pas le poids contre la vague de chaleur dévorante qui me gagnait. J'avais jeté mes dernières forces dans mon numéro de fille confiante et déterminée. Avec Callum dénudé devant moi, la révolution hormonale attaquait un nouveau fief : mon intimité. Tout mon corps vibrait et ma respiration était bien trop courte. Je haletais comme un caniche en fin de vie. Je n'aurais pas dit non à un nouveau cocktail. Mais, je le savais déjà, il n'aurait pas étanché la soif — toute nouvelle — que je ressentais pour Callum.

— Approche, Liv.

Je fis péniblement un pas, m'inquiétant de mes capacités à rester debout. Peut-être qu'assise — voire allongée ? — je tiendrais mieux le choc et parviendrais à canaliser les bouffées de chaleur qui m'assaillaient. Callum était d'un calme olympien et horripilant. Je vacillai et parvins finalement à sa hauteur. Un sourire victorieux s'afficha sur ses lèvres.

— Je ne vais pas te mordre, Liv, juste te sucer la peau.

Devant son expression ravie, mon corps fut secoué d'un frisson, et ma gorge se serra. J'aurais pu lui faire croire que je craignais ce suçon, que c'était mal, que ce suçon stupide allait anéantir notre précieuse amitié. La vérité, c'était que ce suçon était terriblement tentant et que les réactions de mon corps me prenaient au dépourvu. J'avais l'habitude de me protéger, d'user de mon humour calamiteux pour me sortir de situations gênantes. Callum avait fait tomber toutes mes résistances, et je me sentais désemparée.

Excitée et désemparée. Il prit ma main dans la sienne et la posa sur son torse. Sa peau était chaude, et je devinai les battements apaisants de son cœur.

— Prends ton temps.

Je hochai la tête, et ma main glissa sur lui, découvrant un à un les dessins qui ornaient son corps. Son torse, ses bras, ses épaules, son ventre et ce mystérieux serpent qui disparaissait : rien ne m'échappa. Sous ma paume, je sentis ses muscles se tendre lentement, et sa mâchoire se crispa.

— C'est impressionnant, murmurai-je.

Mes doigts suivirent un dessin tribal qui naissait entre ses clavicules. Je l'entendis déglutir, puis, dans un murmure à peine audible, il lâcha un juron. Je lui adressai un sourire, et il étrécit son regard.

— Tu sais l'effet que ça fait, n'est-ce pas ?

Il n'y avait pas de raison que je sois la seule à guerroyer contre moi-même. Par ailleurs, il m'avait poussée dans mes retranchements une bonne partie de la soirée. Je tenais maintenant ma revanche.

— J'en ai une bonne idée, oui.

Il remua un peu, pour détendre ses muscles. Je tournai autour de lui et parcourus son dos. Le dessin tribal couvrait ses omoplates, pendant que, le long de sa colonne vertébrale, une colonne grecque s'élevait. Je la longeai de l'index, finissant mon trajet à hauteur des reins.

— Des questions ? demanda-t-il.

— Non. Il n'y a pas de prénom d'ex-copine, ni celui de ta mère ?

Mes paumes glissaient toujours sur sa peau. En quelques minutes, j'avais développé une sorte d'addiction. Je me sentais privilégiée, d'être ici, dans son antre et de pouvoir le toucher. Callum me laissait un accès à son intimité qui me rendait heureuse. Ce plan avait enfin un point positif.

Je ne pouvais pas nier qu'il y avait toujours ce désir retenu, ce quelque chose d'indescriptible, de violent et d'évident à la fois qui nous liait. Mais, quand je le touchais, cela s'apaisait, j'atteignais l'œil du cyclone.

— Non. Ces tatouages sont de bons souvenirs, je ne veux pas les enlaidir avec des gens sans importance.

— Un rapport à la mère difficile ?

— Je n'ai pas besoin de thérapie, Liv. Et je n'ai aucun problème avec les femmes, ajouta-t-il. Je vais garder ces tatouages jusqu'à ma mort, je tiens à ce qu'ils soient associés à des choses positives.

— Aucune femme n'a donc trouvé grâce à tes yeux ?

Brutalement, il attrapa mon poignet, me fit pivoter et je me retrouvai contre lui, mon dos plaqué contre son torse. J'étouffai un cri de surprise, et les bras de Callum m'enveloppèrent avec tendresse.

— Fin de l'interrogatoire, chuchota-t-il. À mon tour.

Ses mains remontèrent le long de mes bras, avant de se poser sur mes épaules. Avec délicatesse, il repoussa ma chevelure, et ses lèvres effleurèrent la courbe de mon épaule. Je basculai la tête en arrière et me laissai aller. Après la révolution de mes hormones, sentir Callum contre moi était un vrai soulagement. Mes œstrogènes semblaient avoir trouvé leur seigneur et maître.

— Je peux ?

Incapable d'articuler le moindre son, je me contentai de hocher la tête. J'accompagnai mon geste d'une expression sortie de mon subconscient nourri au désir.

— Fais comme chez toi.

Je le sentis sourire, pendant que je cachais mon visage honteux dans mes mains. Mais qu'est-ce qu'il me prenait ?

— On ne m'avait encore jamais fait une proposition aussi tentante ! s'exclama Callum au-dessus de moi.

— Je ne sais pas ce qu'il se passe avec mon cerveau. Pardon.

— Ne t'excuse pas. Je finirai par te préparer un cocktail hallucinant qui s'appellera « Fais comme chez toi ».

Il repoussa les mains de mon visage et m'adressa un sourire rassurant, qui dissipa mes angoisses et mes doutes.

— Hallucinant ?

— Parfaitement hallucinant. Il sera le reflet parfait de cette soirée : un alcool chaud et brutal, comme la vodka. Une touche d'amaretto pour la douceur et un trait de liqueur de noisette. Parce qu'il est pour toi, je pense que je glacerai le verre avec un bord chocolaté.

— On ne m'avait encore jamais fait une proposition aussi tentante, dis-je à mon tour.

— Tant mieux. Je n'aimerais pas subir une quelconque concurrence dans ce domaine. Prête ?

— Vas-y.

Je sentis d'abord son souffle chaud contre ma peau, puis, en prenant soin de ne pas trop s'appuyer sur moi, il posa ses lèvres dans mon cou. Une décharge électrique me parcourut, et tout mon corps se tendit brutalement. Sa barbe frotta contre ma peau, et un gémissement de plaisir m'échappa. Sa bouche aspira doucement ma peau, et sa langue y dessina de petits cercles.

Une nouvelle vague de chaleur m'envahit, et mon corps sortit de son engourdissement. J'enroulai mes bras autour de sa nuque, me maintenant dans un équilibre précaire. Il grogna dans mon cou et aspira plus durement ma peau. Il gardait ses mains sur ma taille, mais appuya son bassin plus fermement contre le mien et je devinai son sexe dur emprisonné dans son jean.

Je me cambrai davantage, m'abandonnant à cette caresse presque chaste. Nous ne faisions pas l'amour, nous n'étions même pas en train de l'envisager — quoique —, et c'était pourtant d'un érotisme brûlant. Tout mon corps se résumait au carré de peau que Callum maltraitait avec rigueur. Je gémis à nouveau, longuement, et bougeai mon bassin contre le sien.

Je fourrageai sa chevelure et pressai la tête de Callum contre mon cou. Avec ses lèvres, il tira violemment sur ma peau.

— Callum, murmurai-je, enivrée par le désir.

Ses lèvres abandonnèrent mon cou et caressèrent ma gorge, et il releva les yeux vers moi. Essoufflée, j'acquiesçai sans rien ajouter. Il me suffisait de voir ses pupilles sombres de désir pour savoir que Callum ne ferait rien sans mon accord. Nous étions déjà allés bien trop loin, nous avions franchi les limites de notre amitié.

Honnêtement, c'était un très beau massacre.

— Juste un suçon, dit-il finalement en déposant un baiser bien trop fraternel sur mon front.

— Mais… mais.

— Et je voulais te sentir contre moi, savoir ce que ça fait.

— C'est cruel, Callum.

— Nous étions d'accord pour un suçon… pas pour une nuit torride.

Je me sentais ridicule. Je me réajustai, tout en cherchant mon pull des yeux.

— Liv, je ne veux pas faire quelque chose qu'on regrettera tous les deux, demain.

— Qui te dit que je vais le regretter ?

— Notre amitié. Je te connais, Liv, tu es du genre à t'angoisser inutilement. Par ailleurs, je ne veux pas faire l'amour à une fille que je n'ai jamais embrassée. C'est… Appelle ça une routine, une tradition ou un code d'honneur.

— Maintenant, je regrette d'avoir dit à ma mère que tu aimais faire des suçons : j'aurais dû dire que j'avais les lèvres gercées par ta faute !

Callum remit son T-shirt, camouflant ainsi son torse superbe. J'avais passé des mois près de lui, sans jamais l'imaginer autrement que derrière son bar. Maintenant que j'avais vu ce que cachaient ses T-shirts, je savais que je ne penserais plus qu'à ça. Frustrée, j'en vins à la seule conclusion qui s'imposait : je baignais officiellement dans les ennuis.

Comment avais-je pu croire un seul instant que laisser Callum me faire un suçon faciliterait cette mise en scène ? Maintenant, j'en voulais plus. Plus de lui, plus de son corps, plus de « fais comme chez toi ». Si, encore, il ne s'était agi que d'un vague désir. Mais je savais que cela allait beaucoup plus loin. Callum me connaissait parfaitement, je lui confiais mes peines et mes joies… et maintenant j'étais toute prête à lui confier mon corps, s'il en prenait aussi bien soin que de mon âme.

Un mensonge éhonté, un plan parfait… et Callum. Avec ironie, je réalisai qu'une multitude de mauvaises décisions avait peut-être mené à une excellente surprise. J'allais cesser de maudire mon karma.

— Je te l'ai dit, Liv, toute cette histoire ne repose que sur des détails.

— De toute évidence.

Si je voulais survivre au week-end à venir, je devrais oublier mes états d'âme, oublier ma révolution hormonale, oublier son torse parfait, oublier le contact de ses lèvres contre ma peau, oublier son regard sombre.

Oublier Callum. Je n'avais aucune idée de comment on pouvait oublier quelqu'un, quand ce quelqu'un venait de vous aider à ouvrir les yeux sur une évidence absolue : je voulais Callum. Et pas en tant qu'ami. Non, non, je voulais le Callum qui vivait dans cet appartement, mais pas celui qui officiait au bar.

— Je te raccompagne.

— D'accord.

Dans un silence embarrassé, nous retrouvâmes le bar et Callum déverrouilla la porte. Machinalement, je levai les yeux vers la petite lampe extérieure juste au-dessus de la porte. Malgré toute cette décoration de Noël, malgré les chants de saison et les cocktails spéciaux, Callum avait oublié d'accrocher du gui au-dessus de sa porte. Je n'aurais pas été contre un baiser tout de suite et maintenant : au moins pour apaiser mon agacement, au plus pour répondre à cette saine habitude de Callum avant de coucher avec une femme. À mon avis, le mot « frustration » était en train de clignoter au néon rouge sur mon front.

— À quelle heure dois-je venir te chercher demain matin ?

— Mes parents ne nous attendent pas avant le dîner. Donc, disons pour le déjeuner ? Je ferai des sandwichs.

— Toi, tu sais parler aux hommes.

Il passa son pouce sur mon cou, à l'endroit où ses lèvres et sa barbe piquante avaient dû laisser une belle trace. Il eut un sourire heureux, comme un artisan satisfait du résultat de son travail.

— À demain, Callum.

— À demain, Liv.

Il déposa un nouveau baiser sur mon front, qui fut plus long et plus appuyé que celui qu'il m'avait donné sur le canapé. Puis il m'offrit une ultime étreinte, qui me rendit le sourire.

— Tu veux que je te dise ? murmura-t-il à mon oreille.

— Quoi ?

— J'aurais dû mettre du gui à cette porte.

J'éclatai de rire et m'écartai à regret de lui. J'enfonçai mon bonnet rouge sur le crâne, chassant les quelques flocons de neige accrochés à mes cheveux.

— Les détails, Callum. Les détails.

Je traversai la route en lui adressant un dernier signe de la main. Il me suivit du regard jusqu'à ce que je disparaisse au coin de la rue. Ce n'est qu'à ce moment-là que ma respiration redevint normale. Je savais déjà que notre amitié ne survivrait pas au week-end chez mes parents.

Le lendemain, Callum vint me chercher à l'heure dite. Son 4x4 imposant ne laissait aucune chance aux plaques de verglas. Pendant le trajet, nous discutâmes avec plaisir, sans mentionner l'épisode de la veille. Ce qui s'était passé dans son appartement était resté dans son appartement. J'étais contente que Callum n'en parle pas : j'avais gambergé une partie de la nuit, en vain, et je n'aurais sûrement pas supporté une nouvelle analyse de la situation.

À la base, nous étions amis. Une situation simple, facile.

S'était ajouté ce plan vaseux, comme un grain de sable dans l'engrenage bien huilé de ma relation avec Callum.

Le plan aurait pu fonctionner ; mais, parmi tous les fameux détails qui me pourrissaient la vie, j'avais oublié que nous n'étions pas des robots. Le désir, l'envie, les sentiments : autant d'inconnues à rajouter à une équation désormais insoluble.

Le paysage de la ville avait laissé place à la campagne et à la forêt. J'avais vécu dans cet environnement moribond et ennuyeux pendant des années, avant de prendre finalement mon envol, mais j'appréciais tout de même d'y revenir, de voir mes parents et ma famille. À notre arrivée, mes parents nous attendaient à la porte.

Je vérifiai mon visage dans le miroir, nerveuse.

— Ça va bien se passer, m'encouragea Callum.

— Je sais. C'est… De toute façon, on doit se disputer demain, tu te souviens ?

— Parfaitement. On se dispute, je te plante ici et je rentre au bar, c'est parfaitement clair.

— Je ne t'ai pas félicité pour la chemise noire, c'est très sympa !

— Je me suis dit qu'il fallait faire un effort pour ton

père. En revanche, je n'ai pas pu renoncer à mon jean. Ça va aller, Liv.

Il prit ma main et l'embrassa. L'instant suivant, nous étions sortis de sa voiture, et mes parents nous accueillaient avec des sourires ravis.

— Papa, maman, voici Callum.

— Madame, monsieur, je suis ravi de faire votre connaissance. Et je vous remercie de m'accueillir dans votre maison.

— C'est avec plaisir, Callum ! roucoula ma mère, déjà sous le charme.

Mon père se contenta de froncer les sourcils, détaillant Callum comme s'il portait des lunettes futuristes lui permettant de voir ses tatouages à travers le tissu. Il finit tout de même par tendre la main pour le saluer.

— Je vais chercher les sacs, je vous rejoins, dit mon faux petit ami en retournant à sa voiture.

Ma mère enroula son bras autour du mien et m'entraîna dans la maison. À l'intérieur, tout était prêt pour Noël : maman avait décoré le salon d'un immense sapin et avait pris soin d'accrocher des chaussettes géantes rouges et vertes à la poutre de la cheminée.

— Tu sais que le 24 je serai chez Stella, pour son inauguration ?

— Je sais, chérie. J'ai mis tes cadeaux dans la chambre d'amis, histoire de préserver un peu de magie.

Depuis deux ans, je commandais mes cadeaux sur Internet et je les faisais livrer directement chez mes parents, m'évitant ainsi la corvée des courses de Noël et le périple façon sherpa jusqu'à chez mes parents.

Je rejoignis la salle à manger et retrouvai toute ma famille au grand complet : mes deux sœurs et leurs conjoints, et mon frère avec sa femme. Finalement, venir avec Callum avait l'avantage de me faire me sentir moins seule.

Je perçus sa présence avant de le voir.

Il entoura ma taille de ses bras et se permit de déposer un baiser furtif dans mon cou. En face de moi, le visage de ma mère se fendit d'un immense sourire. Elle était si heureuse que j'eus un pincement au cœur en repensant à mon mensonge.

Mon pincement s'accentua en songeant à ma propre vie. J'avais menti aux autres et désormais je me mentais à moi-même. Je pouvais seriner à l'envi que Callum et moi étions amis, la réalité était tout autre : je ne savais plus ce que nous étions.

Après l'apéritif, nous nous installâmes finalement à table.

— Alors, comment vous êtes-vous rencontrés ? demanda Kay, ma plus grande sœur.

— Oh. Liv est entrée dans mon bar, et je l'ai outrageusement draguée.

— Ce sont des tatouages que je vois sur votre cou ?

Que le Super Bingo commence !

— Bonjour, papa ! lançai-je avec chaleur.

— Oui, j'en ai sur le torse aussi.

Le froncement de sourcils réapparut sur le visage de mon père. Ma mère lui tapota gentiment la main, comme pour mieux faire passer l'information.

— Et vous travaillez dans ce bar ? reprit mon père.

— J'en suis propriétaire.

— Et les affaires fonctionnent ?

— Papa ! protestai-je.

— Je m'assure juste que Callum a les moyens de t'entretenir.

— J'ai les moyens de m'entretenir, papa. Nous ne sommes plus dans les années 1950 ! Callum, ne réponds pas à cette question !

— Il veut s'assurer que tout va bien, déclara-t-il. C'est mon cinquième bar, monsieur. Je les rachète au fur et à mesure et je laisse ensuite un employé prendre la main. Je reste propriétaire, ils assurent la gérance.

Mon frère siffla d'admiration, pendant que ma bouche s'ouvrait sans qu'aucun son en sorte. Je me voyais encore avec mon enveloppe, devant un Callum médusé, assurant qu'il n'avait pas besoin de cet argent.

— Je gagne très bien ma vie.

— Y a qu'à voir le 4x4, renchérit Tania, ma seconde sœur. Dernier modèle, peinture métallisée, jantes alu. C'est un V6 ?

— Un V8.

Du regard, je suivais leur échange, sans rien comprendre de leur charabia technique. Tania était une véritable férue d'automobiles. Elle aurait été capable de désosser une voiture pour le simple plaisir de la remonter ensuite. Plus jeune, elle adorait arpenter les casses automobiles avec mon frère.

— Tu t'y connais en voiture ?

— J'adore ça ! Liv, tu as de la chance !

— Certainement, marmonnai-je, le nez plongé dans mon assiette.

— Et ça fait longtemps que vous êtes ensemble ?

— Quelques mois. D'ailleurs, pourrais-tu s'il te plaît convaincre ta sœur de venir vivre avec moi ?

Je lançai un regard assassin à Callum. Il était censé donner le change, répondre par oui ou par non, hocher la tête. Au lieu de ça, il envoûtait tout le monde et se mettait complètement ma famille dans la poche.

— J'aime mon indépendance, me défendis-je finalement. Je ne vois pas pourquoi on devrait forcément investir ton appartement.

— On peut trouver un nouvel appartement, si tu veux.

— On en reparlera plus tard, si cela ne t'ennuie pas.

Ma mère s'apprêta à se lever de table, mais je la devançai ; j'avais besoin d'air pour finir ce dîner. Je jetai un coup d'œil à Kay, qui se leva à son tour et, comme moi, débarrassa les assiettes. Nous rejoignîmes toutes les deux la cuisine, et je poussai un profond soupir.

— Il te regarde comme si tu étais une glace en plein été. Joli suçon au passage.

— Kay, ce n'est pas…

— Ne me dis pas que ce n'est pas sérieux ! J'ai vu ton visage quand il est arrivé derrière toi, tu étais extatique ! Pourquoi tu ne vis pas avec lui ?

— Parce que j'ai besoin de réfléchir à tout ça. Tu m'aides à préparer le dessert ?

— Olivia, tu n'as pas à avoir peur de ça. Il semble vraiment beaucoup t'apprécier. Et tu as l'air aussi apaisé avec lui. Est-ce que tu es nerveuse à cause de papa ?

— Évidemment. Il cherche à le mettre mal à l'aise !

— Sauf que c'est toi qui vas vivre avec lui et pas papa ! Écoute, Liv, ce type transpire le sex-appeal. Si nous n'étions pas autour de cette table, il serait en train de te culbuter ! Alors, fais ce que tu veux, mais à force de repousser tous les hommes qui t'entourent tu finiras… seule.

— Je ne repousse pas tous les hommes. Regarde, normalement, je vois Scott chez Stella.

— Tu vois Scott ?

Elle ouvrit la porte du réfrigérateur pour sortir une nouvelle bouteille de champagne, pendant que je me mordais la langue. Évidemment, j'avais trouvé le moyen de me trahir en mentionnant Scott. Scott, le point de départ de tout ce désastre.

— Tu sais, avec Callum… Enfin, je ne sais pas si ça va durer. Et j'ai revu Scott au mariage, on a pas mal discuté…

Ma sœur croisa les bras sur sa poitrine, et je sentis l'âpre vent de la morale souffler entre nous. Je pris les devants.

— Écoute, je sais ce que tu penses de Scott…

— Scott était un béguin quand tu avais sept ans, il faudrait passer à autre chose. Honnêtement, Callum vaut au moins… trois Scott.

— C'est ça, ton argument ?

— Mon argument, c'est : arrête de rêver de Scott. C'est un coureur de jupons, doublé d'un crétin. Il est persuadé que passer une main dans ses cheveux le rend sexy, alors, que, soyons honnête…

Le bouchon de champagne sauta dans la cuisine, et

j'eus juste le temps de glisser une coupe sous le goulot. Ma sœur ne se laissa pas troubler et termina son interminable tirade.

— … ça le rendra juste chauve plus vite que prévu ! Et Scott ne te fera jamais un suçon. Je trouve ça plutôt mignon. Callum est *très* mignon.

— Euh… oui.

Mes pensées s'égarèrent sur l'origine de ce fameux suçon. Ce moment n'avait rien eu de mignon. C'était plutôt torride et aux limites du dérapage incontrôlé. Mignon était en fait le dernier qualificatif possible pour ce que nous avions fait. Et mignon ne définissait aucunement Callum. Callum était brut, prévenant, sexy, protecteur, confiant, déterminé et charismatique. Pas mignon.

Et, maintenant que j'y pensais, Scott, lui, était en effet très mignon.

Cette constatation me tira une grimace de dégoût. J'empilai les coupes de champagne sur un plateau, méditant sur la théorie de ma sœur.

— Oublie Scott. Callum est un véritable appel à la luxure.

— Ah oui ?

— Luxure rurale, précisa-t-elle. Le genre de mec qui même en coupant du bois est sexy. Je suis sûre qu'il est du genre à se baigner nu dans un torrent glacé. Il sait bricoler, ses mains sont rugueuses, il sent la testostérone et l'herbe coupée…

Apparemment, les pensées de ma sœur déviaient un peu trop. Elle arborait un visage rêveur et un regard embué de fantasmes. Je lui balançai mon coude dans les côtes, la ramenant à la réalité. Je fis semblant d'ignorer la pointe de jalousie qui titillait le creux de mon estomac : je n'allais quand même pas être jalouse des fantasmes de ma sœur, pour une relation imaginaire ?

— Calmos, Kay. Toi, tu as la luxure urbaine à disposition, celle qui sent le parfum de luxe, le costard sur mesure et le dollar frais. James a gagné combien de millions en Bourse depuis votre mariage ?

— Suffisamment pour savourer la luxure urbaine sur son bureau de designer, répondit-elle en riant.

— Je ne veux rien entendre de plus !

À notre retour dans la salle à manger, Callum était plongé dans une grande conversation avec mon père. Je lançai un coup d'œil à mon frère, qui haussa les épaules sans plus d'explication. Je déposai les coupes pour tout le monde. Parvenue à hauteur de Callum, je posai sa coupe devant lui. Il me remercia d'un regard et me gratifia d'une caresse furtive à l'arrière des cuisses.

— Ton père et moi allons pêcher demain, cela te va ?

Avant que je puisse répondre, Callum entoura ma taille et m'attira sur ses cuisses. J'étouffai un cri de surprise et vérifiai si mon père n'avait pas fait un AVC. Il n'avait pas spécialement l'habitude de voir sa fille sur les genoux d'un homme.

— Tu pourras faire la grasse matinée, reprit Callum avec un grand sourire.

— Euh oui, bien sûr. Vous allez sur le lac ?

— Oui. À l'aube, se réjouit mon père.

— Génial !

Callum avait l'air véritablement ravi. De mon côté, j'étais

épatée par la façon dont les choses se déroulaient. Dans un monde idéal, Callum aurait fait un petit ami… idéal.

Il nicha son visage dans mon cou et y déposa un nouveau baiser alors que sa main caressait ma cuisse avec tendresse. Il fit tinter sa coupe de champagne contre la mienne, et nous en bûmes une gorgée.

— Tu t'en sors très bien, chuchotai-je à son oreille.

— Et encore, tu n'as rien vu.

Ça sonnait comme une promesse indécente. Nos regards restèrent accrochés de longues minutes, hermétiques à ma famille. Quand, finalement, mon père posa une question à Callum, notre moment de solitude se termina. Au bout de la table, je vis ma sœur s'éventer théâtralement avec une serviette en tissu, articulant exagérément « torride ».

Le dîner se termina peu après minuit, et ma mère trouva utile de nous escorter à l'étage. J'étais un peu ivre — trop de champagne —, aussi je renonçai à lui expliquer que j'étais tout à fait capable de mener Callum à la chambre d'amis.

— Et voilà votre chambre, chantonna ma mère.

À chaque fois qu'elle s'adressait à Callum ou à notre entité « couple », ma mère avait cette petite voix aiguë et surexcitée, se réjouissant de tout et n'importe quoi, s'esclaffant aux bons mots de Callum et minaudant comme une adolescente devant lui. À croire que la révolution hormonale avait gagné ma mère. Dans un geste affectueux, Callum m'attira contre son torse et enroula ma taille de ses bras.

— La chambre d'amis est en travaux pour le moment.

Je dégrisai dans l'instant.

— J'espère que ça ira, compléta-t-elle en ouvrant la porte de ma chambre.

Tout y était encore comme quand j'étais partie : le dessus-de-lit fleuri, la peinture rose pâle, mes livres d'adolescente, mon bureau, mes photos de classe. Cette chambre respirait tout, sauf le péché. Ma mère avait finalement trouvé mieux que nous séparer : nous mettre dans une chambre qui agissait comme un tue-l'amour.

— Ça ira, madame. Merci beaucoup.

— Merci, maman, marmonnai-je.

Elle referma la porte derrière elle, nous laissant seuls et embarrassés. Les lèvres de Callum se retroussèrent dans un demi-sourire ; apparemment, il était partagé entre l'envie de rire aux éclats et la volonté farouche de garder un masque impassible.

— Tu dors de quel côté ? demanda-t-il.

— Où il y a de la place. Tu as pris un pyjama ?

Mon ami arqua un sourcil, et je soupirai à mon tour. Il était impossible que Callum s'embarrasse d'un pyjama. Selon la théorie de la luxure rurale, Callum dormait nu. Ou en pagne.

Ou en peau de bête.

— Je… Je vais aller me changer, bégayai-je.

— Aucun souci.

De toute évidence, Callum ne voyait aucune difficulté à ce que nous partagions le même lit. J'allai à la salle de bains, deux portes plus loin dans le couloir, tentant de me souvenir de la subtile différence entre dormir avec quelqu'un et coucher avec. J'enfilai un débardeur et un short un peu lâche, et retournai à ma chambre. Je tentai d'ignorer mes joues en feu, mais les souvenirs de la soirée dans son appartement me hantaient.

Debout et habillés, notre complicité était évidente.

Allongés et à moitié nus, je craignais le pire.

À mon retour dans ma chambre, Callum était couché, la tête enfoncée dans un oreiller. Par contraste, ma parure de lit rose pâle le faisait paraître encore plus viril. J'hésitai de longs instants, retardant autant que possible le moment où j'allais devoir le rejoindre.

— Je crois que nous avons réussi à convaincre ta famille, affirma-t-il.

— Je crois aussi. Pour demain, tu n'es pas obligé de…

— J'adore pêcher, Liv. Et puis, à mon retour, on pourra aller chez Stella.

— Ensemble ?

— Je te dépose. Comme ça, pas besoin de simuler une dispute. Je t'emmène et je rentre au bar ensuite. Ni vu ni connu. D'ici quelques jours, tu pourras raconter à tes parents que nous avons rompu.

— D'accord, murmurai-je.

Je me glissai dans le lit, faisant mon possible pour éviter de regarder le torse tatoué de Callum. Je l'entendis rire, et il croisa les bras sous sa tête.

— Je porte un caleçon, Liv.

Un sourire soulagé fleurit sur mes lèvres, et le rire de Callum s'accentua.

— J'espérais que tu en sois désolée.

Je lui lançai un regard noir, mais mes yeux trouvèrent très vite son torse et ses tatouages. Un léger soupir m'échappa, mélange de lassitude et de désir refoulé.

J'étais irrémédiablement fascinée par mon meilleur ami, par son corps musclé et fort, par la force et la sérénité qu'il dégageait.

Il éteignit la lampe près de lui et, dans un silence troublé par ma respiration lourde, il déposa un baiser sur mon front.

— Bonne nuit, Liv.

Une vague de frustration me submergea. Je voulais cet homme. Je le voulais pour moi, sur moi, en moi.

— Bonne nuit, Callum, murmurai-je.

Je lui tournai le dos et priai pour que nos corps ne rentrent pas en contact par inadvertance. Je savais qu'à l'instant où Callum me toucherait je serais incapable de retenir le désir qui me tenaillait les reins.

Après dix minutes de réflexion, dix minutes de lutte à entendre la respiration de Callum, à le sentir bouger sous la couette, je finis par accepter la conclusion qui s'imposait à moi.

— Quel plan de merde, grognai-je entre les draps.

Chapitre 5

Jefferson

Cher Père Noël, parce que j'ai été très sage (et injustement viré), je voudrais : une bonne explication, une once de subtilité, du temps.

Pendant toute notre fuite, Alana se serra contre moi. Malgré la neige qui s'accumulait, la circulation était fluide. Ma compagne d'évasion ne m'avait pas menti : les mouvements hésitants et saccadés de son corps trahissaient son manque d'expérience en moto. Ses mains se resserraient à chaque virage, ses fesses glissaient maladroitement sur l'assise en cuir, et son casque heurtait le mien à chaque freinage.

Notre course se termina devant un café. Je garai ma moto au coin de la rue et en descendis puis tendis mon bras pour aider Alana à descendre à son tour. Elle retira son casque et, aussitôt, elle éclata de rire. Elle secoua sa longue chevelure auburn pour la remettre en place, pendant que mon regard accrochait ses pétillants yeux verts. Ses joues étaient rouges de froid et d'excitation.

Quand elle fit un geste pour retirer mon foulard autour de son cou, je l'arrêtai.

— Garde-le.

— Tu es sûr ? Il fait vraiment froid ! Et je me connais, je vais sûrement oublier de te le rendre ensuite.

J'approchai d'elle et saisis les deux pans du foulard sur ses épaules. Son rire s'éteignit, son regard se fit plus sombre et, autour de nous, tout sembla disparaître. Il n'y avait plus qu'elle, que sa fragilité séduisante, que ses mains tremblantes de froid et que ses lèvres délicates qui laissaient échapper un souffle tiède.

— Je me fiche du foulard. Tu m'as moi, tout entier.

— *A minima* ? murmura-t-elle.

— Je ne chante pas.

— Tu pourrais ? demanda-t-elle avec une adorable timidité.

— Je pourrais.

— La sérénade ?

— Disons plutôt un opéra. En cinq actes. Avec les rappels, ajoutai-je en voyant son sourire s'élargir.

Nos bouches n'étaient plus qu'à quelques centimètres l'une de l'autre. Elle se pinça les lèvres et inclina la tête, m'autorisant silencieusement à l'embrasser. Je pris son visage entre mes mains, savourant chaque seconde qui s'écoulait. Alana était une véritable friandise, que je devais patiemment découvrir, avant de la déguster. Seul, enfin. Avec elle, enfin. Elle était tout à moi, enfin. J'y étais presque : le moment dont j'avais rêvé depuis nos premiers échanges était à portée de main, offert comme un cadeau précieux.

Un frisson la parcourut, et je vis des flocons s'accrocher à ses longues mèches. Je pris sa main dans la mienne et déposai un baiser sur sa paume glacée. Nous échangeâmes un regard, et je retins mon envie folle de l'embrasser. Alana grelottait devant moi, encore sous le coup de notre escapade à moto.

— Et tu apprécieras plus mon opéra si tu ne meurs pas de froid, plaisantai-je.

— Ça va, mentit-elle.

Je réduisis l'espace entre nos deux corps. J'avais été imprudent en la laissant grimper sur ma moto à cette température. Elle était glacée et transie de froid.

— Je rêve de t'embrasser depuis que j'ai posé les yeux sur toi mais, par principe, je n'embrasse pas les icebergs. Donc, on rentre là-dedans !

Du menton, je désignai le café. Je nous dirigeai vers l'entrée et savourai la vague d'air chaud qui nous accueillit. Les tables étaient déjà très garnies et je ne repérai aucune place. Je grimaçai, un peu déçu. Alana chassa la neige de ses cheveux et souffla dans ses mains pour les réchauffer. Le café était décoré de boules et de guirlandes multicolores. Sur le bar trônait un bonhomme de neige miniature qui remuait des hanches.

— On peut prendre à emporter, proposa Alana.

— Tu es déjà frigorifiée. Je ne veux pas que notre histoire commence par une pneumonie.

— Elle n'a pas commencé par une pneumonie, elle a commencé avec cette histoire de principe !

Elle leva les yeux au ciel, camouflant sa frustration derrière une façade amusée. À nouveau, elle parcourut la salle des yeux, et, sans attendre ma réaction, se dirigea vers le bar.

— Prenons à emporter, j'ai des courses à faire et tu as des principes à m'expliquer.

— Ça fait partie des questions ?

— J'ai gardé la liste, tu veux continuer à jouer ?

Je m'accoudai au bar, près d'elle, attendant l'arrivée du serveur. Elle m'adressa un sourire malicieux et sortit la feuille des questions, pliée en quatre, de sa poche. D'une main, elle la lissa sur le bar. Elle affichait une mine radieuse, ravie de poursuivre notre questionnaire.

— Tu trouves que ça ressemble à un jeu ? demandai-je.

— C'est comme goûter un plat les yeux fermés. Au début, on s'angoisse, on s'inquiète et, une fois qu'on a commencé à déguster l'assiette, on en veut encore. La cuisine, les histoires d'amour, tout ça, c'est la même chose. On découvre, on tâtonne, on essaye et…

— … on savoure ?

De l'index, je repoussai les cheveux qui me masquaient son visage. Alana était un livre ouvert, sa figure reflétait chacune de ses émotions. L'entendre parler avec tant d'enthousiasme était nouveau. Désormais, j'avais devant moi une nouvelle Alana, plus vive, plus extravertie.

— On savoure, oui. L'amour, le sexe, la cuisine, même combat.

— Je garde cette phrase et je vais me la faire tatouer ! Au pire, ma sœur fera une thèse dessus.

— Qu'est-ce que je vous sers ? demanda le barman.

— Un lait chaud. Très chaud. Avec un trait de sirop

de vanille. À emporter, précisa Alana, avant que je puisse protester.

— Un *latte*. Un grand.

Le barman s'éclipsa après un hochement de tête et Alana grimpa sur un tabouret. Elle avait toujours cette mine malicieuse, trépignant presque d'impatience à l'idée de me soumettre à une nouvelle question. Elle plaqua une main sur ses yeux et pointa un index sur la liste, laissant le hasard décider de mon prochain défi. Elle retira sa main et lut la question :

— Si vous pouviez vous lever demain en ayant acquis une qualité ou une compétence, quelle serait-elle ?

Avoir su te faire jouir plusieurs fois.

— Savoir jouer d'un instrument, répondis-je. Ma mère m'a fait suivre des cours de piano pendant des années, mais je n'en voyais pas l'intérêt. J'aurais peut-être dû l'écouter. Et toi ?

— J'aimerais lire dans les pensées.

Un sourire énigmatique s'étira sur ses lèvres et, pendant un court instant, je crus qu'elle lisait vraiment dans mes pensées.

— Comme ça, je pourrais découvrir la vraie réponse à cette question, continua-t-elle.

— C'est la vraie réponse !

Elle arqua un sourcil, et j'eus la sensation de me retrouver devant une maîtresse d'école, prête à me punir. Quelque part, l'idée qu'elle me punisse ne me déplaisait pas. Malgré toute ma volonté, un sourire lascif dansa sur mes lèvres. Je ne parvenais plus vraiment à lutter contre ce que je ressentais pour elle : un désir fou, qui bouillonnait en moi, menaçant de me submerger.

— Là, tu penses à la vraie réponse ! lança-t-elle en me désignant de l'index.

Je levai les mains devant moi, en signe de défaite. Pour elle, pour son rire, pour son regard émeraude sur moi, j'aurais avoué n'importe quoi.

— D'accord, d'accord. Ce n'est pas la vraie réponse.

Le barman posa nos boissons sur le bar. Je le remerciai d'un geste rapide de la tête, avant de réduire l'espace entre Alana et moi. Je mis les mains sur ses cuisses et, spontanément, elle les ouvrit pour me laisser me rapprocher. Une lueur espiègle éclaira son visage, et elle poussa un petit soupir satisfait.

— Tu veux vraiment savoir ?

Elle hocha la tête, pendant que mes paumes remontaient le long de ses jambes. Ses joues étaient un peu roses, mais je n'aurais su dire si cela venait de la température du bar ou de mes gestes. Mon nez caressa la ligne de sa mâchoire, puis, dans un murmure, je lui donnai ma vraie réponse :

— Demain, à mon réveil, quand ton corps nu sera enroulé autour du mien, j'aimerais pouvoir me dire que je t'ai fait jouir. Plusieurs fois.

— Tu es donc un ambitieux ?

— Je tiens toujours mes promesses.

Je fichai mon regard dans le sien, lisant dans ses yeux la seule réponse qui m'importait. Elle en avait autant envie que moi. Son corps tendu vibrait de frustration et de retenue. J'avais hâte de partir de ce bar.

— Toujours, assurai-je.

— Oh. Un arrogant, pardon. Je vous confonds souvent.

Elle éclata de rire, et je me reculai, ravi de mon effet. Elle prit sa boisson et la porta à ses lèvres. Je penchai la tête, réfléchissant à sa dernière réponse.

— Souvent ? fis-je, curieux.

— Moins souvent que tu l'imagines. Ma vie amoureuse et sexuelle est… calme comme un lac. Un lac gelé. Ravale ton sourire de vainqueur !

— Quel sourire ?

— Celui du mec qui a gagné au loto.

— Tu es mieux qu'un gain du loto. Tu es celle qui m'a sauvé la vie, lui rappelai-je.

Elle cacha son visage dans son gobelet en carton, mais je vis clairement son regard s'assombrir. Alana était joyeuse, enthousiaste, drôle, mais je découvrais peu à peu autre chose, une facette plus obscure qu'elle cherchait à enfouir et à garder pour elle.

— Tu n'es pas mal non plus, dit-elle finalement. Passons à une nouvelle question.

Et en un instant, son air mélancolique s'évapora dans les volutes de son lait chaud. Je n'eus pas le temps de m'interroger plus longtemps sur ce changement, Alana me tendait sa feuille, m'invitant à choisir une nouvelle question. Je la parcourus rapidement, avant d'en sélectionner une.

— Si une boule de cristal pouvait te révéler quelque chose, que voudrais-tu savoir ?

— Rien, répondit-elle.

— Rien ?

— Je suis le genre de filles qui aiment les surprises. La plupart des gens détestent ça, moi, j'adore l'imprévu. J'adore… J'adore aller au marché et improviser un déjeuner. J'adore errer et me promener dans la ville, sans but. J'adore répondre au téléphone et finir avec toi ici.

— D'accord, soupirai-je, un peu défait.

— Que voudrais-tu savoir, toi ?

— Ce que je vais faire de ma vie, si je vais trouver, un jour, un domaine qui me fascine suffisamment pour que j'accepte d'y consacrer mes quarante prochaines années.

— Qui a dit que ça devait durer quarante ans ?

— Tu vas cuisiner toute ta vie ?

— Sûrement, oui. Mais cela peut prendre la forme de différents projets : à domicile, dans un restaurant, pour un traiteur. La cuisine ne m'a jamais donné la sensation que je m'enfermais dans quelque chose.

Elle but une nouvelle gorgée de son lait chaud, me laissant assimiler sa philosophie de la surprise. Elle ne voyait que les côtés positifs, les conséquences heureuses.

— Tu trouveras, reprit-elle alors que je restais silencieux. Tu trouveras ce qui te plaît, ce qui te pousse à te lever chaque matin.

— Peut-être. Tu veux faire une nouvelle question ?

Elle sauta de son tabouret, un immense sourire vissé sur les lèvres. Elle affichait de nouveau cet air mutin, prête à commettre un acte délictueux avec l'assurance de ne pas se faire prendre. Elle me fascinait de plus en plus. Elle replia la liste de questions et la glissa dans la poche arrière de son pantalon.

— Sur la route. Mais, ce que je veux, c'est surtout te donner le goût de la surprise.

— Je t'ai rencontrée, j'ai déjà le goût savoureux de la surprise.

— Pas mal, souffla-t-elle.

Elle embrassa furtivement mes lèvres, bien trop furtivement pour que je puisse m'y attarder et apprécier concrètement le goût de la surprise. Puis elle prit son gobelet, attrapa ma main et m'entraîna à l'extérieur en me laissant juste le temps de saisir mon *latte*. La neige tombait toujours, et le froid nous saisit immédiatement.

— On va se faire un cadeau, expliqua-t-elle, en marchant en direction d'une rue bordée de boutiques.

— Un cadeau ?

— Un cadeau. Une surprise. J'achète quelque chose pour toi, et tu achètes quelque chose pour moi.

— Il va falloir que tu me donnes ta taille de sous-vêtements, susurrai-je en jouant des sourcils.

— 95 B.

Malgré moi, mes yeux se braquèrent sur sa poitrine, camouflée dans ce pull blanc et doux que je rêvais maintenant de lui ôter. Je salivai à l'idée de passer ma langue sur ses pointes, à la perspective de caresser sa peau laiteuse de mes mains. Ça n'avait rien du désir brutal et dénué d'âme que je ressentais habituellement pour les filles d'un soir. Avec Alana, je voulais prendre mon temps, la découvrir centimètre par centimètre et deviner les réactions de son corps contre ma peau.

— 50 dollars, maximum, précisa-t-elle. Et on ouvrira nos cadeaux le matin de Noël !

— Chacun de notre côté ?

— Chacun de notre côté.

— Ça craint !

— J'ai une prestation à l'autre bout de l'État le 24 décembre. Je prépare un dîner pour une trentaine de personnes.

Elle se perdit dans ses pensées, comme si elle cherchait une solution. J'avais prévu de passer Noël chez mes parents, à végéter sur le canapé, tout en mangeant de la dinde. Ma mère m'offrirait un pull hideux, mon père se contenterait de me donner une carte cadeau dans un magasin de bricolage — de quoi compléter ma collection de perceuse, ponceuse et autres boîtes de clous — et ma sœur me ferait la tête pour avoir pris la fuite aujourd'hui. *Joyeux Noël, Jefferson !*

— Ça craint vraiment, marmonnai-je.

— On se retrouvera le 25. Ici, même. Il y a un banc juste là. On se donne rendez-vous le 25, à 16 h 32, dit-elle en vérifiant l'heure exacte sur sa montre.

Elle me fixa, attendant ma réponse. Je la dévisageai, puis jetai un coup d'œil vers le banc, avant de suivre des yeux la petite foule qui se dirigeait vers les boutiques. Pourquoi avais-je le sentiment que ce rendez-vous du 25 sonnait le glas de notre relation ? J'avais la sensation qu'elle m'avait proposé ce rendez-vous pour mieux se débarrasser de moi, que notre histoire se limiterait à cette série de questions. Je me demandai subitement si Alana ressentait toujours la même chose que lorsque nous étions enfermés dans la salle de l'expérience.

J'étais perdu, et un peu déçu.

— Jefferson, c'est d'accord ? demanda-t-elle.

Je clignai des yeux et retrouvai son regard émeraude. Emmitouflée dans sa veste, elle était irrésistible.

— Il faut que je t'embrasse.

— Que… quoi ?

— Il faut que je t'embrasse. Que je t'embrasse vraiment.

— Ça ne compte pas comme cadeau, objecta-t-elle, en reculant d'un pas. Je veux un vrai cadeau !

— Je sais. Mais il faut que je t'embrasse. Parce que, si tu ne viens pas le 25 décembre, je veux garder un souvenir agréable de cet endroit. En tout cas, un souvenir plus agréable que mes orteils gelés et mon nez humide.

À son tour, elle me dévisagea. Qu'elle ne réagisse pas à mon aveu me fit un mal de chien. En peu de temps, j'avais noué une relation particulière et sensationnelle avec elle. J'avais maintenant l'impression qu'après s'être livrée à moi elle se protégeait, qu'elle nous imposait des limites. Je détestais ça. C'était comme si elle m'avait coupé les ailes.

— On fait d'abord les cadeaux, répondit-elle finalement.

— J'ai vraiment envie de t'embrasser. Au risque de perdre mes orteils.

Elle réprima un rire, puis réduisit l'espace entre nous deux. Délicatement, elle posa sa paume sur mon torse, et mon corps s'apaisa aussitôt.

— Je ne veux pas que tu perdes tes orteils, murmura-t-elle. Si on s'embrasse, ici et maintenant, je risque de ne plus vouloir m'arrêter. Et on finira ensevelis sous la neige, avec des stalactites au bout du nez et nos orteils congelés.

Sa main remonta jusqu'à mon visage, et sa paume tiède frotta contre ma barbe. Son sourire finit de me rassurer : Alana et moi étions bien sur la même longueur d'onde. Elle laissa échapper un petit soupir quand je tournai le visage pour embrasser le creux de sa main.

— Les cadeaux, murmura-t-elle.

— Et ensuite ?

— J'habite à deux pas.

— Et ensuite ?

— Surprise, chuchota-t-elle, avec une mine de conspiratrice.

Sa main quitta mon visage dans une douce caresse, et je réalisai que j'avais retenu mon souffle. En silence, elle but une gorgée de son lait, et nous reprîmes notre chemin vers les boutiques. Après quelques mètres, je me penchai vers elle.

— Je veux toujours t'embrasser.

— Je veux toujours un cadeau. Tu veux qu'on fasse une dernière question avant d'entrer dans les boutiques ?

— Tu sais, je crois que cette histoire de questions te plaît encore plus qu'à ma sœur.

Elle sortit la liste de sa poche, et un sourire dansa sur ses lèvres.

— Je n'ai jamais fait ce genre de rencontre. C'est… Ça me donne la sensation de savoir des choses que personne ne sait sur toi. Tu t'en remets à moi en quelque sorte, il n'y a pas de jeu, tu ne balances pas des phrases toutes faites, c'est… c'est un peu grisant.

Elle haussa les épaules, incapable d'argumenter plus. Elle avait raison sur un point : elle savait des choses que personne ne savait sur moi. Je lui avais confié mes doutes et mes peurs, et elle les transformait maintenant en surprises et sourires mutins. Rien que pour ça, rien que pour sa magie, j'aurais accepté de me congeler tout entier dans la neige.

— Je veux t'embrasser.

— Tu te répètes.

— Je veux t'embrasser *partout*.

Elle avala de travers sa gorgée de lait et me lança un regard sombre. En silence, elle me grondait, comme elle aurait grondé un enfant capricieux. Je levai les mains devant moi, en signe de défaite.

— J'avais juste besoin de le dire. Au cas où.

— Au cas où quoi ? fit-elle, amusée.

Je haussai les épaules. J'avais juste eu besoin de le dire, histoire de voir sa réaction, de m'assurer une nouvelle fois que le coup de foudre était réciproque. C'était exactement ce qu'était Alana pour moi : un éclat lumineux, violent et inattendu dans ma vie grise et froide.

— D'accord, d'accord, cédai-je. La surprise, d'abord. Choisis ta question !

Naturellement, elle glissa son bras sous le mien et serra son corps contre moi. Elle parcourut la liste des yeux et se mordit la lèvre.

— J'hésite... mais, pourquoi pas celle-ci : Votre famille est-elle proche et chaleureuse ?

— C'est vraiment une question ? demandai-je en lui prenant la liste des mains.

— Vraiment, oui.

— Ma famille est proche... mais pas avec moi. Mon

père est… Mon père est tellement féru de la guerre d'Indépendance qu'il a transformé ma chambre en musée miniature. Ma mère cherche à me marier à toutes les filles qu'elle croise. Je crois qu'ils… En fait, non, je ne sais pas s'ils sont vraiment heureux ensemble. Parfois, j'ai la sensation qu'ils sont en couple par habitude. Mais je ne veux pas les décevoir, et… ils sont persuadés que je continue mes études.

— Tu devrais leur dire. Tu sais, je crois que les parents, dans le fond, ne veulent que le bonheur de leurs enfants, dit-elle avant de se débarrasser de son gobelet.

— Ce que mes parents veulent pour moi, c'est leur image du bonheur avec une femme et un gamin dans une maison de banlieue.

— La plupart des gens vivent ainsi et ne sont pas malheureux pour autant. Et ta sœur ?

— Claire est le génie de la famille. Brillante, jolie, déterminée. Je ne m'inquiète pas pour elle. Je sais qu'elle a déjà un plan pour me botter le cul après notre évasion. Elle, comme moi, est partie de la maison dès que possible. Elle tente de garder le lien avec nos parents, mais elle est dans un rôle.

— Et toi, tu n'es plus dans un rôle.

— Non. Je suis juste… moi. Et toi, ta famille ?

À mon tour, je jetai mon gobelet dans une poubelle. Mon *latte* était déjà froid. Je repliai la liste de questions et la glissai dans la poche de ma veste.

— Ma mère est du genre hippie. Mon père est du genre… l'inverse du hippie. Je suis proche de ma mère, mais mon père a vite abandonné la partie. Tu offres quoi à ta sœur ?

— Oh… Aucune idée. Nous ne sommes pas très cadeau.

Elle s'arrêta net, ignorant les regards agacés des passants qui devaient descendre du trottoir avec leurs sacs encombrés pour nous contourner. Elle saisit les pans de ma veste et se mit sur la pointe des pieds pour que son visage soit à hauteur du mien. Son souffle caressa mes lèvres, et ses yeux, vert foncé, trouvèrent les miens.

— Je ne peux pas tomber amoureuse d'un type qui ne fait pas de cadeau à sa sœur.

— Si près du but, quel dommage !

— Déçu ?

— Ce que je ressens est plutôt proche de la fierté.

Je posai une main sur sa joue et attirai sa bouche veloutée contre la mienne. J'y déposai un baiser furtif, aussi léger qu'un flocon. Elle frémit entre mes bras et ferma les yeux.

— Avoue que tu es déjà amoureuse de moi, chuchotai-je contre ses lèvres.

— Sinon quoi ?

— Sinon je vais me sentir assez minable quand je vais t'avouer la même chose.

Elle laissa échapper un rire ému et, sous mes mains, je sentis ses joues chauffer. Je libérai son visage et jouai avec une mèche de cheveux auburn perlée de neige.

— J'ai déjà une vie atroce : je mens à mes parents, ma sœur a sûrement créé une poupée vaudoue à mon image, j'ai un job de merde, et mon coloc a dessiné un dessin pornographique au feutre indélébile sur mon ventre.

Un nouveau rire la secoua, et elle rouvrit les yeux. Dans ce vert émeraude, je vis tout ce que j'attendais depuis longtemps : des rires, de la franchise, de la douceur et du désir, si puissant qu'il anéantissait le froid, la neige et ma vie d'avant elle.

— Je te l'ai dit, tu m'as sauvé la vie. La seule chance de m'en sortir, c'est toi. Alors, si tu ne m'avoues pas que tu es amoureuse de moi, je n'ai plus qu'à me jeter dans le…

Elle m'interrompit en posant deux doigts contre ma bouche. Je retins mon souffle, pendant qu'elle se pinçait nerveusement les lèvres.

— J'avoue, chuchota-t-elle. Je suis déjà amoureuse de toi.

— Et je suis amoureux de toi.

— Et je veux voir ce dessin pornographique.

Lentement, elle effaça la distance entre nous et sa bouche se reposa sur la mienne. Ses lèvres étaient chaudes, douces, et à ce simple contact le froid qui tétanisait mes muscles disparut. Elle passa la langue sur mes lèvres, et j'entrouvris la bouche pour l'accueillir. Je resserrai les bras autour de sa taille, retenant son corps au plus près du mien. Elle poussa un soupir, puis un gémissement quand ma langue rencontra la sienne.

Ce baiser, j'en rêvais depuis plusieurs heures, et il était exactement comme je l'avais imaginé : Alana taquinait mes lèvres de ses dents, ses mains étaient refermées sur mes bras, et son corps réagissait en parfaite harmonie avec le mien. Notre baiser dura jusqu'à ce que le souffle nous manque.

Du moins, c'est ce que je crus.

— Je ne sens plus mes pieds, annonça-t-elle.

J'embrassai le bout de son nez gelé et pris ses mains pour souffler dedans.

— Réglons cette histoire de surprise, et ensuite je trouve une meilleure façon de te réchauffer !

J'entremêlai nos doigts, et nous reprîmes notre chemin vers les boutiques. Les yeux d'Alana s'illuminèrent devant les vitrines décorées. Noël n'était pas ma période préférée de l'année, mais avec Alana et son visage ravi près de moi l'atmosphère me touchait de plus en plus.

— 50 dollars, me rappela-t-elle.

— On se retrouve où ?

— Ici. Dans dix minutes.

— Dix minutes ? Mais comment veux-tu que je trouve quelque chose en dix minutes ?

— Tu trouveras.

Elle approcha de moi, posa les mains contre mon torse et me lança un regard brûlant. Elle m'aguichait outrageusement, et c'était tellement à l'opposé d'elle que je demeurai stupéfait de longues secondes.

— Et j'ai vraiment envie de voir ce dessin, murmura-t-elle.

— On perd déjà du temps.

Je pris son visage en coupe et l'embrassai chastement sur les lèvres. Elle m'adressa un sourire rayonnant et je la regardai s'éloigner en direction d'une boutique de vêtements. La pointe de panique qui avait percé le creux de mon estomac à l'évocation du mot « surprise » me gagnait maintenant totalement. Je n'avais aucune idée de quoi lui offrir.

— Allez, Jeff, ne foire pas tout, m'encourageai-je.

Pendant les huit minutes qu'il me restait, j'arpentai trois boutiques. Mes idées étaient toujours aussi embrouillées. Habituellement, j'étais une catastrophe dès qu'il s'agissait de faire un cadeau : j'oubliais la plupart des anniversaires et quand je m'en souvenais je me contentais d'offrir un bon cadeau passe-partout, en argumentant qu'« au moins, ça laissait le choix ».

Alana méritait mieux que ça. Elle aimait les surprises, elle était certainement le genre de personnes qui secouait la boîte emballée pour en deviner le contenu.

Je trouvai finalement une idée. Sûrement pas la meilleure, sûrement pas la plus romantique, sûrement pas la plus spectaculaire, mais j'avais envie de croire qu'elle envisagerait ce cadeau comme un clin d'œil à notre histoire.

Avec deux minutes de retard, je retrouvai Alana à l'endroit où nous nous étions séparés. Parée de son sourire habituel, elle me tendit mon paquet — un petit rectangle emballé dans un papier bleu brillant —, et je lui tendis le mien. Immédiatement, elle le porta près de son oreille et le secoua. J'éclatai de rire.

— J'en étais certain !

— Ça ne fait pas de bruit, ronchonna-t-elle.

— En effet. Le tien est lourd.

— Pas si lourd que ça. Tu viens ?

J'arquai un sourcil, stupéfié par son impatience. Après avoir joué la retenue, puis m'avoir fait la leçon sur le fait d'être patient, Alana me tendait maintenant la main, son regard sombre de désir. Elle était une digne invitation à la luxure.

— Je crois que je ne peux rien te refuser.

— J'habite à deux rues, on peut y aller à pied. Sauf si tu veux récupérer ta moto, ajouta-t-elle en réalisant qu'elle venait à nouveau de trahir son enthousiasme débordant.

— Je peux survivre sans ma moto.

Sans toi, en revanche…

Je pris sa main, et elle m'entraîna derrière elle. Le froid ne me gênait plus. Nous marchions si vite qu'il m'était impossible de sentir les flocons sur moi. La chevelure d'Alana se soulevait doucement, et la neige s'accrochait délicatement à ses mèches. Après quinze minutes de marche au pas de course, Alana sortit des clés de sa poche et grimpa la volée de marches qui menait à la porte d'une maison. Elle était petite, jaune pâle et décorée de guirlandes lumineuses.

— Très mignon, chuchotai-je.

Je nichai mes lèvres dans son cou, pendant qu'elle se débattait avec la serrure de sa porte. Je l'entendis rire, et finalement la poignée céda. Elle appuya sur l'interrupteur, me laissant découvrir son salon. Un sapin artificiel se tenait dans l'angle, et elle déposa mon cadeau à ses pieds. Elle retira sa veste, et je l'imitai. Au fond de la pièce, un canapé bleu canard en velours semblait nous attendre.

— Tu veux boire quelque chose ?

La nervosité dans la voix d'Alana ne m'échappa pas. Elle se tenait à l'opposé de la pièce, triturant ses mains et fuyant mon regard. Apparemment, franchir la porte de chez elle avait réveillé une sorte de pudeur et de trac.

— Non. Je ne veux rien boire.

J'avançai vers elle, tentant de capter ses yeux verts

qui me fascinaient tant. Rien n'y faisait. Son regard était rivé au sol, espérant trouver une échappatoire. Je m'approchai, et elle recula, jusqu'à ce que son dos finisse par heurter le mur près du canapé. J'avais la sensation d'être le prédateur qui avait enfin piégé sa proie.

— Tu sais, je… enfin… disons que je ne suis pas très… coutumière de ça.

De l'index, je la forçai à me regarder. Elle était toujours aussi nerveuse ; un rougissement massif orna ses joues.

— J'aime autant que tu ne sois pas coutumière de ça. Ça m'ennuierait que tu tombes amoureuse régulièrement.

Lentement, j'effaçai la distance entre nous et je pressai ma bouche contre la sienne. J'emprisonnai son corps entre le mur et moi, récoltant un petit soupir d'aise. Ses mains agrippèrent ma chemise, pendant que je trouvais ses hanches et l'attirais fermement contre moi. Je voulais la sentir, deviner les réactions de son corps et parcourir sa peau, centimètre par centimètre. Je désirais cette femme comme jamais je n'avais désiré une femme : ce n'était pas que sa silhouette fine et ses formes tentatrices, c'était son rire, sa joie communicative et son caractère entier.

Sa langue dansa contre la mienne, et son corps se détendit lentement. Elle noua les mains autour de ma nuque et s'abandonna contre moi. Je quittai ses lèvres et embrassai la ligne de sa mâchoire. Je descendis vers sa gorge, et Alana bascula sa tête en arrière pour me laisser libre accès. Son souffle s'accéléra quand je passai mes mains sous son pull. Elle portait un débardeur, et je bataillai quelques instants pour la libérer de son pantalon et pouvoir toucher sa peau. Elle se cambra quand ma paume froide se posa dans le bas de son dos.

— Désolé, m'excusai-je, en la sentant frémir contre moi.

— Tu es censé me réchauffer…

— Je sais. Laisse-moi enlever tout ça.

La seconde suivante, je lui retirai son pull en mohair. Son débardeur bleu marine tranchait sur sa peau laiteuse et moulait sa poitrine ronde. Mon sexe, déjà tendu, se raidit encore plus. Je rêvais déjà de faire l'amour à ses seins. Avant que je ne puisse réagir, Alana me poussa, et je me retrouvai assis sur le canapé. Elle s'installa sur mes cuisses, puis prit mon visage entre ses mains pour m'attirer contre sa bouche. Son entrejambe frotta contre mon sexe, et un gémissement mourut entre ses lèvres.

Mes mains caressèrent ses fesses à travers son jean, et Alana se redressa sur ses genoux. Sa bouche dévorait la mienne avec gourmandise, pendant que nos halètements emplissaient la pièce. Le froid avait disparu de mon corps. À chaque caresse d'Alana, mon sang bouillonnait sous ma peau, et un désir puissant me clouait sur le canapé. Elle retira son débardeur et le jeta derrière elle. Elle me lança un regard brûlant qui fit gonfler mon sexe, puis attaqua les boutons de ma chemise.

— Je veux voir ce dessin cochon, dit-elle en souriant.

Ses doigts effleurèrent ma peau, et ma respiration s'alourdit. Je n'avais pas imaginé qu'elle aurait un tel effet sur moi. C'était à la fois excitant et apaisant, de la douceur rehaussée d'un désir qui flambait dans son regard. J'adorais ce que je découvrais, j'adorais qu'elle me surprenne… Et j'adorais qu'elle soit sur mes cuisses, à tirer sur les pans de ma chemise.

Quand elle découvrit le dessin horrible de Lenny, elle en caressa les contours en riant.

— Très sexy…

— Je vais changer de colocataire prochainement, promis-je.

Ses doigts galopèrent sur mes côtes, avant de rejoindre mes épaules. Avec délicatesse, elle repoussa la chemise et m'aida à la retirer complètement. Elle s'attarda sur mon tatouage, dessinant les arabesques de l'index, admirant le dessin du dragon qui serpentait sur mon bras.

— Je veux voir le tien, dis-je d'une voix enrouée.

Elle pencha la tête, comme si elle doutait de sa réponse. Finalement, elle se leva et me tourna le dos. Elle repoussa ses cheveux devant son épaule, me laissant découvrir le petit tatouage qui était gravé sur sa peau.

— Rien à voir avec le tien.

Péniblement, je me redressai. Je collai mon torse contre son dos, puis glissai les doigts sous les bretelles de son soutien-gorge pour les faire tomber. Son tatouage m'apparut enfin au complet : un angelot dodu, tout droit sorti du plafond de la chapelle Sixtine. Je l'embrassai avec ferveur, tout en dégrafant son dessous. À l'instant où le vêtement toucha le sol, elle frissonna.

Je nichai mon visage dans son cou et enserrai sa taille. Son corps se moula aussitôt au mien, et elle enroula un bras autour de ma nuque. Ses gémissements redoublèrent, m'excitant davantage. Je collai mon entrejambe contre ses fesses, ne lui laissant aucun doute sur ce que je ressentais. Mon corps tendu me faisait mal, et mon sexe réclamait d'être libéré.

— J'ai tellement envie de toi, chuchotai-je.

Mes mains remontèrent jusqu'à ses seins nus, et je m'attardai sur ses pointes tendues. Je jouai avec de longues minutes, au rythme du souffle court d'Alana, sa peau brûlante échauffant la mienne. J'embrassai son cou, puis la courbe de son épaule. Mes paumes quittèrent sa poitrine, et Alana grogna de frustration.

— Tu es cruel.

— Laisse-moi me racheter.

Mes doigts passèrent sur son ventre. Je trouvai le bouton de son jean et le défis. Lovée contre moi, Alana retenait son souffle, et je trouvai enfin le tissu de sa culotte. Elle gémit lourdement, pendant que ma main se plaquait entre ses cuisses.

— Toujours froid ? demandai-je.

— Toujours, oui.

— Menteuse.

— Tyran.

Elle s'agita contre moi et appuya ses fesses contre mon entrejambe en représailles. Mes doigts passèrent sous le tissu de sa culotte, et je trouvai son sexe humide et ouvert. Son intimité était chaude et douce, et je la caressai avec lenteur. Je poussai un doigt en elle, pendant que mon pouce pressait son clitoris, et elle laissa échapper un râle de plaisir, avant de se cramponner à mon cou et se hisser sur la pointe des pieds. J'accentuai ma caresse, les yeux clos, concentré sur son plaisir.

Ma main libre retrouva son sein pendant que j'insérai

un deuxième doigt en elle. Son corps vibrait contre le mien, conquis et prêt à rendre les armes. Son sexe était trempé d'excitation, et Alana écarta davantage les jambes pour m'aider.

— Guide-moi, lui intimai-je.

— Que… quoi ?

Sa voix n'était plus qu'un souffle inaudible. Elle n'était plus maîtresse de son corps, elle n'était plus que désir et excitation. Apparemment, le son de ma voix l'avait ramenée à la réalité.

— Guide-moi. J'ai prévu de te faire jouir plusieurs fois, j'aimerais commencer par ici, expliquai-je, en pressant mon pouce contre son clitoris gonflé.

Elle étouffa un cri de surprise et tourna la tête pour me lancer un regard sombre. Je retrouvai ses lèvres pour un baiser sauvage et débridé, avant de sentir sa main rejoindre la mienne dans sa culotte. Je la laissai mener la danse et bouger légèrement ma main. Mes doigts s'enfoncèrent plus profondément en elle, et un frisson la secoua tout entière.

Elle bougea le bassin, allant et venant dans un rythme langoureux, se synchronisant avec le mouvement de mes doigts pour venir à leur rencontre. Je pris la pointe de son sein entre mon pouce et mon index, et tirai dessus. Une plainte s'éleva dans la pièce, mélange de plaisir coupable et de douleur érotique. Entre ses cuisses, sa main appuya plus fermement contre la mienne. Mes doigts s'agitèrent de plus en plus vite dans son sexe mouillé. Ma respiration se mua en grognement. Je détestais les vêtements qui nous séparaient encore : je voulais sentir son corps se tendre contre moi ; mon sexe brûlait de pénétrer le sien. Je lui mordis légèrement l'épaule et libérai son sein brutalement. Dans un soubresaut, son corps se figea dans la jouissance.

Elle exhala un soupir satisfait, tentant de reprendre sa respiration. Elle s'affaissa contre moi, exténuée de son orgasme. Dans son cou, je devinais son pouls trop rapide, comme si elle achevait un sprint.

Je retirai ma main de sa culotte et m'agenouillai. D'un geste brusque, je tirai sur son jean et, d'un même mouvement, je fis descendre son sous-vêtement. Alana sentait délicieusement bon : le parfum épicé du sexe venait relever sa douceur sucrée.

— Lève ta jambe.

Elle s'exécuta, et je lui retirai son jean et son dessous. Mes mains remontèrent le long de ses jambes en direction de son sexe, mais je n'eus pas le temps de m'y attarder car elle se tourna nue vers moi, m'invita à me relever et posa les mains sur mon torse. Ses joues étaient encore roses de plaisir. Elle esquissa un bref sourire, avant de déboucler ma ceinture et d'ouvrir les boutons de mon jean.

Elle glissa la main dans mon caleçon et enferma mon sexe douloureusement tendu dans sa main. Je gémis lourdement, emporté par une vague de désir dans le creux de mes reins. Mon cœur battait à tout rompre, d'excitation, de joie, d'amour. Être ici, avec Alana, me faisait oublier le reste de ma vie.

— Tu as un préservatif ? demanda-t-elle en me caressant avec douceur.

— Dans… dans ma veste.

— Ça te laisse le temps de retirer ce jean.

Elle déposa un baiser sur mes lèvres et se dirigea vers ma veste pour y trouver une protection. J'enlevai mon jean, me débarrassai de mon caleçon et me rassis sur le canapé. En me voyant mon sexe à la main, Alana arqua un sourcil.

— Me caresser devant toi pourrait suffire à mon bonheur ce soir, expliquai-je.

— J'aimerais autant être actrice plutôt que spectatrice.

Tout en approchant de moi, elle déchira l'étui du préservatif. Un sourire amusé dansa sur ses lèvres, et elle s'installa sur mes cuisses. Elle me tendit le préservatif, mais je refusai.

— Je t'en prie, fais-le. J'adore sentir tes mains sur moi.

— Comme tu veux.

Je retirai mes mains et m'enfonçai un peu plus sur le canapé. Les yeux clos, je devinais les mains d'Alana sur moi, légères et assurées. Elle encercla la base de mon sexe, puis, avec adresse, déroula le latex sur mon membre. Je serrai les poings à m'en faire mal, me retenant de jouir dans la seconde. Sa bouche frôla la mienne plusieurs fois, et ses cheveux effleurèrent mon torse.

Quand je rouvris les yeux, le bout de mon sexe flirtait avec le sien. Les mains cramponnées au dossier du canapé, elle descendit sur moi, laissant mon membre faire connaissance avec son sexe doux et chaud. Un gémissement heureux et commun nous échappa quand je fus totalement en elle. Pendant quelques secondes, nous ne bougeâmes plus, restant les yeux dans les yeux, nos fronts soudés l'un à l'autre, savourant ce moment parfait où nos deux corps étaient joints.

Et, finalement, elle bougea. Son bassin entama une danse érotique au-dessus de moi, pendant que ses seins, lourds et tentants, flottaient à hauteur de mes lèvres. J'abandonnai ma position lascive et me redressai pour planter mes doigts sur sa taille et la soulever en rythme.

Elle se cambra et haleta. Je remuai des hanches, m'enfonçant de plus en plus en elle. Ma bouche captura la pointe de son sein gauche, et je l'aspirai durement. Alana murmurait mon prénom en boucle, comme une chanson entêtante qu'on aime seriner à l'infini.

Le rythme s'accéléra. Elle bougeait désormais au-dessus dans une cadence folle, pendant que je priais pour la faire jouir avant de céder. Sa peau laiteuse se parait d'une belle couleur rose, son regard vert était si sombre qu'on y décelait à peine ses pupilles, et sa bouche douce, pulpeuse, revint au contact de la mienne.

Ses mains agrippèrent mes cheveux, et elle cria son plaisir contre mes lèvres. Je jouis dans l'instant, ému de la voir emportée dans son orgasme. Je posai mon front contre son épaule, admirant nos deux corps étroitement enlacés. Le souffle court, nous restâmes silencieux de longues minutes. Je ne sentais plus mon corps, je ne sentais plus le désir brûlant cramer mes veines, je n'entendais plus que les battements frénétiques de mon cœur, battements qui réclamaient déjà un rappel.

Il y avait quelque chose chez Alana qui me rendait insatiable. Un goût de trop peu, une envie de plus.

Un véritable coup de foudre qui éblouissait tout le reste et faisait d'elle l'élément indispensable à ma survie.

— Que dirais-tu d'une douche ? proposa-t-elle, haletante.

— Tout ce que tu veux…

Elle se souleva, et je me retirai d'elle. J'enlevai le préservatif, pendant qu'elle se levait et se dirigeait vers la porte que j'imaginais être celle de la salle de bains. La simple vue de ses fesses parfaites suffit à m'exciter à nouveau. Je la suivis et, en silence, remerciai ma sœur et ses expériences foireuses.

— Jefferson, réveille-toi !

Alana criait au-dessus de moi. Elle me secoua, et je grognai de mécontentement. Après une nuit aussi intense, j'avais espéré un réveil plus calme. J'ouvris péniblement les yeux et tombai sur le visage paniqué d'Alana. Elle s'habillait à la hâte, et je me relevai sur les coudes.

— Qu'est-ce que…

— Il faut que tu partes !

Elle me lança mon jean et ma chemise au visage. Je réprimai un cri de surprise, même si mon corps, courbatu, se révolta quand je repoussai les draps.

— Plus vite, s'affola-t-elle. Il faut vraiment que tu partes. Tu n'es pas censé venir ici !

— Tu es mariée ?

— Mariée ? Non, bien sûr que non ! Mais… Disons que tu n'es pas franchement autorisé à passer la nuit ici !

Au rez-de-chaussée, j'entendis une porte claquer, puis une voix féminine appela Alana. Sa panique redoubla, et je me décidai à obtempérer. Elle se pinçait les lèvres si fort que je craignais qu'elle se fasse mal. Elle rassembla sa chevelure dans un élastique rose, puis vérifia son visage dans un miroir.

— Tu peux me dire ce qu'il se passe ?

— Oui. Enfin, non, pas maintenant. On s'appelle ?

Elle s'arc-bouta sur la fenêtre à guillotine et y mit toutes ses forces pour la soulever. L'adrénaline fit son effet, et elle s'ouvrit dans un grincement sinistre.

— Il faut que tu partes, redit-elle en désignant la fenêtre.

— Par la fenêtre ? Mais je vais me casser une jambe !

— Il a neigé toute la nuit, tu ne sentiras rien.

Elle rassembla mes derniers vêtements que nous avions remontés dans sa chambre après notre douche. Mon caleçon finit en boule dans la poche arrière de mon jean, pendant que mes chaussettes trouvaient la poche intérieure de ma veste.

— Alana, écoute, il faudrait qu'on…

— Jefferson, je t'expliquerai, c'est promis. Mais là, il faut vraiment que tu partes.

Elle blêmit en entendant les marches de l'escalier craquer. Agacé et réprimant la vague de colère qui menaçait de m'engloutir, je pris son visage entre mes mains et je l'embrassai avec ferveur. Son corps se détendit un bref instant, le temps de répondre furtivement à mon étreinte. Mais, très vite, ses doigts se resserrèrent sur mes bras, et elle me poussa vers la fenêtre.

— Je veux te revoir, exigeai-je.

— Promis.

Son regard perdu passait de moi à sa porte. Elle n'avait

pas vraiment peur, mais l'affolement se lisait pourtant sur son visage. Je serrai les dents et les poings, et franchis la fenêtre.

— Pars, je t'en prie. S'il te plaît…

— Tu me dois une sérieuse explication, répondis-je, sans cacher ma colère.

Elle soupira, et je me jetai du premier étage, atterrissant dans la neige fraîche. La fenêtre se referma aussitôt, dans un bruit sec et sans appel.

J'étais sorti de sa vie aussi vite que j'y étais entré. Je contournai sa maison, et ma colère trouva enfin un exutoire dans la poubelle du voisin. Le vacarme de ferraille troubla le silence du quartier, mais ne suffit pas à me calmer.

Je fouillai dans mes poches à la recherche de mes clés et tombai sur le cadeau d'Alana. Ça me semblait si loin et pourtant cela ne datait que d'hier soir. En une nuit, elle était parvenue à même me faire oublier le temps. Pendant un instant, je fus tenté de me débarrasser de son cadeau. Malheureusement, je savais que c'était inutile : Alana, ma bonne fée, avait fait son œuvre en moi. Elle avait laissé plus de traces que n'importe qui, son rire sonore chantait encore à mes oreilles, sa peau chaude et douce était imprimée sur la mienne, son parfum excitant ne me quittait plus.

J'étais tombé amoureux de cette fille aussi vite que j'étais tombé de sa fenêtre.

Chapitre 6

Mason

Cher Père Noël, parce que j'ai été très sage (et honteusement maltraité), je voudrais : une visseuse, une pelleteuse, une amoureuse.

Je grimaçai en ouvrant les yeux, gêné par la lumière. Malgré les rideaux épais, les rayons du soleil parvenaient toujours à passer. Je grognai et me couvris de l'épais édredon.

Je dormais vraiment bien ici, sûrement à cause de l'exercice physique que je faisais. Stella m'avait concocté un véritable programme de remise en forme. Chaque matin, je devais déneiger l'allée principale, ensuite, j'avais la lourde mission de poncer un ou deux murs. Après le déjeuner — des sandwichs qui auraient fait hurler de peur un nutritionniste californien — je m'attaquais à la peinture. Malgré la fatigue, j'étais heureux de mon choix : je me sentais beaucoup moins sous pression et surtout j'avais réappris à avoir des conversations normales.

— Allez, la marmotte ! Debout !

La voix de Stella et ses poings tambourinant contre la porte me tirèrent un nouveau grognement. Ma logeuse avait pris pour habitude de toquer à ma porte chaque matin. Elle craignait que ma carcasse hollywoodienne profite honteusement du lit, sans rétribution.

— J'arrive !

— Il a neigé cette nuit !

Stella ricana, façon tueur à la hache — ou à la pelle, pour le coup ! — dans un film d'horreur. Je me levai de mon lit et enfilai mon short de Lakers et un T-shirt propre. Je gémis en sentant mes épaules se tendre douloureusement. Depuis hier, j'avais des courbatures dans les bras et le haut du dos. Peindre les plafonds des deux chambres avait été plus pénible que prévu.

Je bravai le froid du couloir et descendis les deux étages de la grande demeure. Je retrouvai Stella à la cuisine, enroulée dans un peignoir défraîchi et pieds nus. Malgré le froid extérieur, le rez-de-chaussée était parfaitement chauffé. La cheminée de la grande salle à manger était alimentée en permanence. La cuisine, elle, bénéficiait d'un poêle, qui surchauffait la pièce.

— Salut, dis-je.

— Salut, ça va ?

— J'ai l'impression de porter une armure de plomb sur les épaules.

— Courbatures ?

— Courbatures est un terme bien trop léger. Je dirais plutôt « blessures de guerre » !

Elle me versa du café dans un mug ébréché et se contenta de sourire à ma réponse. Elle but une gorgée de son café, puis inséra des tranches de pain de mie dans le grille-pain.

— Ça va aller pour déneiger ?

— Tu me demandes mon avis ? Qu'est-ce qu'il se passe ?

— Je ne voudrais pas finir à la une des journaux pour avoir tué l'idole des adolescentes.

— Ça me rassure : pendant une minute, j'ai cru que tu étais inquiète pour moi ! En fait, c'est juste ta réputation qui te tourmente.

— Tout à fait. D'ailleurs, je pense mettre des petits panneaux dans les chambres disant : « Ici, Mason Graham a peint le plafond. »

— Intéressant. Tu veux qu'on ajoute une photo de moi en tenue de combat ?

— C'est une idée. Je pense qu'on pourrait même décliner le concept et créer une ligne de merchandising avec mug, T-shirt et bac de peinture, non ?

— Mon agent t'appellera !

À nouveau, elle risqua un sourire, et je me réjouis de cet échange léger. Après notre première rencontre et nos premiers échanges, Stella avait été beaucoup plus réservée. Elle se contentait de me donner mon emploi du temps de la journée et de s'assurer que je ne gâchais pas ses travaux. J'espérais que cette timidité était plus liée à une inquiétude sur l'avancée des travaux, qu'une espèce de révélation sur mon statut de célébrité. J'avais toujours détesté qu'on me limite à ça. Les tartines sautèrent du grille-pain, et Stella les déposa dans une assiette.

Nous déjeunâmes dans un silence apaisant. J'avalai mes deux tartines en un temps record, pendant que Stella feuilletait le journal local. Je la fixai de longues minutes, m'interrogeant sur les motivations de cette femme à vouloir remettre d'aplomb cette demeure en ruine.

— Tu es originaire de la région ?

Elle leva les yeux vers moi, surprise par ma question.

— En effet, oui, répondit-elle, sans émotion aucune.

— Ce qui explique que tu aies acheté cette grande baraque ?

— J'aime cette maison. Mais, je ne pensais pas que nous en étions au stade où nous devions échanger sur nos vies personnelles.

— Tu sais pourtant pourquoi je suis ici, non ?

— Ton excuse bidon sur le fait de prendre des vacances ? Désolée, Mason, mais ton jeu d'acteur laisse vraiment à désirer.

— Et tu ne veux pas savoir pourquoi je suis arrivé ici ?

— J'ai décidé que tu étais venu ici pour m'aider à faire mes travaux. Je ne sais pas si je veux en savoir plus. Je ne suis pas thérapeute, Mason, je suis juste une fille qui veut ouvrir cette grande baraque d'ici deux mois.

— Pour l'instant, tu es une fille qui me donne des ordres. Et tu es une fille qui remet en cause mon jeu d'acteur. J'ai eu deux nominations aux Golden Globes, une aux BAFTA et…

— … et le prix d'interprétation à Berlin.

Elle dégagea une mèche de cheveux de son visage et replongea dans son journal, ignorant mon air médusé. Elle tourna une page, puis deux, avant que ses lèvres ne se retroussent dans un sourire victorieux.

— J'ai Internet, moi aussi.

— Je vois ça.

Un peu vexé, je finis mon café d'un trait et me relevai de table. Par la fenêtre, je tentai d'évaluer le nombre de coups de pelle que j'allais devoir donner pour dégager l'allée. La neige était devenue ma pire ennemie. Stella jeta un coup d'œil à l'heure et frappa dans ses mains.

La récré était finie. Malgré le fait qu'elle n'arrêtait pas de me rembarrer, j'étais toujours curieux au sujet de Stella. Elle était jolie, plutôt futée, certainement drôle. Je ne parvenais pas à comprendre pourquoi elle était venue s'enterrer ici. Même en admettant que la région fût belle, elle ne semblait avoir aucun contact avec l'extérieur.

— Je ne trouve pas ça très juste, dis-je finalement. Tu sais tout de moi et tu ne me donnes aucune info sur toi !

— Je n'irais pas jusqu'à dire que je sais tout de toi.

Elle croisa les bras sur sa poitrine, et son visage se fit revêche. Cette femme n'était pas du genre à se confier au premier venu. Personnellement, je n'étais pas le genre à abandonner si vite.

— Nous sommes tous les deux ici, je ne vois pas pourquoi nos relations devraient se limiter à « tu dis » et « j'exécute ».

— Je trouve pourtant que c'est une relation très saine.

— Parce que tu es le genre de femme à prendre ton pied toute seule ?

Elle écarquilla les yeux et, pendant un court instant, je crus qu'elle allait me botter le cul dans la neige. Son regard flamba, et elle prit une profonde inspiration. Nerveusement, elle resserra la ceinture qui tenait son peignoir. J'adorais la pousser dans ses retranchements, j'adorais la voir fulminer et retenir sa colère. Stella était franche, entière et, surtout, elle ne se laissait pas marcher sur les pieds. Ma vie en Californie avait toujours été facile et sans défi : je demandais, et tout arrivait sur un plateau. J'appréciais maintenant de lutter contre quelqu'un.

— J'ai pris plus souvent mon pied toute seule que grâce à un homme. Je ne vois pas pourquoi je changerais mes habitudes avec Mason Graham.

— On pourrait au moins discuter. Tu pourrais… je ne sais pas… me parler de tes études, et je te parlerais des miennes.

— J'ai une soirée dans trois jours, Mason ! Parler est le cadet de mes soucis. Je dois finir une salle de bains, aménager le salon, vider le grenier, et…

Elle paniquait. Je comprenais maintenant ce qui la tenait aussi éloignée. Cette demeure représentait un vrai défi, et elle réalisait maintenant la charge que cela engendrait. Pour la première fois depuis mon arrivée, je perçus un peu de vulnérabilité. Son visage s'affaissa, et je m'en voulus immédiatement d'avoir été dur avec elle.

J'approchai d'elle et la pris dans mes bras. Elle était raide comme un piquet et ne me rendit pas mon geste. Je l'étreignis plusieurs minutes, pendant qu'elle restait les bras ballants, exténuée, contre moi.

— Ça va aller, Stella. Je voulais juste… qu'on parle.

— Je sais.

— Va prendre une douche, je vais ranger la cuisine et j'irai ensuite déneiger ton allée.

Un petit rire lui échappa, et je l'entendis renifler. Elle se redressa et me fixa de ses yeux embués.

— Tu n'es pas obligé de le faire tous les jours.

— Il n'y a pas de raison que tu sois la seule à prendre ton pied. Je me sens honoré de déneiger ton allée.

Elle baissa les yeux au sol et, à nouveau, un rire lui échappa. Cela me soulagea. Je m'en serais beaucoup voulu de lui avoir ruiné le moral. Après tout, Stella m'avait accueilli ici sans savoir qui j'étais, je me sentais redevable. J'aimais sa façon de ne pas prendre de gants avec moi, elle avait un objectif et n'en déviait pas. Sa détermination la rendait d'autant plus sexy. Car même dans son peignoir vieillot, même les larmes au bord des yeux, même les cheveux emmêlés, Stella était vraiment très sexy.

— Va prendre cette douche. Ensuite, on verra ce qu'on fait.

— D'accord.

Elle quitta la cuisine, mais revint juste après, un sourire aux lèvres.

— Tu sais monter des meubles, bien sûr ?

— Évidemment, mentis-je.

— Je vais acheter ce film pour lequel tu as gagné le prix d'interprétation, parce que ça m'intrigue vraiment !

Elle s'éclipsa sans me laisser le temps de répondre, et je l'entendis grimper les marches de l'escalier. Je m'activai dans la cuisine, puis montai dans ma chambre à mon tour pour me changer. C'est en enfilant mon deuxième T-shirt — à défaut de véritable vêtement anti-froid — que j'entendis Stella crier.

Je mis un caleçon à la hâte et me ruai dans sa chambre.

Je distinguais l'eau de la salle de bains couler à flots, et Stella poussa un nouveau cri, doublé d'un juron.

— Stella ?

— Mason ?

Elle cria à nouveau, et je perçus un objet lourd tomber au sol. Cette fois, ce fut un gémissement de douleur qui me parvint. Inquiet, je toquai frénétiquement contre la porte de la salle de bains.

— Stella ? Tout va bien ?

— N'entre pas !

— Je ne vais pas entrer. Je veux juste être sûr que tout va bien ! Je peux t'aider ?

— Ça ira !

À l'instant où elle m'assurait qu'elle allait bien, je l'entendis geindre, et un grand fracas fit trembler la porte de sa salle de bains. De l'eau commença à filtrer sous la porte, et je constatai qu'une flaque se formait déjà autour de mes pieds.

— Stella ? Stella ?

Je frappai contre la porte et tournai la poignée, en vain. Ma logeuse avait pris soin de s'enfermer à double tour dans sa salle de bains. Mes pieds clapotaient dans l'eau et, par-dessus le bruit de la douche, j'entendis Stella étouffer un cri de douleur.

— Stella ? Est-ce que tu peux déverrouiller la porte ?

— Je crois… Je crois que je me suis foulé la cheville.

— OK. Est-ce… est-ce que tu peux couper l'eau ?

Je jetai un coup d'œil à droite, puis à gauche, à la recherche d'un objet qui pourrait m'aider à ouvrir cette porte. Je dénichai un crayon et triturai la serrure pour la faire céder. Les mains moites et anxieux, je finis par casser le crayon, sans résultat. Soudain, un coup sec retentit contre la porte.

— Stella ? C'était quoi ce bruit ?

— C'était cette saloperie de mitigeur ! Impossible de couper l'eau ici. L'arrivée d'eau est dans la cuisine, derrière une trappe cachée sous la fenêtre, tu peux t'en occuper ?

— Ça va, toi ?

— Va couper l'eau !

Je descendis les deux étages à toute allure et cavalai jusqu'à la cuisine. Je trouvai la fameuse trappe et tentai de serrer le robinet d'arrivée d'eau. J'y mis toutes mes forces, sans succès. Sur le plan de travail, j'aperçus une clé à molette, l'ajustai et, dans un couinement plaintif, le robinet accepta de coopérer. Je fermai l'arrivée d'eau et remontai jusqu'à la chambre de Stella.

En mon absence, l'eau avait envahi la pièce, absorbée par la moquette bleue. Mes pieds s'enfonçaient dans le sol, faisait ressortir le surplus d'humidité. Au moins, maintenant, sans le vacarme du jet de la douche, le silence régnait dans la pièce.

— Stella ? J'ai coupé l'eau. Maintenant, je vais devoir rentrer.

— Non !

— Pourquoi ?

— Parce que je suis… nue !

— Désolé de t'annoncer que tu ne seras pas la première femme nue que je verrai !

— Je n'ai pas le corps d'une actrice, répondit-elle, un peu énervée.

J'arpentai la pièce, à la recherche d'un objet qui pourrait faire office de bélier. Je n'avais pas prévu de rassurer Stella sur sa nudité, je voulais juste la sortir de cette pièce et m'assurer qu'elle allait bien.

— Tu veux des révélations ?

— Quoi ?

— Scarlett Johansson a de la cellulite. Charlize Theron s'est fait refaire les seins et… et… Nathalie Portman a fait gonfler ses pommettes ! Toi, au moins, tu es sans retouche !

Sur une étagère, je repérai une rangée de trophées de hockey. Apparemment, Stella avait été une bonne joueuse au lycée. Je les soupesai un à un et gardai le plus lourd.

— Mason, je ne peux pas…

— Je me fiche de te voir nue, je veux te sortir de là. Tu n'as qu'à t'enrouler dans une serviette ! Éloigne-toi de la porte !

— Qu'est-ce que tu vas faire ?

Je passai le trophée d'une main à l'autre, cherchant le meilleur axe pour faire céder la serrure. Cette porte devait être aussi vieille que la maison. La serrure, normalement, ne devrait pas tenir longtemps.

— Je te sors de là. Au moins pour que tu me racontes ta carrière au hockey !

Je frappai de toutes mes forces la porte et entendis Stella laisser échapper un cri de surprise. Je donnai un deuxième coup, laissant une marque dans le bois.

— Bordel ! grognai-je.

— Tu n'es quand même pas en train de défoncer la porte avec un de mes trophées ?

— Non, je suis en train de te sauver de là !

Je frappai la serrure une dernière fois, et elle céda enfin. La porte s'entrouvrit légèrement, et un nuage de vapeur parfumée au lait de coco s'échappa de la salle de bains. Je n'osai pas la pousser entièrement : j'avais déjà affronté Stella ce matin, je n'imaginais pas l'état d'énervement de ma logeuse avec une douche en morceaux, une serrure explosée et un trophée de hockey étêté.

— Je peux ?

— Tu dois. Je crois que ma cheville est un dommage collatéral.

J'entrai lentement dans sa petite salle de bains, trouvant Stella assise sur le carrelage blanc et humide. Le rideau de douche pendait lamentablement, retenu par un dernier anneau combatif. Le mitigeur traînait à mes pieds, pendant que le tuyau de douche connaissait sa dernière heure, rattaché à l'arrivée d'eau.

Stella était nue, une serviette détrempée sur les cuisses, pendant qu'elle cachait sa poitrine de son bras.

— Enfile ça !

Je lui donnai mon T-shirt, lui laissant un semblant d'intimité pour qu'elle s'habille. Elle me remercia d'un regard et secoua la tête.

— Je ne crois pas être capable de me relever toute seule.

— Laisse-moi faire.

Je me baissai à sa hauteur, enroulai mon bras autour de ses épaules et doucement, avec prudence, l'aidai à se redresser. Nous sortîmes de la salle de bains, et je la fis asseoir sur son lit. Aussitôt, elle prit un oreiller et couvrit ses cuisses. Elle grimaça quand son pied toucha le sol et siffla de douleur.

— Laisse-moi regarder.

— Jouer dans une série médicale ne veut pas dire que tu es médecin, Mason !

— J'y ai fait une saison entière et je peux t'expliquer par le menu ce qu'est une dissection aortique aggravée. Laisse-moi regarder.

Elle soupira, puis obtempéra, hissant sa cheville déjà un peu gonflée jusqu'à la poser sur le lit. Elle ajusta l'oreiller sur ses cuisses, puis vérifia que le T-shirt la couvrait suffisamment.

— Ma mère est infirmière, elle me soignait quand je faisais l'imbécile.

— Et ma soirée est dans trois jours, geignit-elle.

— Commençons par descendre et mettre de la glace !

— Je n'ai pas de glace.

— On mettra de la neige, alors.

Elle se tut et je me risquai à toucher sa cheville. Sa peau était encore humide, mais une coloration bleutée apparaissait maintenant. Je la soulevai délicatement, et Stella se pinça les lèvres pour retenir un cri.

— Essaye de la bouger un peu.

Elle remua un peu, suffisamment pour me rassurer : ça ne devait pas être cassé, juste méchamment foulé. Je me levai du lit, Stella gémit à nouveau et, déséquilibrée par mon geste, elle laissa échapper l'oreiller qui glissa au sol. Pendant une longue minute, nous restâmes interdits, comme pétrifiés.

Je finis par me tourner précipitamment, pendant que Stella attrapait le couvre-lit pour s'enrouler dedans.

— Je vais t'aider à t'habiller. Sous-vêtements ?

— Tiroir de la commode.

Je fouillai dans le tiroir, découvrant des petites merveilles de lingerie, brodées de dentelle et très peu adaptées à la température extérieure.

— Très joli, la complimentai-je.

— Je me passerai de tes commentaires, Mason. Donne-moi la première que tu trouves !

Je dénichai un shorty noir, de dentelle et de satin. Je retournai près d'elle, me mis à ses pieds et l'aidai à enfiler son dessous. Stella me lança un regard furieux et pourtant très sexy. Je remontai le shorty le long de ses jambes, et elle souleva les cuisses pour que je finisse l'opération. Quand enfin ses fesses furent couvertes, mon visage se retrouva à quelques centimètres du sien.

— Merci, chuchota-t-elle.

— Avec plaisir. Je vais t'aider à descendre au salon.

Elle acquiesça et se souleva du lit en s'aidant de ses poings serrés. La colère avait fini par la déserter. Ses yeux balayèrent les dégâts dans la pièce, avant de s'arrêter sur le trophée ébréché.

— Seconde année de lycée, expliqua-t-elle. J'étais la seule fille dans une équipe de garçons.

— J'espère que tu ne portais pas ce genre de dessous !

— Si. Mais nous ne partagions pas les mêmes vestiaires.

— Tu m'en vois rassuré. Vous n'auriez jamais pu gagner autrement : tu aurais été une source inépuisable de distraction.

— Je ne suis jamais sortie avec un garçon de l'équipe. J'étais… J'étais bien trop timide et j'avais toujours un œil au beurre noir. Je ne plaisais à personne.

— Les choses ont bien changé, donc !

Elle m'adressa un regard chaleureux, puis mit son bras autour de ma taille. Elle clopina jusqu'à l'escalier, grimaçant à chaque fois qu'elle posait le pied au sol. Nous rejoignîmes le rez-de-chaussée, et Stella s'effondra sur le canapé. Je tirai un fauteuil et plaçai son pied dessus.

— Je vais aller récupérer de la neige. Ça va ? Tu n'as pas froid ?

— Ça ira. Très joli caleçon au fait.

— J'essaye de me mettre à ton niveau.

Elle éclata de rire et passa une main sur son visage marqué par le désastre de la douche. Après l'épisode de la cuisine, Stella ne méritait vraiment pas que le sort s'acharne sur elle. Je me promis de passer la journée à tenter de lui remonter le moral.

— Tu es… Tu es absolument hors d'atteinte, Mason. Je veux dire… Hollywood et tout ça. Tu es bronzé, tu es… plutôt bien fichu…

— Je déneige beaucoup !

— Et tu rencontres des gens hyper intéressants. C'est comme si tu étais dans un monde parallèle inaccessible.

— Ce monde parallèle est à huit heures de vol. Et je suis bien fichu parce que je ne peux pas boire une goutte d'alcool ou manger un morceau de fromage sans entendre mon préparateur sportif me hurler dessus. Je préfère mille fois être ici et mater tes petites culottes !

Elle fronça les sourcils, et son front se plissa alors

que je détaillais ses longues et fines jambes. Malgré son passé de sportive engagée, elle n'avait aucune cicatrice ni de muscles trop marqués. Je ne savais pas pourquoi elle avait si peu confiance en elle : honnêtement, elle n'avait rien à envier à Madison.

— Je reviens, et on discute ensuite du reste de la journée.

— Je ne pense pas être capable de faire quoi que ce soit !

— Eh bien, on fera comme d'habitude : tu dis, et j'exécute !

Je retournai dans ma chambre, enfilai un jean et un pull à la va-vite, avant de foncer au jardin pour ramasser un peu de neige dans un seau. Je pris un torchon propre, glissai de la neige à l'intérieur et le posai sur la cheville de Stella.

Au contact glacé, elle fit un bond sur le canapé, et j'esquivai de justesse un coup de pied malheureux. J'appliquai la neige autour de sa cheville, puis jetai deux bûches dans la cheminée avant de demander :

— Alors, on fait quoi ?

— Je ne sais pas. Je voulais… je voulais réaménager cette pièce, pour que ce soit plus chaleureux.

— On pourrait mettre ces deux fauteuils autour de la cheminée, non ?

Je m'exécutai aussitôt, bougeant les fauteuils pour encadrer la cheminée. Je tirai sur le tapis et décalai la desserte à whisky pour la rendre plus accessible.

— Tu devrais mettre une bibliothèque. Cet endroit incite au calme, à la lecture, suggérai-je.

— Peut-être, oui. Il faut aussi retirer ces rideaux vieillots. L'échelle est dans le couloir.

Fidèle à notre mode de fonctionnement, pendant une heure, je fis exactement ce que Stella me demandait. En milieu de matinée, elle décréta que la salle de bains devait être réparée au plus vite. Elle grimaça en se relevant, mais refusa mon aide quand j'osai la prendre par la taille pour monter l'escalier.

— Je ne suis pas impotente, Mason.

— Tu es blessée. Il n'y a aucun mal à demander de l'aide.

— La dernière fois que j'ai demandé de l'aide, un acteur hollywoodien a débarqué ici. Je crois que j'ai suffisamment souffert, lança-t-elle en riant.

— J'avais compris qu'avant l'uppercut il y avait une caresse !

— Tu as vu mes petites culottes, Mason. Tu en sais plus sur moi que beaucoup d'hommes.

Je souris à sa franchise, m'interrogeant vaguement sur le type d'hommes qu'elle pourrait rencontrer ici. Le village était moribond, la moyenne d'âge très élevée, et elle ne semblait pas prête à s'ouvrir à une relation. Elle monta l'escalier en se cramponnant à la rampe. Je restai à distance, m'assurant qu'elle ne se fasse pas mal à nouveau. Une fois dans sa chambre, Stella s'assit lourdement sur son lit. Je tirai une chaise et l'aidai à y poser le pied. L'hématome se formait peu à peu, gonflant son articulation.

— Ma caisse à outils est dans le couloir, dit-elle, dans un murmure de douleur. Et le matériel est au sous-sol.

— Je m'en occupe.

Je récupérai le tout et revins dans la chambre. Stella était parvenue à se relever et jurait devant les dégâts dans la salle de bains. Les sols étaient encore trempés, le tuyau de la douche pendait lamentablement et le rideau menaçait de s'effondrer.

— Si je te dis comment faire, tu penses y arriver ?

— Je suis acteur, Stella. Les gens passent leur temps à me dire quoi dire, quoi faire et comment le faire. Tu sous-estimes tous les hommes ou c'est un privilège que tu m'octroies ?

— Je ne te sous-estime pas, Mason. Je… C'est juste que j'ai du mal à comprendre ce que tu fais ici. Je m'attends à chaque instant que tu prennes conscience de ton erreur et que tu décides de rentrer chez toi. J'essaye de garder une sorte de distance, avec toi comme avec les autres.

— Au risque de paraître prétentieux, je ne suis pas comme les autres. Je ne compte pas partir, sauf si tu me le demandes. Je suis venu ici parce que ma vie à Los Angeles me pesait et que je n'arrivais pas à faire des choix. Ce que je n'avais pas prévu…

— … c'est ce froid ?

— Non, c'est toi. J'aime que tu sois différente des femmes que je côtoie habituellement. Elles ne sont pas si… franches, ou dures. Je ne sais pas, je crois qu'en fait j'aime bien ton côté « campagnarde ».

— Je vais faire comme si c'était un compliment.

— C'en est un. Je me sens beaucoup mieux et je sais que c'est grâce à toi. Je voulais juste être Mason et ici, avec toi, je suis juste Mason.

— Donc, tu aimes que je sois particulièrement pénible avec toi ?

— Je ne vais pas dire que j'aime ça, mais je me dis que si tu me repousses c'est que je te plais un peu. Ça me suffit pour le moment. On attaque cette salle de bains ?

Je ne voulais pas lui laisser l'occasion de me répondre. Stella me repoussait beaucoup, réfléchissait trop, me souriait parfois. Malgré tout ça — ou à cause de tout ça —, elle me plaisait chaque jour davantage. J'admirais sa ténacité, j'appréciais son honnêteté, j'aimais qu'elle me considère comme un homme et pas comme un « métier ».

— Commence par retirer le rideau, commanda Stella. Et ensuite, il faut démonter la robinetterie.

— Sans problème.

Je retirai le rideau en plastique d'un geste sec. Il était de toute façon inutilisable. Je le roulai en boule et m'en débarrassai dans le couloir.

— Ensuite ?

Mon enthousiasme me bluffait presque. D'un mouvement du menton, Stella désigna sa caisse à outils. Je ravalai un grognement : j'avais eu mon moment héroïque en libérant Stella de sa salle de bains, j'allais maintenant subir une petite humiliation quand elle comprendrait que, pour moi, tous ces trucs étaient des instruments de torture.

— Clé anglaise, ordonna-t-elle. Tu pinces l'écrou qui tient la robinetterie et tu fais ton possible pour la desserrer.

— Mon possible ?

— Cette maison a plus de cinquante ans, sa tuyauterie aussi. Je présume que ce truc est un peu rouillé.

— Tu as d'autres bonnes nouvelles ?

— Interdiction de casser le carrelage.

Je poussai un soupir à fendre l'âme, avant de me saisir du premier outil venu. Au regard sévère de Stella, je sus que cette chose n'était pas la fameuse clé anglaise qu'elle m'avait ordonné de prendre. J'en essayai trois autres, avant de voir un sourire s'étaler sur le visage de ma logeuse.

— Tu aurais du dire « objet contondant », râlai-je.

— Vire-moi cette robinetterie, Graham !

Comme d'habitude avec Stella, je m'exécutai. Après une heure d'acharnement sur ces tuyaux rouillés, je sortis vainqueur de mon combat contre la douche. En prime, je déneigeai l'allée avant la fin de la matinée. Après deux antidouleurs et beaucoup de neige fondue, Stella parvint à se remettre debout. Elle nous prépara le déjeuner et, à table, m'informa qu'elle reprenait son programme de la journée : acheter des meubles.

— Je ne sais pas si c'est raisonnable. Comment veux-tu conduire avec ta cheville ?

— À vrai dire, je comptais sur toi.

— Pour ?

— Pour m'assister : faire le chauffeur, porter les gros cartons. En gros, être un gentleman poli et bien élevé.

— Il y a erreur, Stella.

À mon ton dur et sans appel, elle choisit de répondre par l'humour.

— Tu n'es ni poli ni bien élevé ?

— Je ne peux pas sortir dans les lieux publics. Je… Je ne tiens pas à ce qu'on me retrouve ici, ou à finir dans la presse.

Je m'enfonçai dans ma chaise, repoussant mon assiette. J'avais désormais l'appétit coupé. Je me sentais bien dans cette maison, je me sentais libre de faire ce que je voulais, loin de mon agenda surbooké ou des rendez-vous avec les producteurs. Aider Stella me permettait de me vider l'esprit et je refusais de mettre en danger cette bulle libératrice pour quelques meubles.

— Je pense que cela peut attendre demain, non ?

— Parce que tu seras moins célèbre demain ?

— Parce que tu pourras sûrement conduire ! Je ne veux pas aller là-bas !

— Mason, nous sommes au bout du monde, dans une ville de campagnards. Personne ne te reconnaîtra.

— Il suffit d'une photo volée.

— Et ensuite quoi ? Tu es une star de cinéma, pas Charles Manson !

— Je crois que tu n'as pas conscience de ce que je vis. Depuis presque quatre ans, je ne peux pas avoir une vie privée, je ne peux pas sortir, je ne peux pas dîner dans un restaurant sans être photographié, je ne peux pas serrer une amie dans mes bras sans que les pires rumeurs circulent. Tu veux que je te dise comment tout cela va finir ?

— Fais-moi rêver !

— On va me voir avec toi. Les tabloïds vont juger que tu es trop banale, que tu n'es pas maquillée, que tes cheveux sont mal coiffés. Ensuite, ils diront que tu es la nouvelle femme de ma vie, ou celle de la semaine, tout dépend. Ils nous verront dans un magasin de meubles et en déduiront que je t'ai mise enceinte et que tu as refusé un gros chèque pour enterrer cette affaire.

Elle encaissa l'information en silence, en me dévisageant comme si elle me voyait pour la première fois. Elle but une gorgée d'eau et m'adressa un sourire taquin.

— Si cette une sort, je l'achèterai et je la ferai encadrer dans l'entrée. Et si on achète un tapis ils vont en déduire qu'on veut cacher un corps ?

— Probablement. Si tu sors d'un salon d'esthétique, ils diront que tu es une femme à barbe.

Elle rit de nouveau et haussa les épaules. Apparemment, ma vie dans les médias la faisait rire. De mon côté, je ne riais plus depuis bien longtemps. Ma famille avait subi les paparazzis, et ma célébrité soudaine ne les avait pas épargnés. Ma mère avait été suivie à son travail, ma sœur avait été vilipendée pour un excès de vitesse.

— Mason, quand tu es arrivé, tu as dit que tu voulais de la normalité. La normalité, ce n'est pas se planquer ici et vivre à l'écart !

— Ma normalité, si.

Devant mon air buté, Stella leva les yeux au ciel. Elle termina son assiette en silence. J'entendais pourtant parfaitement les rouages tortueux de son cerveau. Elle cherchait une solution, ou un moyen de me faire plier.

— Et avec une casquette et des lunettes ?

— Tu l'as dit toi-même : ce ne sont pas franchement des accessoires de saison, en particulier ici.

— Et si on anticipait ? Si on faisait une photo et qu'on l'envoyait à la presse. Ça leur donnerait un os à ronger !

— Ce n'est pas l'os qu'ils veulent, c'est la carcasse tout entière. Franchement, ça risque d'entraîner plus de problèmes ; ma simple présence ici risque de générer une montagne de questions.

— D'accord.

— C'est insoluble.

— Rien n'est jamais insoluble. C'est juste que la solution est moins évidente que le problème. Dans ton cas, évidemment, le problème est énorme. Mais ton problème n'est qu'un détail de mon problème, à savoir : je ne peux pas conduire.

— Et tu ne peux pas demander à quelqu'un d'autre ?

— Ah si, je peux. Mais, vu la moyenne d'âge du village, j'ai aussi vite fait d'y aller à pied et de ramener mes meubles sur mon crâne ! Mason, il faut vraiment que tu viennes !

Je croisai les bras sur ma poitrine. Rien ne me ferait bouger de cette chaise. Elle se débrouillerait sans ses meubles et sans moi ! Au bout de quelques minutes, un sourire satisfait fleurit sur son visage. J'imaginai qu'elle avait trouvé une solution.

— Ton problème, ce n'est pas que tu ne peux pas venir, c'est que tu ne veux pas !

— Euh… oui, répondis-je, incertain.

— Il faut donc te motiver pour venir. Faisons un deal : si tu viens, je répondrai à tes questions.

— Je te demande pardon ?

— Ce matin, tu voulais qu'on parle, tu voulais qu'on échange sur nos années au lycée. Très bien, faisons ça ! Un meuble, une révélation croustillante !

— Et si je refuse ?

— Eh bien, je resterai à tes yeux la femme la plus mystérieuse du monde.

Elle rehaussa sa dernière proposition d'un regard larmoyant, qui aurait fait céder le plus dur des agents du contre-espionnage américain. Je levai les mains devant moi en signe de reddition. J'étais trop gourmand de révélations à son sujet pour laisser passer ma chance.

Une heure plus tard, camouflé par ma casquette et mes lunettes, nous arpentions les allées d'un magasin de meubles. Armée de sa liste et malgré son boitillement, Stella menait la danse avec efficacité. Le Caddie contenait déjà quatre gros cartons, et nous devions encore en récupérer d'autres après avoir réglé nos achats.

— Tu me dois quatre révélations, dis-je finalement.

— D'accord. Par quoi veux-tu que je commence ?

— Je ne sais pas. Ton premier baiser ?

— Jason North, derrière le gymnase du lycée. C'était… baveux, grimaça-t-elle après avoir cherché le bon adjectif. J'ai mis quelque temps pour renouveler l'expérience. Et toi ?

— J'ai embrassé ma meilleure amie de l'époque, histoire de savoir ce que ça faisait. On s'est sentis moins bêtes ensuite. Il n'y avait pas de grands sentiments, c'était juste du pragmatisme. Et maintenant ?

— Et maintenant quoi ?

— Tu embrasses quelqu'un en ce moment ?

— Très délicat de ta part cette façon de me demander si je sors avec quelqu'un.

— N'est-ce pas ? Alors ?

— Non. J'ai eu quelqu'un, mais ça n'a pas duré. Il ne

comprenait pas mon obstination avec cette maison. Il a préféré retourner à New York et vivre confortablement. Ça fait plus de deux ans.

— Oh. Bon sang !

— Comme tu le sais, le cheptel des hommes célibataires de moins de trente-cinq ans est plutôt maigre autour de moi. Et toi ?

— Le cheptel ?

Elle secoua la tête et glissa deux vases blancs en faïence dans le Caddie. Elle releva les yeux vers moi et m'encouragea à répondre.

— Tu ne vas pas me dire que Mason Graham est seul ?

— Non. Je… Il y a Madison, avouai-je, un peu gêné.

— Qui est Madison ?

— Une actrice. Dans ce métier, on finit par se reproduire entre nous. Mais ce n'est pas… enfin, ce n'est pas la femme… bref, on va rompre prochainement.

Je songeai brièvement à l'armée d'avocats qui allait superviser notre rupture. J'étais déjà épuisé rien que d'imaginer les multiples rendez-vous et la mise en scène pour la presse. Officiellement, nous nous quitterions bons amis. Officieusement, Madison me détestait déjà et devait être en train de préparer sa solution de repli.

— Elle est très hollywoodienne, expliquai-je. Alors que je suis plutôt du genre calme et sérénité. Quel est ton plat préféré ?

— Les sandwichs au fromage grillés. Je pourrais me lever la nuit pour en manger ! Sûrement un rapport à l'enfance.

— Sûrement. Je raffole du pain de viande de ma mère. Sa plus grande crainte, c'est que je devienne végétarien.

Nous atteignîmes enfin la caisse du magasin, et Stella s'assura qu'elle avait bien tout acheté. Le Caddie pesait une tonne, et je n'avais pas encore fait le plein de toutes mes révélations.

— Voilà ce que je te propose : on va mettre tout ce bazar dans la voiture, dit-elle, et je t'offre un chocolat chaud. On pourra se balader dans la rue.

— Stella...

— Personne n'a remarqué qui tu étais ici, dans la rue, on ne te verra pas plus. Rappelle-toi : normalité ! Sinon, tu peux rester à te geler dans la voiture en attendant que je revienne.

— Sympa, marmonnai-je.

— Je sais, je trouve aussi que je suis une fille plutôt sympa ! Allez, on y va !

Vingt minutes plus tard, débarrassés de nos meubles en kit et après que j'avais assuré dix fois à Stella que nous n'avions pas besoin d'aide pour les monter, nous nous retrouvâmes à siroter un chocolat chaud en marchant dans la neige.

— Et ta cheville ?

— Ça ira. Je fais attention, c'est tout.

— Je t'en prie, dis-je en lui proposant mon bras.

Son bras accroché au mien, Stella continua de me raconter sa vie, me parlant avec chaleur de son enfance atypique, à vivre chez sa grand-mère pendant que son père, marin, arpentait les océans. Très tôt, elle avait appris à être autonome et libre de ses choix. Elle n'attendait rien de personne.

— Quand j'ai posté cette annonce, j'étais avec une amie au téléphone, Olivia. Elle m'a dit que je ne risquais pas grand-chose. J'avais vraiment besoin d'aide, mais je ne pouvais pas payer un ouvrier.

— Et voilà comment je me suis retrouvé ici ! Aouchhhhh ! Ce truc est brûlant !

Je claquai ma langue endolorie contre mon palais et laissai échapper un gémissement de douleur. Ma boisson était surchauffée et potentiellement dangereuse.

— Ça va ? s'inquiéta Stella.

— Oui. J'ai juste perdu une trentaine de papilles. J'avais bien vu que le serveur me regardait de travers.

— Tu exagères ! Tu penses qu'il t'a reconnu ?

— Ah non ! Je pense qu'il était simplement jaloux de me voir avec toi.

Pour toute réponse, je reçus une tape sur l'avant-bras. Stella m'adressa ensuite un sourire lumineux. Mon regard passa de ses yeux à ses lèvres. Je brûlais d'envie de l'embrasser, cela devenait obsessionnel. Bêtement, j'espérais lui offrir une meilleure expérience que son premier baiser.

— Arrête de jouer au charmeur, Mason.

— Pourquoi ? Ça marche ?

— À ton avis ?

Elle dérapa sur une plaque de verglas, et je la rattrapai avant qu'elle ne finisse sur les fesses. Je l'aidai à se relever, et nos visages se retrouvèrent si proches que je pouvais sentir son souffle sur moi. Délicatement, elle me retira mes lunettes de soleil et les glissa dans sa poche.

— Je préfère te voir vraiment, pas voir la star de cinéma, expliqua-t-elle.

Je passai le dos de ma main sur sa joue et la vis pencher le visage pour épouser ma caresse. Mon cœur partit dans une chamade incroyable, tiraillé entre l'envie de l'embrasser immédiatement et le besoin de me protéger de la presse.

— Je vais devoir remercier Olivia pour t'avoir poussée à mettre l'annonce.

— Meilleure décision de ma vie, chuchota-t-elle.

— Pour le moment, oui. On continue ?

Elle hocha la tête et se serra contre moi. Quelques mètres plus loin, elle s'extasia devant une robe de soirée vert d'eau.

— Dommage, je n'ai pas vraiment d'occasion pour la mettre !

— Je t'inviterai à la prochaine cérémonie de prix. Ou à une première, qu'en dis-tu ?

— J'en dis qu'il va falloir bosser sur une définition de notre statut.

— J'ai l'impression d'entendre mon attachée de presse parler. J'invite qui je veux, point. On définira notre statut au cours de la soirée. Ou au cours de la nuit, ajoutai-je dans un chuchotis.

— Carrément ?

— J'adore t'aider à mettre des dessous sexy, mais je dois t'avouer que j'ai un talent particulier pour les retirer. Et j'adorerais te retirer cette robe. Je pense même que je prendrais tout mon temps pour le faire. Je t'effeuillerais, comme on ouvre un cadeau.

Un rougissement adorable couvrit ses joues, et elle se mordit la lèvre inférieure.

— Tu es une très belle femme, Stella. Sinon, je ne serais pas là à essayer de me souvenir comment on drague une fille avec subtilité.

— Cette histoire de robe n'était pas très subtile, répliqua-t-elle.

— J'ai décidé qu'être subtil ne servait pas à grand-chose. Je suis un fervent partisan de l'efficacité.

— Oh. Dans ce cas, je dois avouer que cette histoire de robe est très efficace ! Ça risque de rester… un long moment, soupira-t-elle.

Nous continuâmes notre balade pendant encore une heure, avant de rebrousser chemin. Aucun photographe, aucun fan, l'après-midi était parfait, si on oubliait ma brûlure de la langue. Stella riait de mes blagues idiotes — cette femme serait canonisée pour son indulgence — pendant qu'elle me bombardait de questions sur mes débuts d'acteur. Pour la première fois depuis une éternité, je ne jouais aucun rôle. J'étais le Mason du Montana, prêt à faire n'importe quoi pour qu'une fille me remarque.

En arrivant sur le parking où était garée la voiture, je me promis de l'embrasser avant de monter au volant. Puisque la subtilité n'était plus de mise, je renonçai à la jouer élégante et gentleman. Dans les situations d'urgence, on oublie la politesse.

Je déverrouillai la voiture et ouvris la portière pour Stella. À l'instant où elle prit ma main pour se maintenir, je la retins contre moi et écrasai mes lèvres contre les siennes. Sous la surprise, son corps se tendit, mais, très vite, je sentis sa langue chercher à pénétrer ma bouche. Je libérai sa main et pris son visage en coupe. Je l'inclinai légèrement et accentuai mon baiser. Nos langues se débattirent de longues minutes, avant que Stella n'abdique dans un soupir. Ses mains enserrèrent ma taille, pendant que je la repoussai contre la portière. Elle gémit contre mes lèvres, et notre baiser se fit plus tendre. Un désir fulgurant battait dans mes veines, mais Stella n'était pas du genre à se laisser faire. Elle me contrôlait et m'apaisait. Je détestais tous ces vêtements entre nous et je fantasmais déjà à l'idée de la déshabiller.

Une nouvelle mission à accomplir avant de trouver une solution à notre histoire.

Elle prit ma lèvre supérieure entre les siennes et y déposa un baiser léger avant de s'écarter de moi. Son souffle était court, et ses yeux brillaient d'un désir contenu. Elle secoua la tête, et un sourire taquin naquit sur ses lèvres.

— Subtilité, hein ?

— Efficacité. Je recommencerai, lui promis-je.

Elle finit par grimper dans la voiture et, dans un silence presque religieux, nous regagnâmes la maison. Stella garda les yeux rivés sur la route pendant tout le trajet. Quelque chose semblait la tourmenter. En arrivant à la maison, elle profita du fait que je décharge la voiture pour se précipiter à l'étage et prendre une douche dans ma chambre. J'hésitai à la rejoindre, mais décidai de ne pas la brusquer.

Vingt minutes plus tard, je rejoignis ma chambre.

Mon téléphone était éteint depuis plusieurs jours. Il était peut-être temps de revenir à la vie réelle et au moins de rassurer mes proches.

Stella sortit de la salle de bains en se frictionnant les cheveux. Je jetai mon téléphone précipitamment sur le chevet et pris le tube de pommade. Elle avait les joues rouges et ce délicieux parfum de noix de coco que j'avais senti ce matin. Enroulée dans une serviette rouge, elle boita jusqu'à mon lit et me tendit son pied.

— Je dis et tu exécutes, me rappela-t-elle dans un gloussement.

— À tes ordres !

J'appliquai la pommade avec délicatesse. Le contact frais du produit la fit réagir ; un frémissement la parcourut, et elle se frotta nerveusement les bras. Son articulation avait dégonflé, mais restait douloureuse. Je parvins finalement à capter son regard, pendant que mes doigts massaient sa cheville. Quelque chose n'allait pas : elle me fuyait, elle se tortillait sur le lit, prête à sortir de cette chambre à la première occasion.

— Ça va chauffer un peu, pour disperser l'hématome, expliquai-je.

— D'accord. Merci. Je vais te laisser, tu étais occupé, je crois.

D'un geste, elle désigna le téléphone. Je libérai son pied et elle se leva de mon lit. Elle réajusta la serviette autour d'elle, mais son sourire tremblant la trahit. Je la retins par le poignet et l'entendis murmurer mon prénom.

— C'était génial, dis-je, avec sincérité. La normalité,

faire les magasins… Tout. Même ce chocolat qui m'a brûlé la langue.

— Oui. C'était bien.

— Le baiser aussi. T'embrasser, c'était…

— … parfait.

— Presque. Je ne voudrais pas avoir à me cacher pour le faire.

Elle pivota vers moi, et son regard bleu ciel sonda le mien. Je n'arrivais pas à saisir si elle regrettait de m'avoir embrassé. Personnellement, j'aurais aimé en revivre chaque seconde. C'était la première fois qu'embrasser une femme me donnait la sensation d'être totalement heureux.

— Je sais. Je comprends. Disons que c'était sur le moment.

Sa voix trembla légèrement. Elle ne parvenait même pas à se convaincre de ce qu'elle me disait.

— Je vais aller m'habiller et préparer le dîner.

— Stella !

— C'est mieux comme ça. Juste un baiser et rien de plus. Je ne crois pas que cela compte plus que ça.

— Tu ne crois pas ?

Elle secoua la tête, les yeux brillants. La Stella fragile et hésitante que j'avais devant moi ne ressemblait en rien à la femme déterminée que j'avais affrontée au réveil.

— J'ai juste fait ce dont j'avais envie depuis le jour où j'ai franchi le seuil de cette maison.

— Tu ne l'aurais donc pas fait autrement ?

— Stella, si j'avais une vie normale, je t'aurais draguée comme un malpropre. Je t'aurais invitée au ciné, je t'aurais fait le coup du mec qui s'étire pour te prendre dans mes bras. J'aurais tout fait. Je t'aurais offert cette robe dont tu rêves, et nous serions allés pique-niquer dans la forêt au printemps, dans cet endroit dont tu m'as parlé cet après-midi.

— Mais tu n'as pas une vie normale, Mason. Ma vie est ici. Toute ma vie est ici.

— Ce n'est pas insoluble, protestai-je.

— Bien sûr que si, Mason. Je pense que nous devrions oublier ce qui s'est passé cet après-midi. Tu sais, un moment d'égarement.

— J'étais loin d'être perdu et je savais tout à fait ce que je faisais.

Je me levai du lit, espérant qu'elle comprendrait ce que je ressentais pour elle. J'étais prêt à tout, prêt à appeler mon agent et à rédiger un communiqué de presse qui mettrait un terme à ma vie californienne. J'avais juste besoin de deux minutes et, surtout, de convaincre Stella.

— Alors, disons que moi, j'étais perdue. Je ne veux pas que cela se reproduise, je ne veux pas... En fait, je voudrais que tu partes d'ici.

— Que je parte ?

— Il y a un vol avec correspondance pour Los Angeles, demain à 11 heures. Je peux te commander un taxi pour...

— Non ! Je ne veux pas...

— Parfois, on ne veut pas faire certaines choses et on doit quand même les faire. C'est ce que tu m'as dit cet après-midi.

— Tu as vérifié les horaires de vol ?

— En rentrant, oui. Je crois que Madison t'attend, de toute façon.

— Que vient faire Madison dans notre histoire ?

— Je pense qu'elle est concernée, non ? contra-t-elle avec une pointe d'amertume.

— Stella, je ne veux pas partir d'ici. Tu n'arriveras pas à me foutre dehors. C'est hors de question ! Je veux… Je veux qu'on reparle de tout ça, à tête reposée.

— Qu'on parle de quoi ? De moi ici, et de toi là-bas ? Tu m'as dit que ta vie était impossible, que tu étais constamment sous pression. Je ne peux pas m'intégrer dans ton monde et tu ne peux t'intégrer dans le mien : c'est la définition même d'un problème insoluble.

— Ça ressemble plutôt à une fuite en avant !

— Parlons-en : c'est bien ça qui t'a amené ici, non ? Mason, tu ne sais même pas ce que tu ressens, tu cours après ta liberté. Tu penses que je suis celle qu'il te faut, alors que je suis juste la fille qui habite ici, je suis juste la fille qui a mis une annonce. Je ne suis ni ta liberté ni… ni la fille que tu cherches.

— C'est si dur pour toi de comprendre que tu me plais ?

— Ne sois pas stupide, je suis une conquête d'opportunité. Si tu m'avais croisée dans un bar, tu m'aurais abordée ? Si j'avais été serveuse dans un de ces restos branchés, tu m'aurais parlé ?

— C'est un peu facile de vouloir refaire l'histoire ! Je t'ai rencontrée ici, tu m'as plu ici, je t'ai embrassée : voilà notre histoire. Je n'en veux pas une autre. Je veux celle-ci, je veux tout le reste, Stella. Cette maison, toi, la neige et ta cheville en vrac. Tout.

— Je me protège, Mason. Pour l'instant, l'histoire est belle, et on devrait peut-être la garder ainsi. C'est mieux.

J'ouvris la bouche, mais aucun son ne sortit. Elle avait raison sur un point : je ne savais plus, depuis longtemps, qui j'étais et ce que je ressentais. Je rentrais dans des rôles, je faisais ce qu'on me demandait, je ressentais ce que les gens voulaient que je ressente. Mason Graham n'était qu'un pantin ridicule, qui ne parvenait même plus à dire à une femme ce qu'il ressentait pour elle. C'était pitoyable.

Pour la première fois depuis ma rencontre avec Stella, je détestais sa franchise et je détestais qu'elle ait raison. Sa détermination m'avait séduit dès la première seconde, elle se retournait maintenant contre moi.

— Je vais préparer le dîner, conclut-elle.

— Ne crois pas que je vais abandonner aussi facilement.

— Rassure-toi, je n'y crois pas vraiment.

Elle ferma la porte derrière elle et je m'effondrai sur mon lit, défait. Je ne voulais pas partir d'ici. Et, surtout, je voulais encore sentir ses lèvres contre les miennes, je voulais sentir ses mains s'enfoncer dans ma taille à m'en faire mal. Mon téléphone sonna, mais je laissai l'appel basculer sur mon répondeur : j'avais encore le droit à un peu de temps sans Hollywood.

Je me réfugiai sous la douche brûlante, regrettant finalement de ne pas avoir suivi mon premier instinct. J'aurais dû rejoindre Stella dans la salle de bains, j'aurais dû profiter d'elle encore un peu.

Après ma douche, à contrecœur, mais conscient que Stella ne changerait pas d'avis, je fis ma valise. D'un pas lourd, je la descendis au rez-de-chaussée et retrouvai ma logeuse dans la cuisine. Elle agitait ses fesses dans un jean noir et elle chantonnait tout en découpant des légumes. Son pull trop large dévoilait son épaule gauche. Apparemment, Stella n'avait pas jugé utile de mettre un soutien-gorge.

— Tu as cédé finalement ? demandai-je.

— Cédé ?

Elle se tourna vers moi. Je fis semblant d'ignorer ses yeux rouges et son visage blême. Comment avions-nous fait pour nous rendre aussi malheureux ? Je résistai à l'envie impérieuse de la prendre dans mes bras et de la bercer contre moi. Stella méritait de rire tout le temps, et j'étais le sale con qui la faisait pleurer.

— Cédé aux chants de Noël ? Je croyais que tu trouvais ça un peu cul-cul ?

— C'est toujours le cas. Mais je prépare la soirée du 24 décembre ; décemment, je ne peux pas faire sans ce genre de traditions pénibles !

— Dis-m'en plus sur cette soirée. J'ai l'impression de louper l'événement mondain de la région !

Elle me lança une pomme de terre et m'adressa un regard amusé.

— Va chercher un économe. Tu es encore là jusqu'à demain, hors de question que tu te laisses aller. Tu dois mériter ton toit pour cette nuit encore.

— C'est vrai. Allez, raconte-moi.

— C'est… C'est à la fois une soirée d'inauguration et une soirée de remerciements. Je vais ouvrir les chambres d'ici quelques semaines et je veux remercier tous les gens qui sont venus m'aider. Des amis, pour la plupart. Nous serons une trentaine.

— Et donc, je ne suis pas invité ?

— Si, bien sûr que si, répondit-elle après une seconde de réflexion. Tu peux venir. Je préparerai ton panneau.

— Mon panneau ?

— Eh bien, j'ai préparé des petites pancartes indiquant « Ici, Olivia a décollé du papier peint », ou « Ici, Alana a préparé à manger pour un régiment ». C'est ma manière à moi de les remercier pour tout ça. Sans eux, sans toi, les choses n'auraient pas pu se faire aussi vite.

— Une sorte de Walk of Fame dans le Maine ? Je te préviens, je veux ma pancarte à l'entrée de l'allée. « Ici, Mason a déneigé plus que de raison. »

Elle éclata d'un rire sonore, qui chassa les dernières ombres de notre discussion. J'épluchai les pommes de terre avec rigueur, avant de les déposer dans un saladier. Stella ouvrit le réfrigérateur et en sortit une bouteille de vin blanc. Elle en versa dans deux verres et vint s'installer près de moi.

— Tant que tu n'es pas rentré, ton nutritionniste ne peut rien dire, si ?

— Ce qu'il ignore ne peut pas lui faire de mal, affirmai-je.

Avec tendresse, elle posa la tête sur mon épaule, et je compris qu'elle me faisait ses adieux. Après cette soirée, nous reprendrions le cours de nos vies : elle, ici, avec sa soirée, ses amis et cette maison branlante, et moi, avec Madison, mon agent, ma maison impersonnelle et bien trop grande.

— Je le ferai, promit-elle. Le panneau, je le ferai.

— J'espère bien. J'aime bien collectionner les titres

de gloire. Qui est Olivia ? Tu m'as parlé d'elle aussi cet après-midi.

— Oh. Liv est une amie de lycée. Elle est venue plusieurs fois pour décoller du papier et m'aider à vider les chambres des vieux meubles. Elle a une boutique de vêtements maintenant.

— Et Alana ?

— J'ai rencontré Alana en achetant cette maison. Nous avions toutes les deux rendez-vous à la banque et nous avons discuté dans la salle d'attente. Elle est cuisinière.

— Elle cuisine donc pour ta soirée ?

— Oui. Gratuitement en plus. Ce sont mes plus proches amies, même si elles sont loin. Elles arrivent demain soir.

— Comme quoi, tout n'est pas insoluble, lui fis-je remarquer.

— En effet. En amitié, tout est possible, Mason. On peut tout à fait rester amis.

— On peut, oui. Mais c'est un cadeau empoisonné. Tu serais une amie que je veux embrasser, c'est un peu bizarre, non ? Je ne veux pas que tu sois une amie, Stella. Je veux que tu sois… tout.

— Je ne peux t'offrir ça. Mais je te souhaite de trouver ce que tu cherches, la liberté, une fille pour toi, tout. Vraiment, je te le souhaite. Parce que je suis à peu près certaine que c'est chouette d'avoir tout ça.

Elle se leva de table, et je l'entendis prendre une profonde inspiration. C'était terrible pour moi de la regarder se torturer ; elle me repoussait encore et encore, mais ne parvenait pas à refouler ses sentiments. C'était comme avoir un cœur en miettes dont on essayait de colmater les failles, sans y parvenir tout à fait.

Il fallait revenir à un sujet plus joyeux. Parler de ses amis et de cette soirée semblait lui donner le sourire, je m'engouffrai donc dans la brèche. Distraire Stella, chasser ses pensées sombres, nous offrir une dernière soirée, prier pour l'embrasser une dernière fois, c'était tout ce que je voulais. Tout ce que je voulais, c'était qu'elle me sourie.

— Et donc, tous tes invités dorment ici ?

— Non. Toutes les chambres ne sont pas prêtes, mais j'en ai préparé pour les plus proches. On a prévu de se faire un brunch le lendemain de Noël. Et peut-être qu'on ne dormira pas !

Plus j'avais envie de la voir sourire, plus j'en avais mal à l'estomac. Apparemment, il était de bon aloi d'être heureux pour ses proches. Personnellement, je détestais ce que j'étais en train de vivre : lentement, mais sûrement, Stella m'excluait de sa vie. Elle me la racontait, mais je n'en étais qu'un spectateur lointain.

— Et si tu me parlais de ta vie plutôt ? reprit-elle.

Je finis d'éplucher ma dernière pomme de terre et débarrassai la table. Je ne savais pas par où commencer. Ma vie sociale était un véritable désert, ma vie professionnelle n'était un secret pour personne. Je n'avais pas grand-chose à raconter.

— Tu veux que je t'aide à préparer le dîner ?

— Non, j'ai déjà tout prévu. J'espère que ça te plaira, je voulais te faire plaisir !

Elle souleva un torchon et laissa apparaître un généreux plateau de fromages. Elle m'adressa un sourire hésitant, tandis que mes yeux s'écarquillaient. J'étais déjà sous le charme de cette femme, maintenant, j'étais certain que ça allait durer.

— Du vin et du fromage ?

— Ce que ton nutritionniste ne sait pas ne peut pas lui faire de mal… Je me suis dit qu'on pourrait aller dans le salon et admirer cette vue improbable sur le meuble bancal.

— Il n'est pas bancal. Il a été mal conçu à la base, me défendis-je.

Elle rit à nouveau et acquiesça poliment, sans me croire une seule seconde. C'était pourtant évident que ce meuble avait été mal conçu. C'était d'autant plus évident que nous nous étions retrouvés avec un bidule en ferraille en forme de T et trois vis en trop.

Nous rejoignîmes le salon et Stella posa le plateau de fromages sur la table basse. Le meuble que j'avais — parfaitement — monté était contre le mur. Stella le poussa du bout de l'index et l'ensemble trembla et chancela si fort que, pendant un instant, je crus qu'il allait s'effondrer.

— Rajoute, s'il te plaît, un panneau : « Ici, Mason a monté un meuble qui tiendra des années. »

— On aura déjà de la chance s'il tient jusqu'à Noël, gloussa Stella.

Je déposai une bûche dans la cheminée, et ma logeuse alluma quelques bougies dispersées dans la pièce. Par défi, je pris quelques livres de la bibliothèque et les déposai sur la première étagère. À nouveau, le meuble protesta, mais ne céda pas.

— Tu vois ? Juste mal conçu. D'ailleurs, c'est une chance qu'il soit si bien monté, ça lui permet de tenir.

— Évidemment !

— Je sais repérer le sarcasme à des kilomètres, Stella.

— Je n'en doute pas, Mason. Mais tu auras ton panneau, bien sûr.

— Parfait.

Elle vint s'installer près de moi sur le canapé, en face du meuble. Dehors, la neige tombait. Stella poussa un soupir en regardant les flocons s'écraser contre la vitre.

— Et je ne serai pas là pour déneiger l'allée !

— Tu sais, je savais me débrouiller sans toi avant, me rappela-t-elle avec justesse.

— Certes. Mais c'était moins bien.

— Eh bien, avant toi, je n'avais pas été humiliée nue dans une salle de bains, je n'avais pas non plus une cheville explosée. Et je n'avais pas ce truc improbable dans mon salon. Oh ! et avant toi mes trophées de hockey ne risquaient rien.

— Tu vois ? Moins bien !

Elle but une gorgée de son vin, puis s'installa confortablement sur le canapé, les jambes ramenées sous ses fesses.

— Alors, raconte-moi. Tu ne m'as rien dit sur ta vie !

— Oh. Je vis dans une maison monumentale, avec piscine. J'ai quelques amis, triés sur le volet. La plupart des gens que je connaissais d'avant ont fini par couper les ponts. Josh, mon assistant, est devenu mon meilleur ami. Un peu par défaut finalement.

— D'accord. Et tes parents ?

— Toujours dans leur Montana natal. Ils n'étaient pas très heureux que je fasse une carrière dans le domaine artistique. Mon père élève des chevaux, il pensait que j'allais reprendre le flambeau.

Stella découpa un morceau de fromage et me le tendit. Cela faisait des années que je n'avais pas mangé du « vrai » fromage. Malgré son obstination à me repousser, Stella continuait à me séduire. Elle n'était évidemment pas une grande séductrice ni le genre à vous vamper, mais elle écoutait et parvenait à vous faire plaisir avec simplicité. Il n'y avait rien de calculé chez elle, rien de faux. Juste elle et ce pull bien trop grand. Et ça suffisait à me faire chavirer.

— Et tu as des projets à venir ?

— J'ai un scénario à lire dans ma valise.

— Et ?

— Et je suis censé apprendre à danser et à chanter pour avoir le premier rôle. Peut-être que je devrais trouver un truc plus physique… Genre un truc avec de la neige ou un mec qui fait des travaux.

— Tu penseras à moi quand tu auras l'Oscar !

— Je n'aurai pas besoin de ça pour penser à toi.

Elle baissa les yeux sur ses mains serrées autour de son verre. Après sa colère, j'affrontais maintenant le malaise et l'embarras. Je n'aimais pas ça. Au moins, quand elle était en colère, elle me parlait. Son regard flamboyait, et elle me fournissait des explications. Entre nous désormais, il n'y avait qu'un silence pénible et lourd. De l'index, je la forçai à me regarder.

— Tu n'es pas une femme qu'on oublie, Stella. Tu peux

faire ce que tu veux : me repousser, crier, me mettre dehors… Il y aura toujours quelque chose entre toi et moi. Il ne s'agissait pas d'un simple baiser.

— Je sais. C'est pour ça qu'il faut que tu partes. Ça va trop loin.

— Tu ne me laisses aucune chance ?

— Ça ne vient pas de moi. Disons que c'est le destin. Tu es Mason Graham, deux fois nominé et…

— Et rien du tout. Je pense que je suis Mason Graham, juste moi. L'homme. Pas l'acteur, pas le type qui pose devant les photographes. En fait, je suis le Mason qui déneige ton allée ! On a dit qu'on oubliait la subtilité, c'est ça ?

— *Tu* as dit que tu oubliais la subtilité !

— D'accord. Je veux passer la nuit avec toi.

Elle blêmit devant moi et but rapidement une gorgée de son vin, comme pour s'assurer qu'elle ne rêvait pas. Je gardai les yeux rivés aux siens, attendant une réaction moins violente et plus coopérative.

— Juste une nuit, précisai-je. Demain, je partirai et on ne se reverra plus.

— J'ai l'impression d'être dans *La Route de Madison*. Avec de la neige en plus. Et un plateau de fromages. C'est… surréaliste !

— Je l'ai senti cet après-midi, Stella. Quand tu m'embrassais, c'était parfait. Ton corps était contre le mien, et tout ce que je me disais c'était : « Bon sang, pourquoi n'est-elle pas nue ? »

— Simple : parce qu'il faisait un froid polaire. Tu

aurais pu demander tout de suite, ça t'aurait évité des tourments interm…

Je lui retirai son verre des mains et le posai sur la table. Sans attendre une nouvelle réaction, ou une nouvelle rebuffade, je pris son visage entre mes mains et l'embrassai avec passion. Quand Stella ne faisait pas fonctionner son cerveau, elle laissait ses sentiments l'envahir. Elle s'oubliait, oubliait l'impasse dans laquelle nous étions. Alors, elle était à moi.

— Mason, murmura-t-elle contre ma bouche.

— Oui, quoi ?

— Retire ce pull.

— Subtilité ? demandai-je en souriant.

— Rien à foutre. Retire ton pull, je veux te toucher.

Elle m'aida à l'enlever, puis à enlever mon T-shirt blanc. Elle mit les mains sur mon torse et me repoussa sur le canapé. Je me retrouvais allongé, soumis à cette femme superbe. Elle couvrit mon corps du sien et posa ses lèvres douces contre ma bouche. Elle ne protesta pas un instant, quand mes mains passèrent sous son pull. Son dos nu frissonna contre mes paumes et, très vite, je la débarrassai de son lainage.

— Montons, proposai-je. Je ne veux pas te faire l'amour ici.

Elle acquiesça, et à peine eus-je monté trois marches que je plaquai Stella contre le mur de l'escalier. J'avais tellement envie d'elle, envie de la toucher, que les deux étages me semblaient finalement insurmontables. Elle se cambra contre le mur, abandonnée entre mes mains curieuses. J'embrassai ses lèvres, son cou, sa gorge, ses épaules. Je voulais la marquer partout, lui faire comprendre que je ne laisserais plus aucun homme la toucher après moi.

Mon sexe tendu me faisait un mal de chien. Aussi, quand Stella passa la main sur mon entrejambe, je sifflai de douleur et manquai de la mordre. Elle tenta de monter encore deux marches, mais nous finîmes avachis sur l'escalier. Ce n'est qu'en l'entendant murmurer mon prénom que je pris conscience de notre douce folie.

— Grimpe, lui intimai-je. Et ne traîne pas !

Elle s'exécuta aussitôt, et je la suivis dans ma chambre. De nouveaux baisers fiévreux nous entraînèrent sur le lit et les doigts de Stella s'agitèrent sur ma ceinture.

— Préservatif ? demanda-t-elle.

— Maintenant ?

J'avais pour idée de la découvrir très lentement, de faire durer le plaisir de longues minutes, d'explorer son corps de mes lèvres. Mais Stella semblait finalement pressée d'en venir aux faits. L'efficacité gagnait toujours contre la subtilité.

— Nous n'avons qu'une nuit.

Je renonçai à la contredire. Je finirais par trouver un moyen de la convaincre, d'une manière ou d'une autre. Je parviendrais à lui faire entendre raison. La situation n'était pas insoluble pour la simple et bonne raison que ce « nous » n'était pas un problème. Au contraire, « nous » était une sacrée bonne solution.

J'étendis mon bras jusqu'à mon chevet et farfouillai dans mon portefeuille. Du coin de l'œil, je vis Stella retirer son jean.

— Par pitié, laisse-moi te retirer ce shorty moi-même. Il m'a nargué toute la journée.

— Tu l'as vu deux minutes ! rétorqua-t-elle.

— Ça m'a hanté depuis tout ce temps !

Triomphant, je trouvai un préservatif dans mon portefeuille. Stella remonta sur le lit, calant sa tête sur l'oreiller. Une main de part et d'autre de ses hanches, je tirai sur le dessous en dentelle. Stella poussa un profond soupir, mélange de soulagement et de désir incontrôlable.

— Et je le garde en souvenir, assurai-je.

Je retirai mon jean et mon caleçon, et me retrouvai nu, au-dessus de la femme qui hantait mes nuits depuis mon arrivée ici. Je devinais la chaleur brûlante de son corps sous le mien et une forme de tension.

Je retrouvai la courbe de son cou et dévorai sa peau. Elle se tortilla sous moi, et sa main agrippa ma nuque. De la main gauche, j'empaumai son sein et jouai avec la pointe tendue.

— J'espère que tu ne comptais pas dormir cette nuit ? demandai-je.

— Un peu. J'aimerais bien savoir ce que ça fait de dormir avec toi. Et de me réveiller près de toi, aussi.

Mon sexe se tendit encore plus. En un regard et une seconde de franchise, Stella aurait pu me faire jouir très facilement. Je déposai un dernier baiser sur son autre sein, avant de dérouler le préservatif sur mon sexe. Stella m'observa du coin de l'œil, étendue, offerte et prête à passer toute la nuit avec moi.

Elle en passerait d'autres, j'en étais certain.

— Comment va ta cheville ?

— Tu t'inquiètes de ma cheville ? s'exclama-t-elle.

— J'ai une idée derrière la tête. Une idée qui implique que tu sois debout, contre ce meuble.

Je désignai la commode de la chambre. Stella laissa échapper un petit couinement effarouché, avant de rire aux éclats. Je m'allongeai au-dessus d'elle, laissant mon sexe caresser le sien. Son intimité était chaude et mouillée, Stella se cambra et bougea son bassin pour donner le rythme. Un désir fulgurant courut dans mes veines. Je n'avais jamais ressenti une telle urgence pour une femme, je voulais être en elle et la faire vibrer contre moi.

— Tu es parfaite, murmurai-je.

Lentement, j'entrai en elle. Son sexe se resserra au contact du mien, pendant que ses soupirs mouraient contre ma bouche. Sa poitrine était gonflée de désir, sa peau luisait de chaleur, tandis que son corps tendu cherchait plus de contact avec le mien.

En deux minutes, nous ne fîmes plus qu'un. Plus rien n'existait : ni nos vies compliquées, ni la neige dehors, ni la fête de Noël prévue dans deux jours. Il n'y avait que nos deux corps liés, qui bougeaient à l'unisson, au rythme de nos respirations lourdes. Stella était comme enroulée autour de moi, ses mains perdues dans mes cheveux. J'allais et venais en elle avec tendresse. Même si nous n'avions pas pris le temps des préliminaires, je voulais tout de même lui montrer que je l'aimais.

J'aimais cette femme. C'était évident maintenant. J'aimais sentir sa peau se frotter à la mienne, deviner son souffle court dans mon cou, entendre sa voix vibrer contre mon torse.

— Plus vite, m'intima-t-elle.

— Tu dis… j'exécute.

Un sourire lascif étira ses lèvres, et mon bassin vint à la rencontre du sien. Un désir violent frappait contre mes reins, et notre rythme devint plus frénétique. Je m'enfonçai en elle, plus vite, plus fort, plus profondément, la retenant contre moi en plaquant une main contre le bas de son dos.

Soudain, son corps se tendit, et elle murmura mon prénom, comme une douce chanson. Je jouis juste après elle, et m'effondrai contre elle, haletant et heureux.

Je me retirai de Stella et enlevai le préservatif, puis elle se glissa sous la couette épaisse et je la rejoignis. Elle lova son corps contre le mien, posa sa main sur la mienne et l'attira contre son cœur.

— « Ici, Mason », chuchota-t-elle. Juste Mason.

Je déposai un baiser sur son front et la laissai s'enfoncer dans le sommeil. J'avais des projets, certes, des films, des tournages, une carrière, mais avoir cette femme près de moi, endormie et confiante, me rendait encore plus heureux.

Le lendemain, après une nuit tendre et pleine de soupirs, les rayons du soleil percèrent à nouveau le rideau de ma chambre. Je détestais ce soleil matinal. Cependant, j'espérais que Stella avait changé d'avis sur nous deux. S'il le fallait, je passerais la journée à la convaincre.

Pour l'instant, elle dormait encore, allongée contre mon torse, les cheveux parfaitement éparpillés. Je tendis le bras vers mon téléphone et me décidai enfin à l'allumer. Aussitôt, il se mit à vibrer non-stop. Des messages s'accumulaient depuis plusieurs jours : mon agent, Josh, Madison. Le ton allait *crescendo* ; au départ, il était un peu inquiet, puis franchement angoissé, avant de se charger de colère.

Stella bougea contre moi et embrassa mon torse.

Je fis défiler les messages, me promettant d'appeler Josh pour faire un communiqué au sujet de Madison. La plaisanterie avait assez duré.

Au dernier message de mon assistant, ma joie de vivre disparut. Stella dut le sentir, car elle se redressa.

— Un problème ?

— N'ouvre pas les fenêtres.

— Quoi ?

— N'ouvre pas les fenêtres.

Je sortis du lit et enfilai un caleçon. Posté près de la fenêtre, je tirai un peu sur le rideau. Un peu. Juste assez pour voir de la neige… et une nuée de photographes, en train de piétiner l'allée principale. Mon allée.

— Mason ?

— On est dans la presse.

— Quoi ?

— Le baiser, hier, contre la voiture. C'est partout dans la presse et ils sont déjà là !

Ses yeux effrayés ne me laissèrent aucun doute sur l'issue de notre réveil. Nous avions eu une nuit, et j'allais devoir m'en contenter.

Chapitre 7

Stella

Cher Père Noël, parce que j'ai été très sage (et affreusement heureuse), je voudrais : une nouvelle douche, un meuble qui tient, une bouillotte.

— Je t'ai commandé un taxi, dis-je en entrant dans la cuisine.

Mason était parvenu à tirer tous les rideaux en un temps record. La maison était plongée dans la pénombre, et il était assis au sol, le dos accolé contre le buffet de la cuisine. Il semblait vraiment abattu et faisait tourner son mug de café sans en boire une goutte. Je refermai mon large gilet autour de moi, cherchant les mots pour le réconforter.

— Bienvenue dans mon monde, soupira-t-il.

Je m'assis près de lui et posai la tête sur son épaule. Je ne voulais pas l'accabler davantage. Je voulais, au contraire, qu'il comprenne que je n'avais aucun regret. Je pris sa main dans la mienne et l'embrassai avec tendresse.

— Qu'est-ce que tu comptes faire ? demandai-je.

— Eh bien, j'oscille entre rester terré ici jusqu'à la fin de mes jours avec toi, ou… affronter la tempête.

— Ta carrière survivra.

Il éclata de rire et secoua la tête. Dans le silence de la maison, l'entendre rire était presque suspect. Je craignais même qu'on entende notre conversation.

— Je me fiche de ma carrière.

— Depuis quand ?

— Depuis que mon téléphone a combattu contre ton broyeur. Le broyeur a gagné.

— Mason, arrête, ce n'est pas une plaisanterie !

— Je sais. Mais ce n'est pas ma carrière qui me préoccupe. C'est toi. Personnellement, je suis habitué à ce cirque dramatique. Mon agent fera un communiqué, Madison se répandra dans la presse. Ça va remuer, c'est vrai. Mais, toi… tu ne sais pas gérer ça.

— Mason Graham, vous pensez avoir couché avec une faible femme ?

— Non. Je pense avoir couché avec une femme dont je suis en train de tomber amoureux.

Il me fixa, espérant certainement une réponse. Mais je restai muette. Hormis cette nuit ensemble, nous ne nous étions fait aucune promesse et à cet instant, assis dans cette cuisine, nous étions en train de rompre. Aussi facilement que ça, main dans la main, cernés par les photographes qui espéraient une photo volée, nous étions en train de réaliser que la parenthèse enneigée se refermait sur nous.

— C'est pour ça que ça me fait un mal de chien de

les savoir ici. D'une part parce que c'est chez toi, d'autre part parce qu'ils ruinent quelque chose de magique.

— Mason…

— Je n'aime pas qu'on s'en prenne à mes proches. Je peux tout subir, mais je refuse que les gens qui m'entourent souffrent à cause de ma célébrité. Peut-être qu'appeler la police permettrait de les faire partir, non ?

Ce fut à mon tour d'éclater de rire. J'allongeai les jambes sur le carrelage en essayant d'ignorer mon cœur en miettes. Une nuit, c'était déjà trop. Ou pas assez, je ne savais plus. En tout cas, Mason Graham était parvenu à percer ma carapace.

— C'est mon père, la police, expliquai-je finalement.

— Oh.

— Oui, « oh ». Je ne crois pas utile de le confronter tout de suite à la réalité. Mon père ne regarde pas la télévision et snobe le cinéma depuis *L'Arme fatale.*

— Entre affronter ton père et les photographes, le choix est vite vu ! Donc, c'est pour lui que tu es ici ?

Je réprimai un rire. Il y avait une touche de dépit assez touchante dans sa voix. Le grand Mason Graham, acteur en vogue, était contrarié par une femme qui lui résistait.

— Tu pourrais venir avec moi et…

— Stop, Mason. Il n'est pas question que je quitte cet endroit. En fait, ce qui te chagrine, c'est que tu penses que je reste ici pour un autre homme que toi.

— Pour l'instant, ce qui me chagrine c'est que tu es un peu trop perspicace pour mon propre bien.

— Tu ne peux pas être jaloux de mon père ! m'écriai-je.

— Je peux. J'ai le droit. Je t'ai vue nue, ça me donne tous les droits !

Je ris de nouveau, oubliant presque que nous étions assis sur le sol de la cuisine, à attendre le taxi. Peut-être que nous aurions dû profiter de ce temps pour se dire des choses sérieuses ou importantes. Mais, finalement, j'étais ravie qu'il détourne mon attention de ce qu'il se passait à l'extérieur.

— Je ne reste pas pour lui. Je ne suis jamais restée nulle part pour un homme, Mason.

— Il y a un début à tout.

— Et que ferions-nous ?

— Vivre d'amour et d'eau fraîche ? Nous baigner nus dans ma piscine ? Redécorer la maison ? Manger des toasts à toute heure de la journée ? Faire un sapin de Noël ? J'ai des tas d'idées. Toutes avec toi.

— Toutes à Los Angeles, objectai-je.

— Un détail de géographie, uniquement.

— Un gros détail ! Mason, je ne suis pas ici pour mon père, c'est… J'aime cette maison. J'y suis attachée. C'est devenu mon chez moi, mon cocon. Certains diraient que c'est sentimental, mais je pense que c'est bien plus que ça.

Mason hocha la tête. J'aurais dû être soulagée qu'il comprenne mes choix, mais, au contraire, mon cœur se serra un peu plus fort. Je ravalai mes larmes et me relevai. Rester si près de lui était douloureux et pénible.

— Tu sais ce que j'aime chez toi ? demanda-t-il. C'est ton obstination. Tu as une idée, tu la suis. J'ai adoré ça dès le premier instant. Sauf que là, maintenant, ce trait de caractère m'agace un peu !

— Ce que j'aime chez toi, c'est ta capacité à me rendre chèvre. À me faire grogner. Tu es un être pénible, Mason. Mais j'ai adoré t'affronter.

— J'appellerai un plombier pour ta salle de bains.

— Tu n'as pas à faire ça. Je trouverai bien quelqu'un pour m'aider.

— Tu comptes remettre une annonce ?

À son tour, il se releva et approcha de moi. Mason abandonna son mug sur le plan de travail puis posa les mains sur mes hanches, souda son front au mien et respira le même air que moi. Son souffle était calme et serein et calma mes tensions diffuses.

— Non, répondis-je, finalement. Dieu seul sait qui pourrait y répondre.

— Un dangereux psychopathe.

— Pire, un acteur.

— Tu as raison, ce sont les pires, approuva-t-il dans un sourire. Ils sont toujours persuadés de charmer tout le monde. Je paierai pour la plomberie. Et ce n'est pas négociable, ajouta-t-il en voyant que j'allais protester.

— Tu veux que je donne ton nom à une aile de cette demeure ?

— Non. Ce que tu as fait est déjà… Tu ne réalises pas dans quel état j'étais avant d'arriver ici. J'étais perdu, malheureux. Je suffoquais. Quand tu m'as répondu…

— Je t'ai parlé de tes fesses ! le coupai-je en riant, alors qu'il s'écartait légèrement de moi.

— Quand tu m'as parlé de mes fesses, j'ai su qu'il fallait que je vienne. C'était… C'était la normalité.

— Tu veux parler de l'époque où on pouvait voir la lumière du jour ?

— Exactement ! Grâce à toi et à toute cette neige que j'ai déblayée, j'ai les idées plus claires. Je me sens mieux, Stella. Sûrement que ça vient de cette maison. Ce qui est d'autant plus agaçant, car je n'arrive même pas à t'en vouloir de préférer rester ici.

— Vraiment ?

— Non, je mens. Je voudrais que tu viennes avec moi, Stella. Parce que je sens qu'on va louper quelque chose. Et je ne vais pas te faire croire que je suis heureux de ton choix, alors que j'ai… j'ai passé une partie de la nuit à chercher des arguments pour te faire quitter cet endroit.

D'une main, il désigna la maison autour de nous.

Des coups résonnèrent à la porte. C'était la fin. Après quelques jours de vie commune, des dizaines de baisers fiévreux et une nuit exceptionnelle, Mason rentrait chez lui. Un jour ou l'autre, quand mon cœur n'irradierait plus de douleur, quand mon corps aurait oublié le contact du sien, quand mon cerveau cesserait de lister toutes les bonnes raisons que j'avais de rester ici, je parviendrais à revivre ces quelques jours avec un sourire nostalgique.

J'en étais certaine.

— Il faut que j'y aille, soupira-t-il.

Je hochai la tête, la gorge bien trop serrée pour prononcer le moindre mot. Je me morigénai pour ne pas craquer. Ne pas pleurer. Ne pas renifler. Faire comme si j'étais certaine de ma décision. Faire comme si je n'étais pas en train de penser à l'argent que j'avais de côté et qui pourrait payer un aller simple pour Los Angeles. Tenir.

— Je vais sortir par-devant. Tu restes derrière la porte et tu t'enfermes à double tour.

À nouveau, je me contentai d'acquiescer.

— Est-ce que quelqu'un peut venir te voir ? reprit-il. Ça me rassurerait que tu ne restes pas seule, ici.

— Alana arrive d'ici peu. Et Olivia sera là en début de soirée.

— Parfait.

— On boira des verres.

— Bois un verre pour moi. Ils partiront dès qu'ils auront compris que j'ai quitté les lieux.

Lentement, nous nous dirigeâmes vers la porte principale. Je risquai un coup d'œil par la fenêtre, écartant légèrement le rideau. Mason vissa sa casquette sur le crâne, remit ses lunettes de soleil et m'adressa un sourire.

— Ce n'est pas parce que je pars aujourd'hui que je ne vais pas revenir un jour.

— J'espère bien !

Il prit mon visage entre ses mains et l'approcha du sien. Je retins mon souffle, réalisant qu'il s'agirait certainement de notre dernier baiser. Sur la pointe des pieds, dans un équilibre précaire, je savourai le goût de ses lèvres. C'était un baiser tendre, doux, parfait.

Un baiser d'adieu, plein de regret et qui ne compensait pas le peu de temps que nous avions eu ensemble.

— Joyeux Noël, Stella, murmura-t-il contre ma bouche.

— Joyeux Noël, Mason.

Il ouvrit la porte d'entrée, et le froid s'engouffra dans la maison. Une nuée de photographes fondit sur Mason, pendant qu'il suivait péniblement le chauffeur de taxi.

Discrètement, par la fenêtre, je l'accompagnai du regard. Les flashs crépitaient et les journalistes criaient son nom, mais il garda les yeux rivés au sol.

En souriant, je songeai qu'il admirait une dernière fois son allée.

Un second taxi arriva, et Alana en sortit. Médusée, elle fixa les photographes, puis Mason, avant de capter mon regard à la fenêtre. Elle fronça les sourcils, et Mason lui adressa un signe de la main.

À ses yeux écarquillés, je compris qu'elle l'avait reconnu. Elle resta un long moment bouche bée, avant de revenir à elle. Elle régla le taxi, prit son sac et fit descendre Dean de la voiture. Son petit garçon attrapa sa main, et ils remontèrent l'allée pendant que Mason s'engouffrait dans son taxi.

Il m'adressa un dernier regard, leva la main pour me saluer, puis disparut. Une partie des photographes le suivirent, pendant que d'autres gardèrent leur appareil en direction de la maison. J'ouvris la porte pour Alana, la laissai rentrer et, avant même qu'elle ait enlevé son manteau, elle attaqua :

— C'était pas Mason Graham ?

— Si.

Elle me dévisagea, tout en retirant le bonnet de son fils. Ce dernier ôta sa parka et fonça en direction du salon en faisant l'avion.

— Je veux tout savoir ! s'exclama-t-elle.

— On prend un verre ?

— Autant que tu veux. J'ai des tas de trucs à te raconter moi aussi !

Chapitre 8

Callum

Cher Père Noël, parce que j'ai été très sage (et horriblement lâche), je voudrais : une branche de gui, un "vrai nous", un Super Bingo.

Mon téléphone vibra sous mon oreiller. 4 heures du matin. J'avais l'habitude de me lever aux aurores : c'était l'heure de la plupart de mes livraisons au bar. Pourtant, ce matin, je rechignai un peu. Olivia était allongée près de moi, son corps parfaitement moulé au mien. Malgré son pyjama, je sentais la chaleur de sa peau. C'était parfait. C'était faux, c'était de la comédie pure, mais c'était pourtant parfait.

Je l'attirai contre moi et m'offris une étreinte égoïste. J'aimais Olivia depuis des mois, j'avais tenté de l'oublier, de lui faire comprendre mes sentiments… mais je m'étais vite aperçu qu'à ses yeux notre amitié était trop précieuse pour être sacrifiée. Je devais admettre qu'elle avait raison : nous étions bien ensemble en tant qu'amis, alors que je n'avais aucune idée de ce que nous pourrions être en tant que couple. Un couple sans petit nom affectueux et avec un cocktail comme base de relation : j'en avais conclu que nous n'y arriverions pas.

Olivia gémit contre moi, et ses fesses frottèrent contre mon bassin. Je ravalai un grognement et posai une main ferme sur sa taille. Si elle m'approchait encore, si elle agitait encore son corps délicat contre le mien, je ne répondrais plus de moi. L'entendre murmurer mon prénom anéantit le peu de retenue qu'il me restait. Mon sexe tendu et douloureux trouva place contre ses fesses.

— Liv ? tentai-je.

Elle me répondit par un soupir évaporé. Avec un peu de chance, elle finirait par se réveiller et par interrompre tout cela avant que je n'aille trop loin.

— Liv ? Tu es réveillée ?

Elle alluma la lampe de chevet rose pâle près d'elle et me répondit :

— Parfaitement réveillée. Comment veux-tu que je dorme en te sentant près de moi ?

Elle se tourna vers moi et posa ses mains contre mon torse. Elle caressa mes pectoraux suivant, comme elle l'avait fait déjà, le dessin de mes tatouages. Son contact doux me fit frémir, et je fermai les yeux, essayant de me souvenir de toutes les bonnes raisons qui m'empêchaient de l'embrasser sur-le-champ.

— Ils sont fascinants, affirma-t-elle. J'ai l'impression de découvrir de nouveaux détails à chaque fois.

Ma main descendit prudemment dans le bas de son dos. Olivia se cambra légèrement, puis nicha sa tête dans mon cou. Je respirai son parfum, repoussai ses cheveux et posai ma bouche dans son cou. Cette histoire de suçon me plaisait : cela me donnait un alibi parfait pour la toucher. Je pinçai sa peau contre mes lèvres et l'aspirai. Olivia gémit contre moi, paumes sur mon torse. Elle remonta sa jambe le long de la mienne, pendant que ma langue traçait des cercles sur sa peau.

Cette position — Olivia lovée contre moi, gémissante et frémissante — devint immédiatement ma préférée.

Notre étreinte dura de longues minutes, entrecoupée de soupirs et de gémissements. Toucher Olivia était devenu addictif. Après notre week-end ici, après cette parenthèse de « faux nous », j'étais certain que nous ne pourrions pas agir comme avant. Ce qui se passait dans ce lit n'était pas une vague comédie destinée à satisfaire ses parents.

Ce qui se passait à la lueur de sa lampe de chevet d'enfant était le vrai nous, celui dont je rêvais depuis un bout de temps, mais que Liv me refusait.

— Il faut que j'y aille, murmurai-je finalement.

— Mon père ne t'en voudra pas si tu ne l'accompagnes pas.

— Je suis venu ici pour impressionner ton père. Et je compte le faire. On ne sait jamais.

— On ne sait jamais quoi ?

— Si un jour je dois revenir.

— Pourquoi voudrais-tu revenir ? s'enquit Olivia, soupçonneuse.

— Pourquoi pas ?

Je me levai du lit à contrecœur. Mon caleçon camouflait à peine mon état d'excitation. Sentir le regard d'Olivia sur mon entrejambe ne fit rien pour arranger la situation. J'enfilai un jean et un pull épais en laine, en essayant de me convaincre que je faisais le bon choix. J'aurais préféré rester ici, à finir ce que nous avions commencé.

— Bonne partie de pêche, dit-elle en souriant.

— Je te ramène du poisson ?

— Ramène plutôt tes fesses au plus vite. Je vais devoir rester seule avec ma mère, Dieu seul sait quels genres de mensonges je vais encore devoir lui servir pour avoir la paix.

— Je pensais que le job avait été fait.

— Il est fait. Un peu trop bien fait même ! précisa-t-elle en remontant la couette sur elle.

Je secouai la tête et pris mon manteau. Je me dirigeai vers Olivia et me surpris à me pencher vers ses lèvres, avant de me reprendre et de déposer un baiser sur son front.

— Ça serait si grave ? demanda-t-elle. De m'embrasser ?

— Ça serait définitif, surtout. Je pourrais ensuite faire des choses beaucoup plus… mouvementées.

— Et tu en ferais un cocktail, j'imagine ?

— Évidemment.

Mes lèvres glissèrent sur sa joue, pour longer ensuite la ligne de sa mâchoire. Je frôlai sa bouche sans jamais la toucher. Olivia se tendit, mais resta parfaitement immobile. Je devinai son souffle rapide contre mon visage, tandis que ma bouche explorait sa peau.

— Vodka à la framboise, lait de coco, sirop à la cannelle. J'ajoute un peu d'eau et un bâtonnet pour faire prendre le tout dans le congélateur pendant douze bonnes heures.

— C'est… glacé ? Un cocktail glacé ?

— Exactement.

J'effleurai ses lèvres et déposai un baiser sur sa joue. Elle ravala un gémissement plaintif, et sa tête s'enfonça dans l'oreiller.

— Et ensuite je le fais fondre sur toi. Simple. Efficace.

Olivia ferma les yeux durement, et son corps fut secoué d'un frisson. Je me redressai, sourire aux lèvres. J'avais enfin le signe que j'attendais. Elle me voulait autant que je la voulais. Tout cela n'était plus qu'une question de temps.

— À tout à l'heure.

Elle se recouvrit de la couette et cria de frustration dans son oreiller. Je quittai la chambre sur la pointe des pieds, toujours en érection. J'allais devoir faire ce cocktail au plus vite. Au rez-de-chaussée, le père d'Olivia m'attendait.

— Pas trop dur le réveil ? demanda-t-il.

Si, très *dur. Merci, Olivia.*

La partie de pêche se déroula aussi bien que possible. Le père d'Olivia n'était pas un grand bavard, ce qui me convenait parfaitement. Nous avions rejoint le milieu du lac avec sa petite barque et avions pu profiter du lever du soleil. Si mes yeux étaient dirigés sur ma ligne, mes pensées, elles, retournaient au fond de ce lit chaud, près de Liv.

Pourtant, à mon retour à la maison familiale, mes

ambitions furent très vite douchées. Liv parlait avec un homme blond, un peu fadasse et bien trop bronzé. Assis tous les deux dans le salon, un verre à la main, ils mirent une minute à sentir mon regard sur eux.

Olivia se leva d'un bond et m'adressa un sourire hésitant.

— Callum ! Je te présente Scott !

— Le fameux Scott… J'ai tellement entendu parler de vous. Je suis le petit ami.

Je lui broyai la main avec un sourire sadique, m'amusant du craquement de ses os entre mes doigts. Malgré ma présence, il se posta près d'Olivia, comme un garde du corps l'aurait fait. Avec mes grandes cuissardes de pêche et ma mine fatiguée, je me sentis immédiatement en situation d'infériorité.

— Je connais Liv depuis que nous sommes petits. Je passais prendre des nouvelles.

— Elle va bien, répondis-je.

Le père d'Olivia surgit dans le salon, et son regard navigua entre nous trois. Olivia approcha de moi et prit ma main dans la sienne. Aussitôt, j'attirai le dos de sa main contre mes lèvres et l'embrassai avec tendresse.

— Vous parliez du bon vieux temps ?

— Oui. Le collège, le lycée. Nous étions un peu nostalgiques.

Je toisai Scott d'un air sévère. La façon dont il regardait Olivia ne me plaisait pas. Il lorgnait sur elle, comme un vulgaire gibier.

— Callum possède une chaîne de bars, intervint le père d'Olivia. Il est venu pêcher avec moi.

Nouveau regard de Scott, plein de défi et de colère.

J'avais envie de lui briser les dents et de les lui faire avaler. Liv gardait les yeux au sol, incapable d'affronter la situation. J'approchai mes lèvres de sa tempe et y déposai un baiser furtif.

— Je vais prendre une douche, tu m'accompagnes ? demandai-je dans un murmure.

Olivia me fixa comme si j'étais devenu fou. Scott étrécit le regard, pendant que le père d'Olivia ricanait en silence. Je me fichais de ce bellâtre blond, seuls comptaient les yeux pétillants d'Olivia plantés dans les miens. C'était ça le « vrai nous » : un lien subtil et précieux qui nous unissait et qui nous rendait hermétiques au reste.

Le « vrai nous » se transformait.

— Je te vois chez Stella ? lança Scott.

— Certainement.

Je libérai sa main et enroulai un bras autour de sa taille. Ma main traîna volontairement sur ses fesses, mais elle n'eut aucune réaction. La caresser devant son père n'était pas l'idée du siècle, mais c'était plus fort que moi. Olivia était à moi et je refusais de laisser passer ma chance pour un blondinet.

— À plus tard, dis-je en entraînant Olivia avec moi vers l'escalier.

J'entendis Scott grogner un « bonne journée » puis, le rire de la femme que j'aimais depuis plusieurs mois résonna à mes oreilles. Nous nous arrêtâmes en haut de l'escalier, et je dus rassembler toute ma volonté pour ne pas l'embrasser sur-le-champ.

— Cou, main, joue, front, fesses : ton Super Bingo est presque complet, dit-elle.

— Presque. J'ai gardé le meilleur pour la fin.

Elle se pinça les lèvres, et je compris qu'elle avait compris.

Après un déjeuner sans accroc avec toute la famille, nous leur fîmes nos adieux. Olivia grimpa à l'avant du 4x4, pendant que je m'installai au volant. Je devais la conduire chez son amie Stella, et ensuite repartir en ville. Peut-être que je rouvrirais le bar, histoire de m'occuper l'esprit.

Sur le trajet, Olivia échangea des SMS en riant.

— Je le connais ? demandai-je.

— Tu devrais mieux camoufler cette pointe de jalousie dans ta voix !

— Ce n'est pas de la jalousie. Je me sens concerné, c'est tout. Vu les types que tu recrutes pour jouer mon rôle, je préfère m'assurer que tout va bien.

C'était un mensonge énorme. J'étais évidemment jaloux. Olivia avait été à moi tout le week-end, j'adorais cette nouvelle habitude. Je refusais qu'un autre en profite alors que j'étais si près du but avec elle.

— C'est ma sœur. Elle me rappelle de jeter Scott, ce soir.

Je fronçai à nouveau les sourcils. Laisser Olivia avec son amour de jeunesse n'était peut-être pas une bonne idée. Quelques verres et une séquence nostalgie plus tard, ce type — blond ! — parviendrait à ses fins avec elle.

— Et pourquoi tu dois le jeter ?

— Pour toi.

Pris par surprise, je glissai sur une plaque de verglas

et frôlai la barrière de sécurité. Je redressai le 4x4 en restant aussi imperturbable que possible. Nous étions à quelques kilomètres de chez Stella, ce qui signifiait que je n'avais que quelques minutes pour lui faire comprendre ce que je ressentais pour elle.

— Ma sœur t'aime bien, reprit-elle. Elle trouve que tu transpires la luxure rurale.

— La quoi ?

— La luxure rurale. Tu sais, homme des bois, testostérone et ce côté un peu… rugueux. Elle pense que ça serait une erreur que je te laisse à la disposition d'autres femmes.

Elle rangea son téléphone dans sa poche et fixa la route devant nous. La maison de Stella était en ligne de mire, cernée par la neige et une forêt touffue de sapins. Je ralentis pour gagner du temps.

— Et toi, tu en penses quoi ?

— De la luxure rurale ?

— De moi, Liv. De nous.

— Je ne sais pas trop. Nous sommes amis après tout.

« Amis ». Je venais de prendre un coup de poignard dans le dos. Olivia m'adressa un sourire, et le poignard s'enfonça un peu plus, à m'en faire mal au ventre. J'avais eu tout faux. Olivia s'amusait avec moi, jouait son rôle à la perfection, profitait certainement des à-côtés, mais elle n'avait jamais envisagé d'aller plus loin.

Je garai la voiture devant la maison et sortis aussitôt de l'habitacle. J'ouvris la portière d'Olivia et l'aidai à descendre, mes deux mains autour de sa taille.

— Je ne veux pas briser ce que nous avons, Callum.

C'est important pour moi. Notre amitié compte plus que tout et…

— … Et on se retrouve demain au bar ?

Autant couper court. Je ne voulais pas en entendre plus. Je voulais quitter cet endroit au plus vite et me soûler jusqu'à l'oubli. Ensuite, je ferais comme d'habitude : je gérerais la douleur et le manque, je compenserais avec autre chose, je me consolerais avec son amitié et nos grandes conversations.

— Évite de revenir avec un suçon, dis-je en la prenant dans mes bras.

— C'est un domaine qui t'est réservé maintenant.

— Ah oui ? Et pourquoi ?

— Pourquoi pas ?

Elle éclata de rire à ma mine déconfite. Elle m'embrassa sur la joue, avec chaleur, puis remonta l'allée principale. Je la suivis du regard, partagé entre l'envie de la retenir avec moi et le besoin de quitter cet endroit. Le mot « amis » sifflait toujours à mes oreilles. À sa façon, Olivia me faisait comprendre ce qu'elle attendait de nous.

Chapitre 9

Jefferson

Cher Père Noël, parce que j'ai été très sage (et véritablement patient), je voudrais : une nouvelle chance, une voiture, un muffin à la cannelle.

Le bar étant fermé, je n'avais aucune occupation pour chasser mes pensées sombres. Sombres et toutes dirigées vers Alana. Je me repassai mon réveil brutal en boucle : son visage paniqué, son regard affolé, sa façon expéditive d'en finir avec notre histoire. Deux jours après la rencontre de mes fesses avec la neige glacée, j'étais encore furieux.

Et surtout j'étais sans nouvelles.

Alana avait quitté ma vie aussi vite qu'elle y avait surgi. J'étais repassé devant sa maison, mais je n'avais pas trouvé le courage de toquer à la porte. J'étais resté devant, à regarder les rideaux tirés, en essayant de comprendre.

En vain.

Allongé au fond de mon lit, je ne comprenais pas mieux.

Lenny avait finalement quitté l'appartement, pour rejoindre ses parents en Floride. Cela m'avait donné l'occasion d'opérer un grand ménage : vider les cendriers trop remplis, me débarrasser des bouteilles vides, retrouver la véritable couleur du parquet. J'avais aussi remis la main sur mes dossiers de réinscription à la fac assortis d'une panoplie de prospectus. Si je décidais de rempiler pour des études, je devrais quitter cet appartement et retourner sur le campus.

L'idée ne me faisait pas bondir de joie, mais ma rencontre avec Alana m'avait forcé à ne plus éviter le sujet. Je devais choisir ce que j'allais faire de ma vie.

Des coups frappés à la porte me firent grogner. Même le jour de Noël, on trouvait le moyen de m'enquiquiner. Dans un soupir, je m'extirpai du lit, bien décidé à chasser l'importun.

— Café au lait, sirop de chocolat, dit ma sœur, les dents serrées en me tendant un gobelet chaud.

— Salut !

— Et un muffin à la cannelle, ajouta-t-elle en me lançant un sachet en papier comme si c'était une grenade dégoupillée.

J'attrapai le sac maladroitement, réussissant, par chance, à ne pas renverser le café. Je posai le tout sur la table basse, puis affrontai la mine colérique de ma sœur.

— C'était bien ta commande, non ?

— Joyeux Noël à toi aussi, Claire. Tu n'es pas chez les parents ?

— J'y vais en fin de journée. Et ne change pas de sujet ! Je suis en colère contre toi !

— En colère ? À cause… du muffin ?

— Ne joue pas à ça avec moi. Tu as foutu toute mon expérience en l'air ! Comment je fais maintenant ?

— Foutu en l'air ? Bon sang, Claire, tu es tellement dramatique parfois !

— Dramatique ? Vous êtes partis au milieu de l'expérience ! Vous n'avez fait que le tiers des questions ! Cette expérience, c'était le cœur de mon sujet !

— Tu peux certainement exploiter ce que nous avons fait. Présente-le comme un extrait, ou comme une sélection. De toute façon, tu as pu prouver ce que tu voulais, non ?

Ma question la prit au dépourvu. Sa colère se dissipa, pour faire place à une vraie curiosité. Elle s'assit sur le canapé, pendant que je tirais une chaise pour m'y asseoir à califourchon. L'odeur du café me tentait, mais j'avais l'estomac trop noué pour avaler quoi que ce soit.

— Qu'est-ce qui s'est passé au juste ? demanda ma sœur.

— Rien.

— Jeff, je voulais prouver que cette théorie était une vaste fumisterie. Et…

J'éclatai de rire devant la mine déconfite de ma sœur. C'était comme si elle venait de découvrir que le Père Noël n'existait pas. Elle semblait perdue et incrédule. Ma sœur était d'une rationalité sans bornes, pendant que j'apparaissais comme l'excentrique et le frivole de la famille.

— Tu veux dire que…

— On a couché ensemble, confirmai-je. Mais je n'ai plus de nouvelles depuis. En gros, ton mémoire est partiellement vrai. Et je t'assure que ça me fait mal de te le dire !

— Aucune nouvelle ?

— Non. Je n'ai même pas un numéro de téléphone.

— Je n'ai que son fixe. À la base, c'est sa colocataire qui devait participer et… bref, je ne la connais pas plus que ça.

Le regard de ma sœur navigua dans toute la pièce, et elle se releva précipitamment du canapé. Elle retira son manteau, puis ouvrit un à un les tiroirs du meuble de télévision.

— Tu cherches ?

— Papier et crayon. Je vais le rendre ce mémoire. Je l'axerai sur l'échec de la démonstration : j'avais tort, la théorie fonctionne. Et votre départ précipité sera la preuve principale.

— Claire, je n'ai plus de nouvelles ! On ne peut pas vraiment dire qu'on a réussi à prouver que cette liste de questions servait à quelque chose !

— On s'en fiche. Ce qui compte c'est le ressenti immédiat.

Triomphalement, elle sortit une enveloppe vierge et un stylo du dernier tiroir. Je fixai ma sœur, médusé. Je n'avais pas vraiment envie de discuter de tout ça, ni d'analyser. Ce que j'avais avec Alana n'appartenait qu'à nous… et au passé, maintenant.

— Claire, je ne veux pas parler d'elle.

— On ne parle pas d'elle. On parle de toi. Je t'en prie, Jeff, juste quelques questions… et je te paierai un verre chez Callum.

— Il est fermé, grommelai-je.

— Absolument pas ! Je suis passée devant et la devanture était éclairée.

Je fronçai les sourcils : Callum ne devait normalement pas rouvrir avant la semaine prochaine. Il avait refusé de m'expliquer pourquoi il avait fermé, évoquant des vacances imprévues.

— Bien. D'accord. Vas-y, pose tes questions !

Ma sœur poussa un petit cri de joie, qui me tira le premier sourire de la journée. Elle me tendit mon café et se lança.

— Comment as-tu abordé cette expérience ?

— Comme toutes tes expériences tordues : je me suis demandé ce qui allait me tomber dessus. Je ne m'attendais à rien en particulier.

— Qu'as-tu pensé de ta partenaire ? Je veux dire, de prime abord ?

— Je me suis dit qu'elle ressemblait à un personnage de conte. Une sorte de fée rougissante. Plutôt jolie.

Ma sœur griffonnait comme une furie. Je bus une gorgée de mon café, songeant qu'au moins le souvenir de mes premières secondes avec Alana ne me faisait pas aussi mal que je le craignais.

— Et au cours de l'expérience qu'as-tu ressenti ?

— De la confiance. De la douceur. L'envie de partir.

— Pourquoi êtes-vous partis ?

— Parce que nous voulions être ensemble. C'était urgent. Je me fichais du reste, je n'ai pas pensé aux conséquences pour ton mémoire. Je voulais juste… juste être avec elle.

— Du désir alors ?

— C'était au-delà de ça. C'était... magique, je crois. Je la désirais, je la voulais, je voulais entendre ses secrets, goûter sa cuisine, prendre sa main. Je ne sais pas comment l'expliquer. Ce n'était pas qu'une simple fascination, c'était... c'était aussi nécessaire que respirer.

Une douleur désagréable me tenaillait l'estomac. Depuis que j'avais quitté la maison d'Alana, cette sensation d'amertume ne me quittait pas. J'aurais aimé la détester ou pouvoir l'oublier, mais je n'y parvenais pas. Notre histoire n'était pas finie, elle avait simplement été interrompue.

— Il faut que je la revoie.

— Jeff, je suis désolée, mais... En fait, je suis passée chez elle avant de venir ici, et elle n'est pas là. Elle avait...

— ... un dîner à l'autre bout de l'État, finis-je en me rappelant notre conversation.

Un autre souvenir surgit. Net, précis, aussi lumineux qu'Alana. Ma sœur s'apprêtait à poser une nouvelle question, quand je me levai de ma chaise et fonçai dans ma chambre. Un jean, un pull, une paire de chaussettes : j'enfilai le tout à vitesse grand V.

— Jeff ?

Je ressortis de ma chambre, sautillant dans le salon tout en mettant mes baskets. Du regard, je cherchai ma veste. L'appartement était si bien rangé que dénicher ma veste sagement suspendue à la porte me surprit. Je fouillai dans mes poches, et un sourire s'étira sur mes lèvres quand je sentis une boîte.

— Je peux prendre ta voiture ? demandai-je à ma sœur.

— J'ai promis aux parents que je les rejoindrais pour le dîner. Et avant que tu le demandes : non, je ne vais pas annuler !

Je passai une main sur mon visage et trouvai enfin la solution.

— Tu peux me déposer chez Callum ?

— Euh… oui.

— Je prends sa voiture et je vais honorer notre fameux rendez-vous !

— Jeff…

— Je t'en prie, Claire. On pourra toujours dire que cette théorie était une fumisterie, on refera l'expérience avec une autre fille. Je ferai ce que tu veux, mais s'il te plaît aide-moi à ne pas gâcher ça !

J'étais sûr de moi, sûr d'y arriver. Ma sœur me fixait comme si j'étais devenu fou, mais elle finit par se lever du canapé. Elle plia ses notes et prit les clés dans son manteau.

— Je te dépose, abdiqua-t-elle.

Vingt minutes plus tard, je sortis de la voiture de ma sœur pour affronter une averse de neige. Claire repartit aussitôt, en me souhaitant bonne chance, en direction de chez nos parents. J'entrai dans le bar, essoufflé et incapable de prononcer un mot.

— Salut, fit Callum.

Il me dévisagea, tout en essuyant un verre à cocktail.

— Je… Il… Clés… Voiture…

— Cela aiderait si tu parlais l'humain !

Je m'appuyai au bar, pendant qu'un Callum indifférent à ma détresse ouvrait une bouteille de whisky. Le bar était désert, la musique de circonstance, et Callum était… un peu trop calme.

— Ça va ? demandai-je finalement.

— Ça va. Toi, en revanche, on dirait que tu vas rendre l'âme d'ici peu !

— J'ai besoin de ta voiture.

Il fit la moue et versa une rasade de whisky dans un verre. Pendant un instant, je crus qu'il préparait un cocktail, avant de le voir avaler la dose d'un trait.

— Pourquoi veux-tu ma voiture ?

— Pour une fille.

Je bondissais sur place. Je ne voulais plus perdre de temps. Je voulais juste la voir, même s'il s'agissait d'une dernière fois.

— Crois-moi, la voiture n'est pas un argument vendeur. Le bateau est une meilleure option.

— Mais de quoi parles-tu ?

Il se versa une deuxième rasade, la but et posa son verre sur le bar dans un bruit sec. En fait, Callum n'était pas calme : il camouflait une colère froide sous son apparence sereine. Je ne connaissais qu'une seule raison pour que Callum s'énerve.

— Olivia doit passer ?

— Non, lâcha-t-il. Aucune chance. J'ai cessé de croire aux miracles. Pourquoi veux-tu ma voiture ?

— Alana. Tu veux vraiment une explication plus détaillée ?

— J'ai envie de dire oui, juste pour vérifier si tu vas sautiller encore longtemps comme ça.

Je m'arrêtai net, tentant de canaliser ma surexcitation.

Pour la première fois depuis une éternité, j'étais sûr de mon choix, sûr de ce que je voulais faire. Je ne flottais plus dans cette incertitude inconfortable et brumeuse. Mon regard suppliant finit certainement par le convaincre, car Callum fouilla dans ses poches et me lança les clés.

— Dehors, sur la gauche.

— Merci !

Je me hissai sur la pointe des pieds, prêt à l'embrasser avec chaleur. Callum ne cilla pas, mais sa voix baissa de deux octaves.

— N'y pense même pas !

— Joyeux Noël, patron ! hurlai-je en sortant du bar.

Chapitre 10

Alana

Cher Père Noël, parce que j'ai été très sage (et totalement idiote), je voudrais : un instant de vérité, un banc, une surprise.

— Et tu as couché avec lui ?

— Un peu, avoua ma meilleure amie en rougissant légèrement.

— Un peu ? Personne ne couche *un peu* avec un homme, Stella. Même pas moi !

Elle pivota vers moi, et je compris immédiatement qu'elle savait que j'avais rencontré quelqu'un. Elle nous resservit un verre de vin à chacune et m'encouragea à poursuivre.

— Je le connais ?

— Non. Je… Écoute, ça peut paraître dingue, mais je crois que j'ai eu une sorte de coup de foudre pour ce mec. Sa sœur connaît ma colocataire et elle cherchait à la joindre. J'ai répondu au téléphone et de fil en aiguille je me suis retrouvée face à Jefferson.

— Je ne crois pas au coup de foudre, tu sais.

— Moi non plus. Mais c'était tellement fort ! J'étais assise en face de lui et au bout de trois minutes j'avais la sensation de le connaître depuis toujours.

— Ton dernier coup de foudre a donné Dean, me rappela Stella.

— Je sais, je sais. Mais… essaye de comprendre, essaye d'être moins rationnelle…

— Pourquoi ça sonne comme une insulte ?

— Parce que tu es tellement rationnelle que tu ne réfléchis plus qu'avec ton cerveau. Ton cerveau est très sexy, mais, honnêtement tu pourrais te laisser aller un peu plus.

— J'ai couché avec Mason Graham et j'ai eu plusieurs orgasmes, crois-moi, je sais me laisser aller. C'est juste que je ne peux pas croire qu'on puisse tomber amoureux en moins de deux minutes.

— J'ai dit « trois », précisai-je en souriant. Et c'était génial.

— C'était ?

Je bus une gorgée de mon vin. Jefferson avait disparu de ma vie et je n'avais rien fait pour le retrouver. J'aurais pu obtenir ses coordonnées auprès de Claire, mais je me sentais coupable de l'avoir poussé à fuir et de ne lui avoir rien dit.

— Il ne sait pas pour Dean ?

— Non, avouai-je finalement. Je n'ai pas trouvé comment le lui dire. Il est… Il est lui-même un peu perdu, je ne crois pas que… Bref, de toute façon, je ne vais sûrement jamais le revoir. Il m'en veut.

— Parce que ?

— Je l'ai fait sauter par la fenêtre de ma chambre. Dans la neige. Au petit matin.

Plus je donnais de détails, plus la culpabilité me tenaillait. Même si nous en plaisantions avec Stella, j'étais en plein doute. Cela faisait quatre jours que je retournais le problème dans tous les sens, que je tentais d'oublier Jefferson ; je n'y arrivais pas. Je revenais toujours à cette salle, à notre liste de questions, à notre nuit ensemble.

Il y avait eu l'attraction, le désir, le contact. Mais ça allait maintenant plus loin : j'appréciais l'homme qu'il était, sa fragilité, son humour, sa douceur. Je n'avais pas ressenti ça depuis dix ans et, Stella avait raison, le résultat de cet ancien amour avait maintenant six ans et regardait des dessins animés dans le salon.

Stella posa sa main contre mon épaule et me sortit de mes pensées.

— Je suis certaine que ça peut s'arranger. Tu devrais l'appeler, suggéra-t-elle d'une voix douce.

— Je n'ai pas son numéro ! Tu sais, peut-être que c'est mieux comme ça.

— Tu cherches à te convaincre ?

— Comment t'as deviné ?

— Parce que je fais la même chose avec Mason : je tente de me convaincre que j'ai pris la bonne décision. Il voulait qu'on… vive un truc, expliqua-t-elle, un peu embarrassée.

— Tu veux que je te dise ? Cette histoire de se convaincre d'avoir fait le bon choix ne fonctionne pas !

— Je vais ouvrir une seconde bouteille ! Raconte-moi plutôt ce que tu vas nous préparer à dîner.

Parler cuisine avec Stella me permettait au moins d'arrêter de penser à Jefferson. Plusieurs fois, j'avais rejoué dans ma tête notre réveil mouvementé. J'avais imaginé des scénarios différents avec des fins heureuses. Dans la panique, j'avais pris une mauvaise décision. Je me sentais maintenant coincée : incapable d'oublier Jefferson, trop lâche pour lui avouer la vérité. S'il m'acceptait dans sa vie, il devait aussi composer avec Dean.

Trois heures de conversation et autant de bouteilles de vin plus tard, le téléphone de Stella vibra.

— C'est Mason, m'expliqua-t-elle. Il attend un jet à Chicago.

— Quelle genre de raison te retient ici ?

— Cette maison.

J'arquai un sourcil, pendant que Stella tentait de réprimer un rire nerveux. Nous étions aussi tristes l'une que l'autre, mais nous faisions bonne figure. C'était ridicule : au nom d'une pseudo-dignité, nous n'assumions pas nos sentiments.

— Je trouve ça admirable que tu tentes de te convaincre, assurai-je.

— Je n'ai pas la même vie que lui. Dis-moi ce qui, toi, te retient d'aller retrouver ce Jefferson et de tout lui dire ? S'il est si exceptionnel que ça, Dean ne sera pas un problème !

Elle marquait un point. Je haussai les épaules. J'étais ici, à regarder la neige tomber par la fenêtre, tout en discutant avec l'une de mes meilleures amies. Cette distance, loin de Jefferson, me convenait. J'avais besoin de réfléchir calmement à notre histoire. Dean déboula dans la cuisine en hurlant des formules magiques sorties de *Harry Potter*. Mon fils avait de la magie en lui ; sinon, comment expliquer qu'il parvenait à me faire sourire malgré mon cœur en vrac ?

— Maman, y a un sapin immense dans le salon !

— Et j'ai un carton entier de décorations dans le garage, renchérit Stella.

— Si on commençait d'abord par ouvrir les rideaux ? proposai-je. Cette pénombre m'angoisse. Et si tu veux que je cuisine ce soir j'ai besoin de lumière !

Quelques minutes plus tard, nous ouvrions les rideaux de la maison, admirant le paysage enneigé autour de nous. Stella entraîna mon fils dans le salon, et ils commencèrent à décorer le sapin. Je m'attelai à la préparation du dîner — une dinde si grande qu'elle aurait pu nourrir l'État tout entier — en écoutant mon fils rire aux éclats. Malgré tout, sa magie avait ses limites et, seule dans la cuisine, je laissai mes pensées divaguer vers Jefferson.

Fêtait-il Noël ? Il n'était pas très famille, aucune chance. Travaillait-il dans ce bar ? Que faisait-il ? Voyait-il déjà une autre femme ? Par dépit, par envie… Est-ce que je lui manquais autant qu'il me manquait ?

Après une heure seule, je regagnai le salon, trouvant Dean installé sur le canapé, un livre de contes ouvert sur les genoux. Stella déballait des cadres photos et les étalait au sol. Un marqueur calé sur l'oreille, elle semblait perdue dans ses pensées. Un bruit de moteur nous fit relever la tête, et je me dirigeai vers la fenêtre.

— C'est Liv, dis-je.

— Génial ! On va pouvoir rouvrir une bouteille !

Olivia sortit d'un monstrueux 4x4, aidée par un homme aux larges épaules. Elle lui adressa un sourire hésitant, laissant l'homme l'enserrer à la taille.

— Elle n'est pas seule.

Stella se leva précipitamment, retira le marqueur de son oreille et se posta de l'autre côté de la fenêtre. Olivia et son homme mystérieux riaient aux éclats et, malgré le froid, ne semblaient pas prêts à écourter leur conversation.

— Elle a quelqu'un ? demanda Stella.

— Pas à ma connaissance. Mais ça fait un bail que je ne l'ai pas vue.

— Belle bête.

— Large bête ! Musclé, joli sourire : je valide.

— C'est bizarre, on dirait qu'ils sont… Je ne sais pas, c'est bizarre, non ?

J'approuvai d'un hochement de tête, observant les mouvements de leurs corps. On pouvait déceler une certaine complicité, mais pas une franche proximité ; de l'intérêt l'un pour l'autre mais avec une pointe de retenue polie. Olivia ne sortait pas avec ce type.

— Peut-être un ex ? tentai-je.

— Olivia me l'aurait dit. Ils se disent au revoir.

Olivia et l'homme s'étreignirent avec force, avant de se fixer en silence pendant de longues secondes.

— C'est pas un ex… C'est le prochain, compris-je finalement.

— Belle bête !

— Tu l'as déjà dit !

— Je sais. Mais je le pense. C'est un beau spécimen masculin. Épaules, dos, barbe. Pompier ?

— Pas mieux. Elle remonte l'allée.

Je me tordis le cou, mais je ne voyais plus l'homme, camouflé par un sapin gigantesque et un bonhomme de neige à moitié fondu. Stella avait les yeux rivés sur la scène, et un sourire éclaira son visage.

— Olivia vient de me repérer. Et le mec la contemple… comme un chasseur admire une biche. Va falloir ouvrir plusieurs bouteilles.

— Sans problème.

La porte d'entrée claqua, et Olivia apparut sur le seuil du salon. Elle retira son bonnet, secoua ses cheveux perlés de neige et poussa sa valise contre le mur. J'échangeai un coup d'œil avec Stella, pendant qu'en silence Liv s'effondrait sur un des fauteuils. À cet instant, le regard de Stella s'agrandit : un meuble encore vide, un peu branlant, vacilla et manqua de tomber.

— Qui a monté ce meuble ? lança Olivia.

— Mason Graham, répondit Stella.

Ce n'était donc pas un meuble, mais une relique de son passage ici. D'ici quelques mois, cette maison deviendrait un musée.

— C'était qui ce mec ? questionnai-je.

— Callum.

— Et ?

— Et j'ai besoin d'un verre.

Trois verres plus tard et tandis que Dean était en pleine séance de coloriage intensif, je fixai une Olivia perdue, enfoncée dans son fauteuil, comme si elle voulait qu'il l'engloutisse tout entière.

— Et donc, tu es amoureuse de lui ? demanda finalement Stella.

— Un truc dans le genre. C'est… Je crois que je m'en suis rendu compte quand je l'ai vu ce matin rentrer de la pêche avec mon père.

— Tu as vu ce mec avec des bottes de caoutchouc, une salopette verdâtre et puant le poisson, et tu t'es rendu compte qu'il y avait autre chose que de l'amitié ? résumai-je.

— C'est ça.

Un grand silence se fit entre nous, à peine troublé par le bruit des feutres de Dean contre le papier. Stella avait couché avec Mason Graham, Olivia était amoureuse de son meilleur ami, et j'avais eu le coup de foudre pour Jefferson. Trois cœurs brisés, une bouteille de vin, un sapin et une dinde dans le four. On avait connu plus festif comme réveillon.

— Faisons la fête, proposai-je.

— Quoi ?

— Faisons la fête ! Mangeons, buvons et faisons comme si nos vies amoureuses étaient parfaites. Nous ne ferons certainement rien de mieux d'ici demain.

Je nous versai un nouveau verre, oubliant que nous étions déjà un peu ivres. Nous avions besoin de soutien, besoin de survivre à ce réveillon, besoin de réfléchir à ce que nous devions faire.

— À nous ! lançai-je.

— À nous ! répondirent mes amies.

— Maman ?

— Oui, chéri ?

Je me tournai vers mon fils, qui avait les mains couvertes d'encres colorées et les cheveux ébouriffés. Il leva sa bouille adorable vers moi et demanda :

— C'est quoi une vie amoureuse ?

Nous avions tenu notre promesse : nous avions fait la fête jusqu'à tard dans la nuit. Les autres invités de Stella nous avaient peu à peu rejointes, créant une ambiance festive et animée. Stella avait revêtu une robe superbe, avait remercié tout le monde avec un discours enivré et chaleureux. Sur les murs, elle avait posé ses pancartes.

Olivia a décollé du papier peint dans cette pièce.

Ici, Alana a cuisiné.

Ici, James a peint ce mur en bleu.

Ici, Kay a vidé le grenier.

Ici, Mason a déneigé l'allée. Souvent et beaucoup.

Ici, Stella a fait une proposition incroyable à Alana.

Tout ce que je savais, c'est qu'à la fin de la soirée, quand les invités avaient fini par quitter les lieux, j'avais enfin pris ma décision. Je devais retrouver Jefferson, je devais honorer notre rendez-vous. Avec Dean dans les bras, je m'étais faufilée hors de la maison à l'aube et j'avais rejoint l'aéroport.

Ma mère avait accepté de garder Dean, et j'étais maintenant assise sur ce banc à côté du centre commercial, frigorifiée et incertaine. J'allais devoir tout raconter à Jefferson, m'excuser, espérer qu'il me pardonne et lui faire comprendre que j'étais irrémédiablement amoureuse de lui.

Je triturai mon cadeau nerveusement et jouai avec la neige, en l'écrasant de mes lourdes bottes. Je jetai un énième coup d'œil à ma montre.

16 h 35.

De toute évidence, Jefferson avait oublié notre rendez-vous. Du moins, je l'espérais. Je refusais d'imaginer qu'il ait pu me poser un lapin. C'était pire. L'oubli, c'était mieux que l'ignorance. Moins douloureux, aussi.

Je posai mon cadeau sur le banc. Peut-être que je ne l'avais pas mérité.

16 h 40.

Toujours aucune trace de Jefferson. La neige recommençait à tomber doucement. Je serrai mon écharpe autour de mon cou et me levai du banc. Peut-être qu'éviter une confrontation était une bonne idée. Rester sur une belle nuit, une belle image, une belle rencontre. Ce serait le genre d'histoire que je raconterais à Dean quand il serait plus vieux.

Je bâillai, songeant à la soirée de la veille. J'avais besoin de dormir, besoin de me mettre sous la couette jusqu'au retour de l'été.

— Alana ?

Mon cœur fit un bond en entendant sa voix. Je me tournai vers Jefferson, tremblante et glacée.

— J'aurais dû te donner rendez-vous dans un bar, dis-je en riant nerveusement.

— Tu laisses ton cadeau ?

— Je... J'ai cru... Je n'étais pas certaine que tu viennes.

— Parce que tu m'as jeté dehors comme un malpropre, au petit matin, en pleine neige et sans aucune explication ? Tu trouves que cela suffit pour m'empêcher de venir ici ?

— Je pense que tu as le droit de demander des explications.

Je ne parvenais pas à savoir s'il plaisantait ou non. Un sourire flottait sur ses lèvres, sans jamais vraiment se poser. Son visage semblait fatigué, mais il avança tout de même vers moi, ses yeux rivés aux miens. Mon cœur frappa plus fort, plus vite, à m'en faire mal.

— Je pense que je n'ai rien à exiger, dit-il. En revanche, je peux t'écouter, si tu as envie de parler.

— Que dirais-tu d'ouvrir nos cadeaux, d'abord ?

Je voulais briser la glace et repartir sur les bases de notre rencontre. Nous avions appris à nous connaître avec des questions, nous pouvions peut-être reprendre notre histoire avec ces cadeaux. Jefferson déballa le papier à toute vitesse, pendant que j'effeuillais le mien avec précaution.

— Une boussole ? s'étonna-t-il.

— Un carnet de recettes ?

— J'étais vraiment à court d'idées. Je me suis dit que tu pourrais créer un plat pour moi ! Et la boussole ?

— Tu es perdu, j'ai pensé que ça te permettrait de trouver ta voie.

Il hocha la tête, sans avoir l'air vraiment convaincu.

J'approchai de lui, me répétant mon texte. Explications, excuses, re-explications, re-excuses. Ça devrait fonctionner. Je ne pouvais plus reculer.

— J'ai un fils.

Jefferson manqua de faire tomber sa boussole, avant d'écarquiller les yeux. Je lui aurais annoncé que la Terre était plate qu'il n'aurait pas été plus surpris.

— Il a six ans, il s'appelle Dean et… il est génial. Je ne peux pas… Je n'ai pas trouvé le moyen de t'en parler avant, je ne savais pas si tu…

Mes mots moururent contre ses lèvres chaudes. Jefferson me retint contre lui, et un gémissement heureux m'échappa. J'enroulai les bras autour de sa nuque, savourant ce baiser comme s'il était l'air qui me manquait depuis son départ précipité. J'en oubliai le froid et la neige, tout mon corps se concentrait sur ce baiser.

— J'aimerais bien le rencontrer, dit-il finalement.

— Ah oui ?

— Oui. J'aimerais bien lui demander s'il est d'accord pour me prêter sa mère.

— Ah oui ?

— Mais genre… à long terme.

Un troisième « Ah oui ? » resta coincé dans ma gorge. Ma respiration était si courte que j'avais la sensation d'étouffer : c'était la première fois depuis la naissance de Dean que j'étouffais de bonheur.

— Joyeux Noël, Jefferson.

— Joyeux Noël, Alana.

Il glissa sa main dans la mienne et m'attira contre lui. Je souriais comme une idiote sous drogue euphorisante.

Jefferson nous guida jusqu'à sa voiture, alors que je trépignais comme une folle à l'idée de lui présenter Dean. En arrivant devant le véhicule, je fronçai les sourcils ; je connaissais cette voiture.

— C'est ta voiture ? demandai-je.

— C'est celle de Callum, mon boss.

J'éclatai d'un rire libérateur et sonore, de ce même rire qui avait plu à Jefferson lors de notre rencontre. Il me fixa sans comprendre et je lui volai un nouveau baiser.

— C'est magique, murmurai-je.

Chapitre 11

Olivia

Cher Père Noël, parce que j'ai été très sage (et incroyablement aveugle), je voudrais… Oublie la liste et fais comme chez toi !

Scott s'était montré prévenant — un peu trop — et, malgré le culte que je lui avais voué pendant des années, j'étais restée parfaitement indifférente à ses compliments et à son sourire de publicité. Au contraire, il avait fini par m'horripiler. En me rapprochant de Callum, j'avais goûté à une forme d'âpreté, de rudesse, et Scott me paraissait maintenant bien fade : pas de tatouage, pas de T-shirt hideux, pas de rires à mes blagues douteuses.

Sans Callum, je m'ennuyais ferme.

Sans l'alcool, je me serais ennuyée encore plus.

J'avais définitivement trop bu. Maintenant, je payais le prix de cette nuit survoltée : ma tête bourdonnait, ma bouche était pâteuse, et mon corps était endolori — c'était comme avoir la grippe, la nausée en plus. Mais cette soirée avait eu le mérite de m'ouvrir les yeux sur ce que je ressentais pour Callum. Je devais le voir et le voir aussi vite que possible.

J'avais donc eu la brillante idée de rentrer d'une traite, sans faire de pause. Direction : le bar. Face à l'entrée, je pouvais déjà sentir mon corps vibrer dans l'attente des retrouvailles avec Callum, et ça, c'était encore pire qu'une gueule de bois. Je me sentais mal et surtout, je n'avais aucune idée de comment gérer la situation. Callum et moi nous étions séparés devant chez Stella. Je lui avais jeté à la figure la préservation de notre amitié, tandis que lui, pendant cette mise en scène, m'avait clairement fait comprendre qu'il voulait plus. Je craignais d'avoir tout ruiné : notre amitié… et le « plus » qui avait été possible entre nous.

J'ignorais ce que je voulais vraiment sauver. Me confronter à lui me tordait déjà l'estomac. J'en étais à un point où j'aurais accepté même le minimum : un vulgaire cocktail, passe-partout, qui ne me conviendrait qu'à moitié, mais qui parviendrait à renouer le lien.

Je me décidai à pousser la porte d'entrée et trouvai Callum derrière son bar, essuyant des verres déjà secs. Il releva les yeux vers moi, et je vis une lueur de surprise éclairer son regard.

Au moins, il ne semblait pas en colère contre moi. Je respirai déjà mieux.

— Déjà de retour ?

— Je… Je suis rentrée directement. Ça me faisait bizarre d'être sans toi.

— On se voit tous les jours, je ne peux déjà pas te manquer ? s'exclama-t-il.

— Si. Je crois que si. Je… Écoute, je ne sais pas par où commencer.

— Si tu commençais par t'asseoir pour prendre un verre. Tu me diras ensuite ce qui te tourmente.

Je m'exécutai, grimpant sur mon tabouret habituel. Je me débarrassai de mon bonnet et de mon écharpe. Callum sortit deux verres givrés, et, en silence, prépara sa décoction. J'admirai ses gestes précis, sa concentration, qui tranchait avec mon état de nerfs.

— Pourquoi tu ne m'as jamais dit que tu avais d'autres bars ?

— Parce que l'occasion ne s'est jamais présentée.

— Tu ne m'as jamais dit non plus que tu pêchais.

— Tu joues au Super Bingo ? demanda-t-il en riant.

— Non. Ça m'a juste surprise. En fait, j'ai eu l'impression de découvrir de nouvelles facettes de ta personnalité.

Il arqua un sourcil, et je me sentis rougir furieusement : en fait, je ne pensais pas du tout à sa personnalité, je pensais à son torse, à sa peau nue contre la mienne, à ses tatouages envoûtants, à la façon dont il m'avait étreinte devant la maison de Stella.

J'étais complètement exposée : aucun verre derrière lequel me cacher, aucune pirouette pour m'en sortir. J'étais cuite.

— C'est comme ça que tu appelles ce que nous avons fait ? Découvrir une nouvelle facette de ma personnalité ?

— Euh… oui.

— Et qu'est-ce que tu en dis ?

Il posa un verre à cocktail devant moi et attendit patiemment ma réponse. Je n'avais jamais eu à dévoiler mes sentiments devant un homme. J'avais eu des relations mais, ce soir, avec Callum, il me semblait que je jouais une partie de ma vie. Notre amitié ne survivrait pas s'il me repoussait.

— J'en dis que c'était… chouette. Et que je suis presque contente d'avoir eu à gérer ça avec toi.

— Je suis content d'avoir pu t'aider, Liv. Ça m'a fait plaisir.

— Donc, maintenant c'est terminé…

— C'est une question ou une constatation ?

— Les deux. Je crois.

Il planta son regard sombre dans le mien, et je jouai avec le pied de mon verre à cocktail. J'avais envie de croire qu'il avait compris où je voulais en venir.

— Aurais-tu des regrets ? demanda-t-il finalement. Tu aurais préféré qu'on joue encore le jeu ?

— J'aurais préféré qu'on ne joue pas. Qu'on ne joue plus, en tout cas.

— Puisqu'on en est aux aveux, je dois admettre que je n'ai pas joué tant que ça.

J'avais besoin d'alcool. Ou d'aspirine. Ou peut-être les deux à la fois. Je n'arrivais plus à suivre. Callum contourna le bar et vint s'asseoir près de moi. Mon cœur s'emballa aussitôt, et mon estomac se tordit. Dès que Callum approchait de moi, mon corps semblait le sentir. J'étais le satellite qui gravitait autour de sa planète.

— Goûte.

— Tu veux que je devine ?

— Exactement.

Je bus une gorgée de mon verre, devinant le regard

pesant de Callum sur moi. Malgré la brûlure de l'alcool et mon état de fatigue, je sus immédiatement de quoi il s'agissait.

— C'est nous, murmurai-je.

— C'est le « vrai-nous ». Vodka, amaretto…

— … noisette. Le « Fais comme chez toi ». Très romantique. Encore une nouvelle facette.

Le sourire aux lèvres, je me tournai vers lui et, prudemment, je posai ma main contre sa joue. Il ferma les yeux une courte seconde, puis déclara :

— Je vais t'embrasser.

— Tu… quoi ?

— Je vais t'embrasser.

— Maintenant ? Mais… Mais… Pourquoi ?

— Pourquoi pas ?

Pourquoi, pourquoi pas… Le grand jeu pervers de Callum. Dès que je voulais un éclairage sur sa vie ou une explication sur un cocktail, il se contentait de sourire et de répondre « pourquoi pas ? » à tous mes « pourquoi ?». Ça m'horripilait.

— Tu viens chaque soir et tu t'installes chaque soir au même endroit. Tu vas à la table 9, tu poses ton bonnet sur la table, tu fourres tes moufles dans les poches de ton manteau. Ensuite, tu te lèves et tu te postes à cet endroit précis, pour me regarder faire ton cocktail.

Je compris et, lentement, levai les yeux vers le plafond ; une superbe branche de gui était suspendue à un ruban de soie verte. Mon cœur partit dans une course folle. Je ne paniquais plus. Non, pour paniquer, il faut pouvoir respirer et, là, j'étais en apnée.

— C'est magique, souffla-t-il contre ma bouche.

— Je devrais… poser… poser mon verre.

— Tu devrais, oui.

Avec une patience et un calme infinis, il prit mon verre d'entre mes mains et le posa sur son bar. C'était une mauvaise idée. Au moins, avec le verre, j'avais de quoi occuper mes mains. Maintenant, les bras ballants, j'étais encore plus embarrassée.

— Bien. Faisons ça vite, proposai-je en croisant les bras sur ma poitrine.

— Ça, Liv, c'est mal me connaître.

Un couinement honteux s'échappa de ma gorge. Callum ne cilla pas et approcha son visage du mien. Le monde se figea autour de nous. Seule la musique demeurait en bruit de fond, alors que les lèvres de Callum effleuraient les miennes dans une chaste caresse. J'abandonnai toute résistance et posai mes mains contre son torse, me cramponnant à son T-shirt. Sous mes paumes, je percevais la chaleur de son corps et les battements furieux de son cœur.

Il appuya sa bouche contre la mienne, faisant disparaître mes dernières réticences. Ses mains quittèrent mon visage et trouvèrent le creux de ma taille. Sa langue passa lentement entre mes lèvres, demandant l'autorisation d'en avoir plus. Mon corps s'enflamma dans la minute où sa bouche au goût de cannelle prit possession de la mienne. Callum était doux et prévenant, comme s'il savourait ce court instant de magie, craignant certainement que je m'échappe de notre étreinte. J'en aurais été bien incapable, tant j'étais envoûtée et à la merci de ses lèvres.

Ses mains se resserrèrent autour de moi, et je sentis qu'il me soulevait. Mon cri de surprise s'écrasa contre ses lèvres et je devinai son sourire alors que mes doigts s'enfonçaient dans son torse musclé. Callum me posa sur le comptoir et, instinctivement, j'ouvris les cuisses pour l'accueillir, et notre baiser s'intensifia, comme si nous courions après le temps.

Après tout, Noël ne durait pas. D'ici peu, le gui fanerait et nous reviendrions à la réalité.

Son corps pressé contre le mien, Callum dompta ma bouche pendant de longues secondes. Quand il s'écarta, à bout de souffle, son regard était voilé de désir et d'une pointe d'inquiétude.

— Tu vois, c'est magique, chuchota-t-il.

— Je… euh… oui.

Mon cerveau avait dû subir un court-circuit, m'empêchant de raisonner convenablement.

Techniquement, ce baiser avait été parfait.

Artistiquement, il avait été… plus que parfait. Indescriptible même. Doux, fort, déterminé, tendre et un peu fou. J'en avais aimé chaque instant, savouré chaque seconde comme on savoure une pâtisserie débordante de crème après deux jours de régime.

— Ça fait des mois que je veux faire ça, dit-il dans un sourire.

— Des mois ?

— Un an environ. Je n'ai pas osé faire le coup du gui avant. J'aurais peut-être dû.

— Certainement. J'aime bien toutes ces nouvelles facettes de ta personnalité.

— Ça tombe bien, j'en ai plein d'autres.

Il me fit descendre du comptoir et je réajustai ma jupe sur mes jambes. Callum verrouilla la porte du bar, tandis que je prenais mon verre pour en boire une nouvelle gorgée.

— Tu vas continuer à me faire des cocktails ? demandai-je.

— Pourquoi j'arrêterais ?

— Pourquoi pas ?

— Parce que nous sommes un cocktail, mon cœur ! Nous sommes le « Fais comme chez toi ». Mon préféré.

Je grimaçai, pendant que Callum riait de sa propre blague. Il entoura ma taille de son bras et attira mon dos contre son torse. Sa bouche se planta dans mon cou, et il suçota le carré de peau qu'il avait marqué deux jours plus tôt. Aussitôt, un désir fulgurant se propagea jusqu'au bout de mes orteils, et je rendis les armes.

Pour lui, j'étais prête à accepter qu'il m'affuble d'un petit nom honteux.

— Je t'aime, Liv, murmura-t-il à mon oreille.

Je m'abandonnai contre lui et rouvris les yeux sur la branche de gui suspendue au-dessus de nous. Un sourire étira mes lèvres et, enroulant mon bras autour de la nuque de Callum, je répondis :

— Joyeux Noël, mon lapin.

— Fais comme chez toi… Tu as quinze secondes pour monter dans mon appartement et être nue sur mon lit.

Chapitre 12

Mason

Cher Père Noël, parce que j'ai été très sage (et terriblement chanceux), je voudrais… déneiger son allée. Encore.

— Tu es cinglé ? ! C'est ta carrière que tu veux massacrer ?

— Hilda, comprends-moi, je…

— Te comprendre ? Tu fais la une de tous les journaux ! Tu as décidé de ruiner mes vacances de Noël ?

— Je suis désolé, Hilda. Je n'ai pas réalisé qu'on nous suivait et qu'on nous photographiait.

— Pas réalisé ? Mais enfin, Mason !

— Je l'aime, Hilda. J'aime cette fille et…

— Prends ce jet ! hurla mon agent. Tu montes dans cet avion et tu rentres ici. On fera tout ce qu'on peut pour minimiser la situation. Communiqué, interview. Tu devras certainement faire des excuses publiques à Madison.

— C'est hors de question ! Je n'ai pas à m'excuser de quoi que ce soit !

J'arpentai la salle d'attente réservée aux clients des jets. C'était une zone à l'écart, loin de la foule, et fréquentée par un public aisé. Ici, j'étais au calme. Je trouvais que cela ressemblait tout de même à l'antichambre de l'enfer. Dès que j'embarquerais, je retournerais dans mon monde factice.

La neige tourbillonnait sur le tarmac, s'accumulant en congères au bord des pistes de décollage. Cela faisait vingt-quatre heures que j'étais ici, à attendre que les autorisations de décollage soient de nouveau accordées. Cependant, je n'avais aucune envie de rentrer. Stella m'avait demandé de quitter les lieux, mais, à la façon dont nous nous étions quittés, je savais qu'elle le regrettait. Tout me retenait ici.

— Hilda, c'est sans moi, dis-je finalement.

— Monte dans cet avion, Mason.

— Je ne peux pas. Je… Je dois la voir.

Je raccrochai aussitôt et jetai mon téléphone dans la première poubelle. Je quittai la zone d'attente de l'aéroport de Chicago et me décidai à rejoindre le hall principal. Je me fichais même d'être reconnu. Mon seul objectif, c'était Stella.

Reprendre un vol intérieur pour le Maine fut presque simple. Curieusement, le fait que j'étais en une de tous les magazines dissuadait le public de m'accoster ; ils devaient redouter une forme de colère. Ils se trompaient : la colère m'avait quitté dès que j'avais franchi le seuil de la maison de Stella. Ce qui me dominait était plus proche de la frustration. Stella me manquait terriblement. Même son regard moqueur et son ton acide avec moi me manquaient. Avec elle, j'avais oublié tous mes états d'âme, elle m'avait réconcilié avec la réalité. Certes, j'étais traqué… mais sa simple présence éclipsait toutes les vicissitudes de ce métier.

Je retrouvai l'aéroport où j'avais fait la connaissance de Stella. Je soupirai en sentant un froid insidieux se glisser par le col de mon pull ; Los Angeles ne me manquait que pour ses températures supérieures à 20 °C.

Je trouvai un taxi, qui me ramena d'où j'étais parti presque deux jours avant. L'allée était impraticable. À croire que personne ne déneigeait en mon absence. Pendant une seconde, je me demandai si cette allée avait déjà été réellement déneigée avant mon passage ici. Peut-être était-ce une sorte de test de motivation que m'avait fait passer Stella.

Je la remontai lentement, trimballant mon sac derrière moi. La nuit était en train de tomber.

Je toquai à la porte.

Pas de réponse, aucun bruit.

— Stella ?

Je reculai, cherchant une lueur à une fenêtre. Avec ma chance, il n'était pas impossible qu'elle soit partie se cacher loin des paparazzis.

— Stella ?

Je criai plus fort, toujours sans résultat. Frigorifié, je me décidai à prendre la clé qu'elle cachait sous un pot de fleurs. J'ouvris la porte et posai mon sac dans l'entrée.

De la fête de Stella ne restaient que les panneaux de remerciements dont elle m'avait parlé.

Je grimpai l'escalier, devinant un soupçon de musique provenant de sa chambre. Puis, j'entendis sa voix.

— Je suis super contente, Alana. Vraiment, je suis ravie.

Elle rit doucement, et j'en profitai pour ouvrir discrètement sa porte. Stella se tenait face à sa fenêtre, portant cette fameuse robe qui lui avait fait tant envie dans la vitrine. Je l'avais commandée juste avant mon départ. Sur elle, cette longue robe verte était spectaculaire.

— Revoyons-nous rapidement, on calera tous les détails.

Stella pivota et sursauta en me voyant dans l'encadrement de la porte. Je posai mon index sur mes lèvres, lui intimant de taire ma présence. Elle acquiesça et reprit sa conversation.

— Je vais te laisser, Al, j'ai… je dois boucler un truc ici.

Elle raccrocha si vite que je me demandai si son amie avait eu le temps de répondre. J'approchai d'elle et l'embrassai avec passion. Deux jours, c'était bien trop long. Elle gémit contre ma bouche, pendant que je la plaquais contre le mur.

— Je n'ai pas eu le plaisir de te voir enfiler cette robe, mais je serai ravi de te la retirer.

— C'était une belle surprise.

Elle me tourna le dos, me laissant tout loisir de découvrir la longue rangée de boutons en soie qui ne demandait qu'à être ouverte. Avec patience, j'entamai ma tâche.

— Qu'est-ce que tu fais ici ?

— D'après mon agent, je ruine ma carrière.

Les épaules de Stella se tendirent, j'embrassai sa nuque

immédiatement. Je me fichais de ruiner ma carrière. J'étais ici pour Stella. Elle comptait plus que tout le reste.

— Je suis revenu pour toi. Je ne veux pas te laisser.

— Tu es venu pour déneiger mon allée ?

J'écartai les pans de sa robe, découvrant son dos nu et sa chute de reins. J'appuyai mes lèvres contre le haut de sa colonne et, la suivant, déposai un chapelet de baisers, jusqu'à ses fesses. La robe tomba au sol, et Stella apparut en culotte devant moi.

— Déneiger, oui. C'est ma mission. Comment va ta cheville ?

— Beaucoup mieux.

— Parfait.

Elle se tourna vers moi et fit glisser sa culotte au sol. À la douce lumière de sa lampe de chevet, elle était encore plus belle. Sa peau luisait, et sa poitrine gonflée se soulevait un peu trop rapidement.

— Je resterai ici, s'il le faut. Je ne veux pas être loin de toi.

— Tu rentreras à Los Angeles, répondit-elle aussitôt.

— Non !

— Si !

Elle m'enleva mon pull, puis mon T-shirt. Puis, elle attrapa ma ceinture et s'allongea sur le lit, m'attirant brutalement contre elle.

— Non, Stella. C'est non négociable. Je veux rester ici et t'aider dans cette maison. Je veux que tu sois heureuse.

— Alors, cesse de me contrarier. Tu ne pourras pas m'aider ici. D'une part, tu n'y connais rien en plomberie, d'autre part, j'ai cédé la maison.

Elle défit la boucle de ma ceinture, puis ouvrit ma braguette. Ses doigts se faufilèrent dans mon caleçon, et elle prit mon sexe dur dans sa main.

— Qu… Quoi ?

— Alana a accepté mon offre : je lui laisse la maison en gérance. Elle pourra tenir les chambres d'hôtes, cuisiner et élever son fils tranquillement.

Je la fixai, abasourdi. Sa main allait et venait sur mon sexe avec une assurance que je ne lui connaissais pas. Je repoussai les cheveux de son visage et captai son regard.

— Tu laisses la maison ?

— Je veux être avec toi, avoua-t-elle dans un murmure. Je ne peux pas rester ici uniquement pour cette demeure. C'est toi qui rends cette maison agréable, mais si tu n'es pas là ça n'a plus de sens.

Je collai mon front au sien, ému et soulagé. Avant Stella, aucune femme — ni aucun de mes amis — n'avait sacrifié quelque chose pour moi. Stella, après seulement quelques jours de vie commune et une nuit ensemble, avait décidé de renoncer à sa vie et d'accepter la mienne.

— Je pourrai quand même continuer à déneiger ton allée ?

— Évidemment. Quand tu veux.

Elle émit un petit cri quand je pris la pointe de son sein droit dans ma bouche. Je jouai avec son téton, avant de l'abandonner pour remonter le long de sa gorge. Elle libéra mon sexe et se cambra contre moi ; comme moi, elle ressentait cette même urgence de nous unir, une urgence encore plus forte que lors de notre première nuit.

— Ici, Mason Graham est tombé amoureux, chuchotai-je.

Un long soupir de désir la parcourut, et je retirai mon jean trop encombrant. Je voulais lui montrer à quel point je l'aimais, à quel point j'étais conscient de la chance que j'avais.

— Joyeux Noël, Mason, murmura-t-elle.

Je m'enfonçai en elle, et nos corps se retrouvèrent. Son parfum, son contact, les battements fous de son cœur, ses mains curieuses ; je savourais tout ce qu'elle m'offrait. Stella était un cadeau inestimable.

— Joyeux Noël, Stella.

Bonus

Les 36 questions de Jefferson & Alana

1. Si vous pouviez inviter quelqu'un à dîner (un proche, un disparu, une relation, une célébrité), qui choisiriez-vous ?

2. Aimeriez-vous être célèbre ? De quelle manière ?

3. Avant de téléphoner, vous arrive-t-il de répéter ce que vous allez dire ? Pourquoi ?

4. Que serait pour vous une « journée parfaite » ?

5. Quand avez-vous chanté pour vous la dernière fois ? Et pour quelqu'un d'autre ?

6. Si vous pouviez vivre jusqu'à quatre-vingt-dix ans et conserver soit l'esprit soit le corps de vos trente ans durant les soixante dernières années de votre vie, que choisiriez-vous ?

7. Avez-vous secrètement l'intuition de la façon dont vous allez mourir ?

8. Citez trois éléments que votre partenaire et vous semblez avoir en commun.

9. Qu'est-ce qui, dans votre vie, vous fait le plus éprouver de la gratitude ?

10. Si vous en aviez la possibilité, que changeriez-vous dans la façon dont vous avez été élevé(e) ?

11. Prenez quatre minutes et racontez l'histoire de votre vie à votre partenaire, en donnant le plus de détails possible.

12. Si vous pouviez vous lever demain en ayant acquis une qualité ou une compétence, quelle serait-elle ?

13. Si une boule de cristal pouvait vous révéler quelque chose, que voudriez-vous savoir ?

14. Y a-t-il une chose que vous rêvez de faire depuis longtemps ? Pourquoi ne l'avez-vous pas encore réalisée ?

15. Qu'avez-vous accompli de plus grand dans votre vie ?

16. Qu'est-ce qui, dans l'amitié, a le plus de valeur pour vous ?

17. Quel est le souvenir que vous chérissez le plus ?

18. Quel est votre pire souvenir ?

19. Si vous saviez que vous alliez mourir dans un an, que changeriez-vous dans votre façon de vivre ? Pourquoi ?

20. Que signifie pour vous l'amitié ?

21. Quels rôles l'amour et l'affection jouent-ils dans votre vie ?

22. À tour de rôle, dites à votre partenaire ce que vous considérez comme l'une de ses caractéristiques positives (échangez-en cinq au total).

23. Votre famille est-elle proche et chaleureuse ?

24. Que ressentez-vous à propos de la relation avec votre mère ?

25. Énoncez chacun trois affirmations vous concernant vous deux. Par exemple : « Tous les deux, ici, nous ressentons… »

26. Complétez cette phrase : « J'aimerais avoir quelqu'un avec qui partager… »

27. Si vous deviez devenir l'ami très proche de votre partenaire, confiez-lui ce qui vous semble important qu'il sache sur vous.

28. Dites à votre partenaire ce que vous aimez en lui. Soyez très direct, exprimez des choses que vous ne diriez pas à quelqu'un que vous venez de rencontrer.

29. Racontez à votre partenaire une situation, un moment très gênant de votre vie.

30. Quand avez-vous pleuré devant quelqu'un pour la dernière fois ? Et tout seul ?

31. Dites à votre partenaire ce que vous appréciez déjà en lui ou en elle.

32. Selon vous, de quel sujet trop sérieux ne peut-on pas rire ?

33. Si vous deviez mourir ce soir sans avoir la possibilité de communiquer avec qui que ce soit, que regretteriez-vous de ne pas avoir dit ? Pourquoi ne l'avez-vous pas dit ?

34. Votre maison et tout ce qu'elle contient prennent feu. Après avoir sauvé vos proches et vos animaux de

compagnie, vous avez encore le temps de soustraire quelque chose des flammes. Que prenez-vous ? Pourquoi ?

35. Parmi tous les membres de votre famille, quel est celui dont la mort vous toucherait le plus ? Pourquoi ?

36. Exposez un problème personnel à votre partenaire et demandez-lui comment il le gérerait. Demandez-lui également comment il perçoit votre ressenti par rapport à ce problème.

Source : Psychologies.com,
« 36 questions pour (re)tomber amoureux »

Carnet de recettes — cocktails

Gingerbread Man

- 6 cl de saké TY KU
- 4,5 cl de soda au gingembre
- Une pincée de cannelle

Garniture : un bonhomme de pain d'épice

Versez tous les ingrédients dans un verre et mélangez. Décorez avec un bonhomme de pain d'épice.

Source : TY KU Premium Sake & Spirits

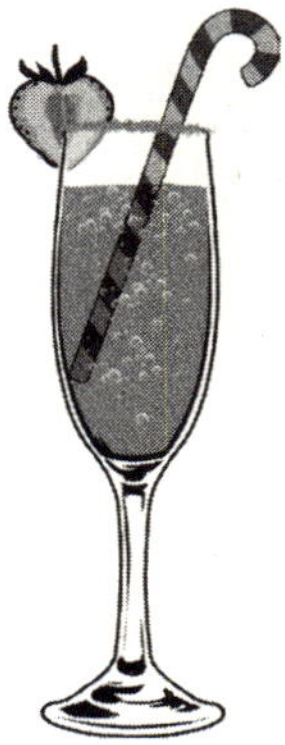

Kiss Me Santa

– 9 cl de liqueur de fraise LeSutra Sparkling Liqueur
– Quelques gouttes de vodka
– Champagne

Garniture : un sucre d'orge

Versez tous les ingrédients dans une flûte à champagne. Décorez avec un sucre d'orge.

Source : LeSutra Sparkling Liqueur

The Nut Craker : Le « Fais comme chez toi »

– 4,5 cl de Devotion Vodka
– 3 cl d'Amaretto
– 3 cl de liqueur de noisette Frangelico Hazelnut Liqueur
– 3 cl de crème de cacao

Garniture : copeaux de chocolat

Versez tous les ingrédients dans un shaker à cocktail rempli de glace. Remuez puis versez dans un verre. Garnissez avec des copeaux de chocolat.

Source : Devotion Vodka

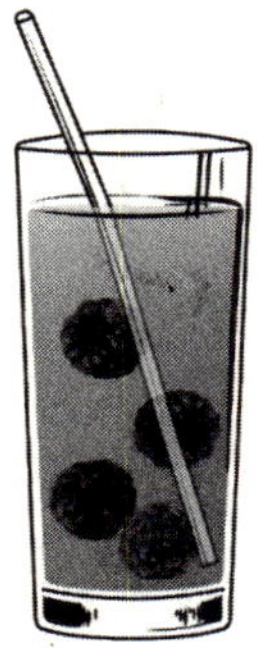

Tropop

– 2 doses de vodka framboise SVEDKA Raspberry
– 1 dose de vodka colada SVEDKA Colada
– 2 dose de jus d'ananas
– ½ doses de lait de coco
– 2 doses d'eau de coco
– 1 ½ dose d'eau
– ½ dose de sirop de cannelle

Versez tous les ingrédients dans un shaker et remuez. Versez le mélange dans des grands verres (qui feront office de moules) et placez au congélateur.

Source : SVEDKA

« *Faux nous* » : le plan de Callum

Frise chronologique du faux nous

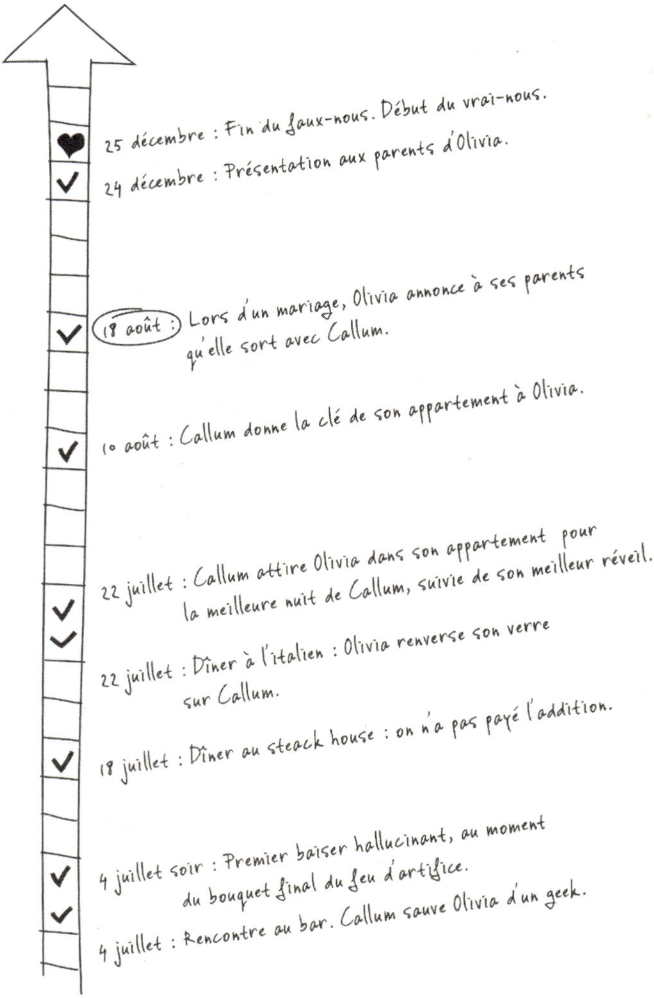

Le Super Bingo de Callum

INCONTOURNABLES !	Gagner le Super Bingo de son père	Embrasser le nombril de Liv (et le reste de son corps !)	Faire en sorte qu'elle tombe amoureuse de moi	Lui faire l'amour sur sa table
	Créer un cocktail pour nous	Transformer le « fais comme chez toi » en « fais comme chez nous » !	Tripoter ses fesses, l'air de rien	La coincer sous du gui
RATTRAPAGE	Buter ce connard de Scott	Lui faire un suçon (deux ou trois en bonus !)	Faire en sorte qu'elle touche mes tatouages (plusieurs fois)	La prendre dans mes bras (en position couchée)
EN BONUS	Lui donner un ordre, du genre « tu as 15 secondes pour être nue dans mon lit ! »	Lui faire déguster du sashimi de poulpe	Lui faire oublier cette connerie de « vrai-nous/faux-nous »	Lui faire épeler « hallucinant », à l'envers, après un orgasme

Le Super Bingo du père d'Olivia, selon Callum

INCONTOURNABLES !	N'a pas de tatouages	Aime ma fille	N'est pas ce petit con de Scott	Apprécie l'humour de ma fille
	Gagne honnêtement sa vie	Prend soin de ma fille	Est présent pour ma fille	Est digne de confiance
RATTRAPAGE	Porte les valises de ma fille	Protège ma fille	Aime la pêche	Déteste le disco
EN BONUS	Peut dépecer un cerf avec un canif	Possède un véhicule à 4 roues, non décapotable	Différencie la truite du goujon	Est propre, sent bon

Les panneaux de Stella & Mason

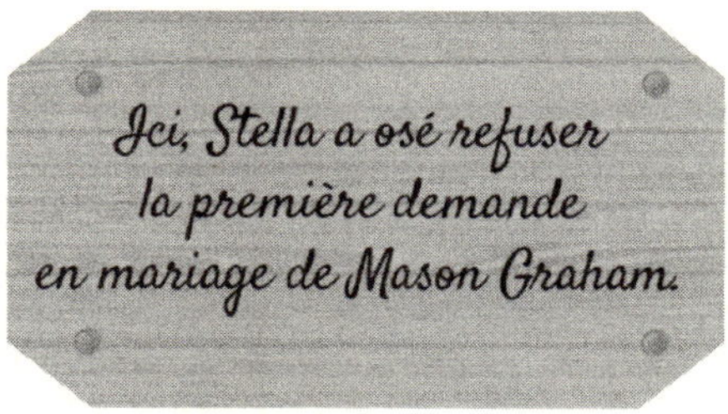

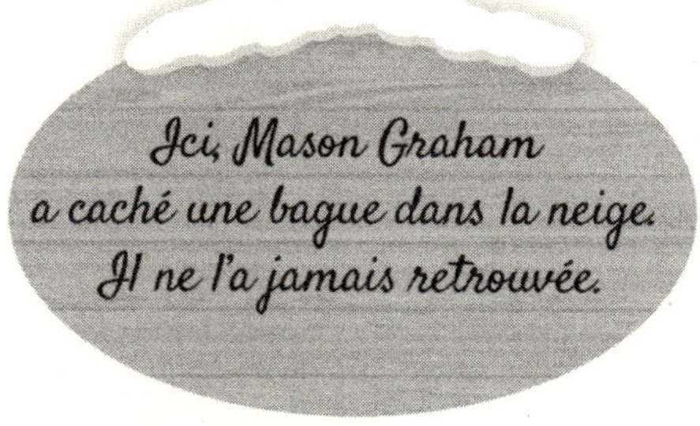

Ici, Mason Graham
a répété son discours en cas
de victoire aux Oscars.
Une fois encore, il aurait
pu s'en passer.

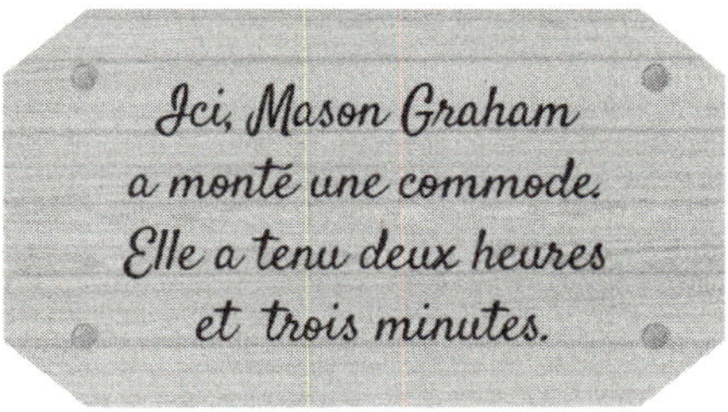
Ici, Mason Graham
a monté une commode.
Elle a tenu deux heures
et trois minutes.

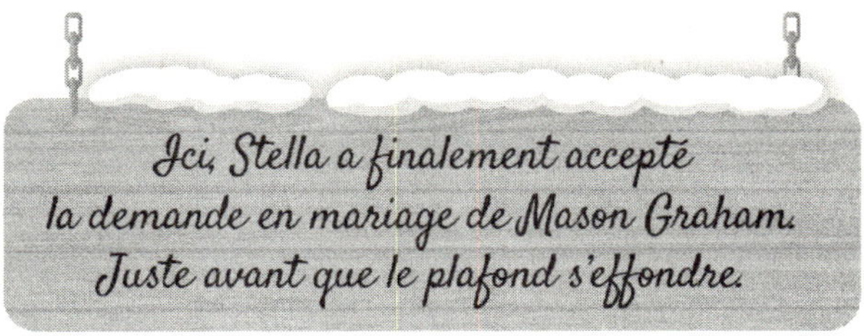
Ici, Stella a finalement accepté
la demande en mariage de Mason Graham.
Juste avant que le plafond s'effondre.

Bonus inédit

Attablées autour de chocolats chauds et de cheesecake aux fruits dans le dernier café à la mode, je scrutais le visage de mon amie. Stella avait une mine superbe. De toute évidence, sa nouvelle vie californienne avec Mason lui allait parfaitement. Elle rayonnait et je devais admettre que j'étais terriblement jalouse de la rangée de fins bracelets en or blanc qui ornait son poignet et avec laquelle elle jouait distraitement depuis que nous avions été servies.

— Une signification particulière ? demandai-je en désignant ses bijoux d'un geste du menton.

— C'est un cadeau de Mason. Douze bracelets pour nos douze mois de relation.

Pour un peu, cet excès de sucre et de guimauve aurait pu me coller la nausée. Je n'avais jamais été une grande romantique. Je n'étais ni roses, ni chandelles, ni grandes déclarations énamourées. C'était ce que j'appréciais avec Callum : nous nous aimions, sans avoir besoin de le revendiquer ou de l'afficher.

— C'est très joli, dis-je avec franchise. Or blanc ?

— Oui. Le dernier est incrusté de diamants.

Elle le dégagea des autres et je tendis le cou pour le regarder. Je n'étais pas diamants non plus. Le dernier cadeau que Callum m'avait fait était un porte-clés, un anneau tout simple en acier. Il avait tout de même eu la courtoisie d'y accrocher la clé de son appartement et une étiquette m'encourageant à « faire comme chez moi ». Je passai mon doigt sur le bijou, devinant l'aspérité des pierres précieuses. C'était fin et délicat.

— Vraiment joli ! Au fait, je vous ai vus dans un magazine la semaine dernière !

— Tu sais, il ne faut pas croire tout ce que ces torchons disent !

— Je sais ! Je n'ai pas cru à cette histoire de grossesse gémellaire, ni à ta dernière arrestation pour tapage nocturne et encore moins au fait que tu allais à la gym quatre fois par semaine.

— J'y vais deux fois, rit-elle.

Son rire s'éteignit aussi vite qu'il l'avait gagnée. Soudain, Stella fuit mon regard et se concentra assidûment sur le chocolat chaud qu'elle remuait. Quand je retrouvai ses yeux, je compris qu'elle me cachait quelque chose.

— Balance !

— Quoi ? Il n'y a rien ! s'exclama-t-elle.

— Si. Tu ris bizarrement, tu ne me regardes pas et tu mélanges ton chocolat depuis si longtemps qu'il va finir par se transformer en crème ! Qu'est-ce qui se passe ?

— On va se marier.

Un silence surnaturel et inédit s'installa entre nous. Stella jouait avec l'anse de son mug, pendant que je cherchais ma respiration. Stella, la femme la plus indépendante et la plus forte que je connaissais, allait se marier.

Avec Mason, superstar de Hollywood.

C'était comme si quelqu'un venait de me donner les numéros gagnants de la loterie et que je ne savais pas quoi en faire.

— Je te demande pardon ?

— On va se marier. D'ici quelques semaines, on fera ça en Californie, à l'abri des regards.

— Je… Mon Dieu, Stella, c'est une merveilleuse nouvelle !

Je me levai de ma chaise, manquant de faire tomber notre table, et offris une étreinte à ma meilleure amie. Je retins mes larmes de joie et retournai m'asseoir. Stella ficha ses mains dans les miennes et, malgré ses yeux humides, m'adressa un franc sourire.

— Je… Mason voulait se contenter d'un communiqué de presse, mais je ne veux pas que tu l'apprennes comme ça !

— Je dirai à Mason d'aller se faire voir ! Je veux te voir dans une robe de mariée !

— Je t'enverrai les détails. À une condition…

— Je te jure que je ne dirai rien à la presse !

— Je le sais. Je veux que tu sois ma demoiselle d'honneur, Liv.

Pour la seconde fois en deux minutes, la table vacilla et cette fois ma tasse — heureusement vide — s'écrasa au sol. Stella et moi nous étreignîmes avec force, sous les regards médusés de nos voisins de table.

— Tu es d'accord ? demanda-t-elle.

— Tu oses en douter ? Évidemment que je suis d'accord ! Bordel, Stella, mon mascara n'est pas waterproof !

Elle rit à travers ses larmes, pendant que j'épongeai maladroitement les miennes. Stella et moi étions amies depuis des années. Comme beaucoup de femmes, nous avions parlé de ce genre d'événements, nous nous étions promis d'être là l'une pour l'autre, mais, depuis son départ pour la Californie, je craignais qu'elle s'éloigne.

— Mais pourquoi hésitais-tu tant à me le dire ? l'interrogeai-je finalement.

— Mason tient au secret. Il a peur des fuites et nous avons eu une dispute assez sévère à cause de ça. Je lui ai dit que je voulais une vie normale et que, dans cette vie, tu étais forcément ma demoiselle d'honneur.

— Sévère à quel point ?

— Quelques jours. Puis il a compris. On a discuté et il a accepté que je vienne ici pour t'en parler. Mais je t'en supplie, il ne faut rien dire. On veut vraiment éviter de finir avec des drones au-dessus de la maison. On veut juste… On veut juste se marier, pas être en une des magazines.

Elle serra mes mains un peu plus fort et je hochai la tête en guise de serment. J'étais encore sous le coup de l'émotion, quand Stella enchaîna.

— Et toi avec Callum ?

— Oh. Euh, ça va.

— Ça va ? ! Je ne te demande pas comment va ton père ! La dernière fois que tu m'en as parlé, vous aviez passé un week-end entier au lit !

Je poussai un soupir. Face à Stella, à sa vie hollywoodienne, à ses bracelets dorés, à son mariage secret, à ses drones, ma vie me semblait bien terne et modeste. Je vivais avec Callum, au-dessus de son bar, dans un appartement avec une luminosité limitée, une cuisine microscopique et une salle de bains si étroite que nous pouvions à peine nous y croiser le matin.

J'adressai un sourire forcé à ma meilleure amie, et repris :

— Tout va bien ! Il travaille énormément, tu sais.

— Je sais, je sais. Mais vous avez bien parlé de certains projets d'avenir, non ?

— Bien sûr.

Dans mon monde et celui de Callum, faire les courses hebdomadaires et savoir qui allait se charger de rappeler le plombier étaient des projets d'avenir. Nous vivions au jour le jour, sans réellement nous préoccuper de ce que nous allions devenir ensuite. Lui comme moi fuyions les étiquettes.

— Et alors ? renchérit Stella.

Cette femme avait dû être membre d'une police secrète quelconque dans une vie antérieure. Elle ne lâchait jamais le morceau et, malgré moi, je sentis que je me ratatinais sur ma chaise plus que de raison. L'humiliation et une pointe de jalousie étaient en train de prendre le dessus sur ma raison.

— Callum va ouvrir un nouveau bar, le mois prochain.

— Liv, ce sont ses projets à lui. Je parle de projets communs !

Je fouillai dans ma mémoire, à la recherche d'un potentiel projet commun de couple. À l'humiliation s'ajouta une forme de désillusion : rien ne me venait.

— Je ne sais pas, moi. Un voyage peut-être ? Une visite chez tes parents ? Et pourquoi pas un appartement plus grand ? Quelque chose qui serait à vous, et pas seulement qu'à lui ?

Je dévisageai Stella, comme si un troisième œil venait de lui pousser sur le front. Nous n'avions aucun projet de voyage, encore moins de visite chez mes intrusifs parents. Sans que je m'en rende compte, une douce et rassurante routine s'était installée entre Callum et moi. Face à Stella, une fois de plus, je ne faisais pas le poids. À ce rythme, d'ici dix minutes, ma fierté finirait par se dissoudre dans son chocolat chaud.

— Si, évidemment.

Je me penchai vers elle, espérant créer un climat de confidence. Raconter un petit mensonge à Stella ne me coûterait rien. Elle serait repartie en Californie dans deux jours et, une fois là-bas, je raconterais un nouveau mensonge qui anéantirait le premier. Callum, lui, était parti en repérage à une bonne centaine de kilomètres d'ici. Il n'en saurait rien.

Facile. Simple. Absolument sans risque.

— En fait, Callum m'a fait sa demande avant-hier.

Un hurlement de joie transperça la petite salle du café où nous étions installées. Stella se jeta sur moi pour me serrer dans ses bras.

— Tu as dit oui, n'est-ce pas ?

Ses yeux pétillaient de joie et son sourire était si enthousiaste que je n'eus pas le cœur de la décevoir. Je venais juste de sortir de l'ornière, ce n'était pas pour m'y remettre maintenant.

— Bien sûr que j'ai dit oui !

Ce mensonge coula dans ma gorge aussi facilement que du beurre sur une tartine grillée. Stella se rassit à sa place et planta son regard d'interrogatrice en chef dans le mien. Je trouvai un nouvel intérêt à mon chocolat, cherchant une manière d'éluder le sujet.

— Je veux des détails ! Comment était-ce ? Romantique ? Pragmatique ? Inattendu ? Est-ce que tu avais senti quelque chose de différent chez lui ?

— Oh ! tu sais. La routine. Il a mis un genou à terre et il a ouvert l'écrin.

Je haussai les épaules de manière désinvolte, avant de réaliser que je venais de me tendre un fabuleux guet-apens. Les yeux de Stella accrochèrent ma main gauche, que je camouflai aussi vite que possible sous ma main droite.

— Trop grande, c'est ça ? fit Stella, avec un sourire

aux lèvres. Ils sont toujours persuadés que, si ça leur va, ça nous ira aussi !

— Oui, c'est ça. Elle était vraiment trop grande.

Presque aussi grande que ce mensonge honteux.

— Je vais sûrement la récupérer dans quelques semaines. Je t'enverrai une photo !

— J'espère bien. Il faut que tu me racontes cette demande plus en détail ! C'était au bar ? Lors d'un petit déjeuner au lit ?

— Au bar.

Stella me scrutait, avide de détails. Apparemment, les filles se racontaient ce genre de choses. Je me camouflai dans ma tasse, imaginant à toute vitesse la scène romantique et passionnée pendant laquelle Callum aurait pu avoir l'audace de me demander en mariage.

Stella agrippa ma main, son sourire toujours vissé aux lèvres.

— Je suis certaine que tu te souviens de chaque détail. Ce n'est pas le genre de choses qu'on oublie facilement.

— Évidemment !

Je mentais si fort et avec un aplomb si inédit que cette réponse parut naturelle et sincère.

— Mais je préfère garder ça pour moi, tu comprends ?

— Bien sûr. Tu parles à une fille qui rêve de garder sa vie privée… privée ! Et le mariage est prévu pour quand ?

— Nous n'avons pas encore fixé de date. On se laisse un peu de temps. De toute façon, avec le métier de mon père, c'est plus pratique pendant les vacances d'été. On fera quelque chose de simple, dans le jardin de mes parents. Une robe simple, des cheveux détachés, un pique-nique…

Je ne savais pas pourquoi je délirais autant. Le souvenir

de mon précédent mensonge — celui qui m'avait tout de même permis de comprendre que j'aimais Callum — me hantait encore. J'avais toujours été une très mauvaise menteuse, n'anticipant jamais les questions qui surgiraient.

— Pourquoi ne m'as-tu rien dit ? s'étonna Stella.

— Euh… Je ne sais pas. Je ne voulais pas… On ne se voit que peu, je ne souhaite pas forcément parler de moi. Raconte-moi plutôt ton dernier tapis rouge !

Je soupirai de soulagement et respirai à nouveau en voyant Stella mordre à l'hameçon. Le sujet de mon prochain mariage imaginaire s'éloigna, pendant qu'elle me racontait sa rencontre improbable avec une *personal shoppeuse* de chez Chanel. Après deux bonnes heures de conversation, nous sortîmes du café. Nous avions prévu d'aller dîner dans un restaurant avec Alana et Jefferson.

— Je suis ravie de dîner avec eux. On pourra fêter vos fiançailles, lança Stella, visiblement ravie.

Je lui jetai un regard terrifié. Encore une fois, je n'avais pas anticipé le fait que cette information fuiterait. Heureusement pour moi, le principal intéressé n'assisterait pas à cette débâcle. Intérieurement, je construisais déjà le prochain mensonge, parvenant à placer « annulation de fiançailles » et un « c'est mieux comme ça » dans une même phrase.

— Oui, on commandera du champagne, continuai-je, avec un sourire factice.

— Ils sont au courant, n'est-ce pas ?

— Nous n'avons pas vraiment ébruité la nouvelle. C'est assez récent !

Environ deux heures et quinze minutes…

— Ah. Mais tu ne vois aucun inconvénient à leur dire, n'est-ce pas ? Je ne peux pas parler de mon mariage, mais j'ai tellement envie de parler du tien ! On parlera de robe, de dessert et d'ouverture de bal.

Sans le savoir, Stella venait d'énumérer toutes les bonnes raisons que j'avais de ne pas me marier. L'idée d'être liée à Callum ne me déplaisait pas, mais celle de préparer la cérémonie et de danser avec mon père me collait la migraine.

— Bien sûr, soufflai-je.

J'étais lessivée et je ne trouvai même plus de raisons — même fausses — pour lui refuser quoi que ce soit. Stella était frustrée par son silence imposé et je culpabilisais de lui avoir menti. Cette soirée, c'était surtout pour elle, après tout.

Et puis, c'était un tout petit mensonge. Un truc sans conséquence.

À notre arrivée au restaurant, je retrouvai Alana et Jefferson assis autour d'une grande table ronde. Stella les salua avec effusion, pendant que je m'effondrai sur ma chaise. Je m'étais réjouie de ce dîner durant des semaines, me disputant même avec Callum au sujet de son absence. Maintenant, cette soirée m'apparaissait comme un véritable chemin de croix. J'observais mes amis discuter avec animation, quand une paire de mains se plaqua contre mes yeux.

L'instant suivant, une bouche déposait un baiser dans le creux de mon cou, me tirant un frisson agréable. Ce parfum, cette barbe piquante, ces mains chaudes, je les aurais reconnus entre mille.

— Chase ? dis-je en retenant un rire.

— Le mari de ta sœur ? Bordel, Liv, c'est carrément vexant !

— Je sais.

Je me levai de ma chaise et retrouvai les bras de Callum. Il me serra contre lui, avec cette force animale et brute qui le caractérisait. Je relevai les yeux vers lui et il attira mes lèvres contre les siennes. Après presque deux semaines d'absence, ce simple contact m'embrasa tout entière. Les mains de Callum remontèrent dans mon dos jusqu'à ma nuque. Sa langue s'imposa contre la mienne et j'en oubliai presque que nous étions dans un lieu public.

Un raclement de gorge nous tira de notre bulle de désir. Callum grogna de mécontentement contre ma bouche, avant de murmurer contre mon oreille :

— Je cours suffisamment vite pour te ramener à l'appartement et sauter ce dîner ! Qu'est-ce que tu en penses ?

— J'ai faim, répondis-je en me mordillant la lèvre de frustration.

— C'est précisément ce que j'étais en train de dire !

— Je sais. Mais il faut que tu me laisses le temps d'annuler mon plan B. Je pensais que tu serais absent ce soir !

— C'est le principe de la surprise, Liv : tu crois que je ne suis pas là et, en fait, je suis là.

En une seconde, mon enthousiasme s'évapora. En accéléré, je revis le film de mon après-midi avec Stella : de l'annonce de notre mariage à la possibilité d'une cérémonie dans le jardin de mes parents. Aucun doute, Callum était imbattable en surprise.

Devant mon visage cendreux, Callum fronça les sourcils.

— Ça ne va pas ?

— Est-ce que je peux te parler une toute petite minute ?

— Bien sûr.

Je jetai un coup d'œil autour de nous. Stella, Alana et

Jefferson nous observaient, attendant patiemment que nos effusions se terminent. De la main, je leur fis signe de patienter et attirai Callum dans un coin du restaurant.

— Qu'est-ce qu'il y a ? Tu m'inquiètes…

Je posai mes mains sur le torse de Callum, tentant de trouver les mots adéquats avant de me lancer dans une grande explication. Ma fierté, déjà malmenée par Stella lors de notre chocolat chaud, vacillait maintenant dangereusement et allait finir prostrée dans un trou de souris.

— J'ai passé l'après-midi avec Stella. Techniquement, c'est un secret, mais Mason et elle vont se marier prochainement !

Aussitôt, Callum tourna la tête vers mon amie et lui adressa un sourire ravi. Malgré son air bourru et son imposante carrure, quand Callum souriait, tout son être irradiait. De l'index, je le forçai à retourner son attention vers moi.

— C'est une super nouvelle ! s'exclama-t-il.

— N'est-ce pas ? Eh bien, j'en ai une autre !

Je me triturai les mains et me dandinai sur mes pieds, mal à l'aise. Je n'avais aucune idée de comment Callum allait réagir. Qu'il éclate de rire serait la meilleure des réponses ; qu'il hurle signifierait que nous dînerions séparément. Au mieux.

— Liv, tu m'inquiètes, pourquoi es-tu si nerveuse ?

— On va se marier, lâchai-je dans un souffle.

Mon cœur marqua un temps d'arrêt, pendant que le visage impassible de Callum me surplombait. Il ne cilla même pas. Mes mains glissèrent de son torse et je reculai d'un pas, prête à subir une demande d'explications véhémente et justifiée.

— Callum ? murmurai-je faiblement.
— On va se marier ?
— Oui.
— Toi et moi ?
— C'est le plan, oui.
— Un plan ? s'étonna-t-il.

Ses yeux s'écarquillèrent de sidération, pendant que je cherchais comment résumer la situation et tous les détails mensongers de ma discussion avec Stella. Malheureusement, rien ne me vint et ma réflexion fut interrompue par les appels de Jefferson pour rejoindre la table.

— Donc, nous allons nous marier, reprit Callum.

— Oui. Je… Je me suis un peu emballée. Mais on n'a qu'à jouer le jeu ce soir et j'appellerai dans quelques semaines pour dire que nous avons annulé. Je ne sais pas ce qui m'a pris, ça a duré deux minutes et… j'ai menti.

— Annulé ?

— Oui. On dira que tu as changé d'avis ou que je n'étais pas prête !

— Je préfère la seconde option, celle où je ne passe pas pour un goujat aux yeux de l'humanité.

Soudain, son regard se braqua sur mes mains que je tordais toujours en tous sens. Il fronça les sourcils et je me pinçai les lèvres. Callum avait l'air de prendre plutôt bien l'annonce de notre futur mariage. Mais nous étions dans un lieu public, et ce n'était pas son genre de provoquer un esclandre au milieu d'inconnus.

— Qu'est-ce que je t'avais dit au sujet des mensonges ?

En une question, je me retrouvai propulsée dans ma tendre enfance, face à mon père furieux à qui j'assurais que je n'étais aucunement responsable des coloriages sur les murs de ma chambre. Apparemment, mes mensonges — gros ou petits — finissaient toujours par me revenir au visage.

— De ne plus en raconter ? proposai-je d'une toute petite voix.

Callum leva les yeux au ciel ; il devait me chercher sur le sommet du mont Humiliation. Sans dire un mot, il prit ma main droite et la leva à hauteur de mon visage.

— De soigner les détails, Liv ! Tu n'as pas de bague ?

J'ouvris la bouche, stupéfaite, mais aucun son n'en sortit. Mon regard passa de ma main aux yeux de Callum. Il avait digéré l'effet de surprise et, désormais, je décelais une pointe de malice dans ses pupilles. Il jubilait.

— Euh… Non. Trop grande. On l'a ramenée.

Callum étouffa un rire et secoua la tête.

— Je n'ai même pas été capable de la prendre à la bonne taille ?

— Je t'ai pardonné pour cette faute de goût. Ce n'est pas si simple que ça !

— Il suffisait de prendre une de tes bagues en douce !

Il déposa un baiser brûlant sur ma main et m'adressa un regard entendu. Pendant une courte seconde, un doute me saisit. Il avait l'air bien trop serein au regard de la situation.

— Pourquoi es-tu si clément avec moi ? demandai-je finalement.

— Pourquoi pas ?

— Ce n'est pas le moment !

— Tu as raison. Nous devons avant tout célébrer nos fiançailles.

Il enroula son bras autour de ma taille, son visage barré d'un sourire si large qu'il en était suspect. J'avais la sensation de marcher vers l'échafaud, tandis que Callum masquait mal sa jubilation.

— Pourquoi ne réagis-tu pas comme les autres hommes ? demandai-je, exaspérée. Tu devrais être fâché, contrarié… ou au moins un peu paniqué !

— C'est vrai, je devrais.

— Et ?

— Et la dernière fois que j'ai marché dans une de tes combines, cela m'a mené exactement où je voulais aller.

Avant que je réponde, Callum m'embrassa furtivement sur les lèvres. Son regard joueur devint sincère et tout mon corps vibra contre le sien. Je suffoquai presque sous le poids de son aveu. Callum n'était pas le genre d'homme à se lancer dans des déclarations romantiques, ni à chanter la sérénade. Mais il savait vous prendre de court, vous couper le souffle en une phrase et vous rendre folle en faisant glisser ses doigts sur vous.

— Et… tu crois vraiment que ça va marcher une seconde fois ?

Ma voix transpirait l'espérance et l'incrédulité. Je n'avais jamais voulu me marier et, en une seconde, Callum venait de me faire changer d'avis. Pour lui, tout cela restait un jeu, une façon ludique d'amuser nos amis à table. J'étais rassurée : en réagissant ainsi, Callum me prouvait encore qu'il tenait à moi et qu'il se fichait de cette histoire de mariage.

— J'y compte bien, répondit-il. Maintenant, souris ! On va devoir sortir l'artillerie lourde !

Nous approchâmes de la table autour de laquelle nos amis étaient installés. Callum s'assit près de moi et s'occupa de remplir nos verres de la bouteille de champagne qui nous attendait.

— Alors, racontez-nous ! Vous allez vraiment vous marier ? demanda Alana, avec une mine euphorique.

Je maltraitai nerveusement ma serviette et piquai du nez. Sans échauffement, Callum se lança :

— Oui. Je veux finir le reste de ma vie avec cette femme, assura-t-il sans frémir, tout en nouant ses doigts aux miens.

Stella et Alana gémirent en chœur. Mon visage s'empourpra et je me refugiai dans ma coupe de champagne. Comment faisait Callum pour avoir l'air aussi convaincant alors que j'avais envie de me terrer au fin fond du Népal pour me faire oublier ?

— J'ai de la chance, elle a dit oui, ajouta-t-il un ton plus bas.

— Tu craignais vraiment qu'elle refuse ? l'interrogea Jefferson.

— Liv est une femme surprenante.

— Et donc vous allez faire ça dans le jardin de ses parents ?

Callum me lança un regard. Je n'avais pas eu le temps de lui révéler tous les détails de mon mensonge. Son air assuré se fendilla, puis il se reprit. Le regard de Callum s'assombrit et j'eus la sensation de suffoquer ; pendant une courte seconde, nous n'étions plus que nous deux dans ce restaurant.

— Son père l'a effectivement proposé. Je ne savais pas que tu avais pris une décision.

— Je… Il… il faut qu'on en discute mais, oui, ça me plairait beaucoup.

Mon petit ami-futur époux-homme idéal repoussa une de

mes mèches de cheveux et captura à nouveau mon regard. Ses lèvres se soulevèrent dans un demi-sourire rêveur mais, très vite, une nouvelle question surgit.

— Il faut que tu nous racontes la demande ! s'enthousiasma Stella.

— Oh… Eh bien, j'ai commencé par en parler à son père, répondit Callum.

— Tu es allé demander la main de Liv à son père ? s'étrangla Jefferson.

— C'est la tradition, non ?

Callum me lança un regard alarmé. À force de vouloir jouer à l'homme idéal, il en faisait beaucoup trop. Il aurait pu se contenter de raconter un nouveau mensonge, sur une demande vite fait, bien fait au petit déjeuner avec une bague coincée entre deux toasts trop cuits.

— Callum est un peu vieux jeu parfois, plaisantai-je.

Je fus aussitôt assaillie par une horde de regards désapprobateurs de la part de nos amis.

— Ce n'est pas vieux jeu, souligna Alana. Je trouve ça très touchant. Un peu fou, mais très touchant. Ton père a dû être ravi !

— Certainement. Une fois que le problème de la dot a été résolu ! ironisai-je.

— Il m'a invité à aller pêcher, j'ai profité du fait d'être seul avec lui.

— À ta place, j'aurais eu peur qu'il me noie et fasse couler mon corps au fond du lac, plaisanta Jefferson.

— Je ne suis pas toi, railla Callum. Et je voulais vraiment être seul avec lui. Histoire d'éviter une humiliation atroce s'il m'avait dit « non » !

Jefferson étouffa un rire et leva son verre dans ma direction. Je me demandai s'il avait compris la supercherie ou s'il était simplement solidaire de mon élan de modernité.

— Et ensuite ? reprit Stella, chassant d'un geste de la main le pauvre serveur qui venait prendre nos commandes.

— J'ai fait ce que je sais faire : un cocktail, le Happily Ever After[1]. Gingembre, cranberry, pêche et du champagne pour le côté festif.

— Et la bague était dedans ?

Je dévisageai Alana, m'inquiétant d'une potentielle crise d'hystérie fulgurante. Entre le ton de sa voix, son visage penché et ses mains serrées l'une contre l'autre, je craignais le pire. Elle arborait ce regard rêveur d'une adolescente devant son *boy's band* préféré.

— La bague était dedans, mais il s'est gouré dans les mesures ! ricana Stella.

— Un ami me l'a créée. Or blanc et…

— … perle, finis-je, abasourdie. Tu te souvenais de ça ?

— Tu m'en as parlé quand on a rangé la maison de ta grand-mère, expliqua-t-il. Tu m'as dit que tu aimais ses colliers.

Pour la première fois de la soirée, j'affichai un sourire ému. Je repensais à ma conversation avec Stella, à cette histoire de projets d'avenir. Je m'en fichais éperdument. Je l'avais lui, je l'aimais et cela me suffisait pour affronter ma vie. Il prit ma main dans la sienne et la pressa avec tendresse.

— Je peux encore la faire modifier si ça ne te plaît pas.

— Non, non ! m'écriai-je. Elle sera, elle est, parfaite.

Malgré cette histoire rocambolesque de mariage imagi-

1. Heureux pour toujours. (N.d.E.)

naire, j'étais sincère. Quand j'imaginais cette bague, je la voyais parfaite. Pour chasser le moment d'émotion, j'enchaînai avec une brève incursion au pays du mensonge.

— Elle ira parfaitement avec ma robe. Je crois que j'ai envie d'un modèle un peu vintage, avec de la dentelle.

Les filles hochèrent la tête à l'unisson. Le serveur remplit nos coupes à champagne et la conversation reprit.

— J'aime beaucoup la tournure que prend votre mariage, lança Alana. La dentelle, le jardin… Il y a un côté bohème qui vous correspond bien.

Son regard navigua de Callum à moi. Je sentis mon cœur s'emballer, m'imaginant aux côtés de Callum pieds nus dans le jardin de mes parents.

— On se correspond bien, résuma Callum, ses yeux brûlants et sombres fichés dans les miens.

Je refoulai la pointe de désir qui me chatouillait le bas-ventre et fermai les yeux une courte seconde. Malheureusement, impossible pour moi de chasser l'image du couple de futurs jeunes mariés que nous formions. Cette hérésie nuptiale était devenue, le temps d'un dîner et d'un mensonge, un fantasme acceptable.

— J'ai hâte, ajouta-t-il.

Je lui adressai un faible sourire, incapable d'articuler le moindre son. Une fois de plus, en une phrase, Callum venait de faire bondir mon cœur et d'anéantir mes dernières bribes de raison.

— Mais si on parlait de vous ? Alana, comment se porte la pension ?

Quelques minutes plus tard, le sujet de notre mariage était déjà une vieille histoire. Le dîner se poursuivit sans encombre, ponctué par les anecdotes sur les clients de la pension et les récits des folles courses-poursuites de Stella contre les paparazzis. Apparemment, Jefferson avait trouvé son équilibre, entre les travaux qu'exigeait la maison, la reprise de ses études et son nouveau rôle de père de famille. À la fin du repas, nous nous séparâmes sur le trottoir.

— On attend le carton d'invitation, hein ? Je m'occuperai de ton enterrement de vie de jeune fille, gloussa Stella, un peu éméchée.

— Sans faute, assurai-je, en levant les yeux au ciel.

— On y va ?

Callum me tira de mon étreinte avec Alana. Nous nous promîmes de nous appeler dès que possible. D'ici là, il me faudrait trouver un moyen d'expliquer l'annulation de notre mariage bucolique à tendance Woodstock. Mon petit ami nous ramena au bar et je grimpai l'escalier vers notre appartement aussi vite que possible.

Callum avait été plutôt bon joueur pendant le dîner, je n'aurais pas été surprise qu'il exige maintenant des explications et qu'il ricane de mon imagination débordante. Je me réfugiai sous la douche, laissant Callum éplucher son courrier. L'eau chaude m'aida à me détendre et je m'enroulai dans un peignoir, avant de m'effondrer sur le canapé.

— Dure journée ? m'interrogea Callum.

— Dure soirée.

Il s'installa à l'autre bout du canapé et entreprit de me masser les pieds. Je ne parvins pas à retenir un gémissement honteux de plaisir. J'avais envisagé une séance d'explications, mais Callum ne réagissait jamais vraiment comme je l'imaginais. J'avais fini par en déduire qu'il prenait un malin plaisir à me contrarier. Les yeux clos, je me concentrai sur le mouvement circulaire des pouces de Callum sur ma voûte plantaire.

— Tu as été parfait, marmonnai-je entre fatigue et béatitude.

— Tu en doutais ?

— Ta capacité à improviser et à donner le change me fascine toujours.

— Je suis barman, ça fait partie du métier.

— Ça et faire des cocktails.

Je me redressai sur les coudes et tentai d'avoir l'air sensuelle. Avec mon peignoir élimé, et mes cheveux humides et en train de boucler, c'était peine perdue. Pourtant, Callum m'adressa un sourire tendre, et se leva.

— Je vais te préparer un verre.

— Callum, tu sais, tu es… Tu t'adoucis, dis-je finalement. Tu étais beaucoup plus revêche avant. Tu me contredisais, tu me taquinais, tu ne cédais pas à tous mes caprices !

Il ravala un rire et courba son index pour me faire venir à lui. Mon cœur s'affola, pendant qu'une vague de désir caressait mon corps avec volupté.

— Viens par ici, Liv.

Il parlait d'un ton plus grave, sa voix éraillée par le désir. Docilement, je me relevai et approchai si près de lui que l'air ne passait plus entre nos deux corps. Il plongea son regard dans le mien et, du bout des doigts, écarta les pans de mon peignoir. Son index se fraya un chemin entre mes seins, jusqu'à mon nombril. Le souffle court, je le laissai faire. J'avais toujours aimé qu'un homme prenne les devants mais, avec Callum, c'était différent.

En un geste, il parvenait à contrôler mon corps, à me caresser exactement là où je le désirais, à réveiller ma peau avec douceur. Toutes les fibres de mon corps vibraient pour lui, me donnant la sensation d'être ivre.

De l'euphorie, du désir et de la fascination. C'était le cocktail de Callum, un cocktail addictif et déroutant.

Ses lèvres trouvèrent la peau de mon cou et je basculai la tête en arrière, conquise. Sa bouche me picorait avec dévotion, me faisant oublier toutes les péripéties de la journée. Délicatement, il repoussa mon peignoir de mes épaules et fit courir ses doigts sur mes bras nus. Un frisson délicieux me parcourut et le nœud de mon peignoir rendit les armes. Le vêtement finit au sol et Callum trouva mes lèvres pour un baiser brûlant et passionné.

Mes mains saisirent sa chemise et je tirai dessus pour la sortir de son pantalon. Brutalement, il s'écarta de moi et s'en débarrassa en la passant par-dessus sa tête. Ses lèvres retrouvèrent mon cou, pendant que, du bout des doigts, j'explorai ses tatouages. J'adorais en tracer le contour et les admirer. Ses muscles se tendirent sous mes paumes et, lentement, j'atteignis la boucle de sa ceinture.

— Je te dois un verre, murmura-t-il à mon oreille.

— Je n'ai pas soif, répondis-je, le souffle court et dévorée par l'envie puissante de le sentir en moi.

— Qui a parlé de boire ?

— Toi.

La ceinture céda au même moment, me tirant presque un cri de joie. J'allais faire oublier cette histoire de cocktail à Callum et nous finirions à même le sol à faire l'amour.

— Je n'ai pas parlé de boire, corrigea Callum.

Ses mains passèrent sur ma poitrine avant de glisser sur mes fesses. Je grognai d'impatience, bataillant contre les boutons de son jean. Il déposa un baiser sur mes lèvres, suivi d'un chapelet de baisers le long de ma mâchoire.

— Je compte l'utiliser avec ton corps. Faire fondre les glaçons sur tes seins, puis verser ce cocktail sur ton ventre et le lécher goutte par goutte.

Sa proposition sonna comme une promesse et me fit rougir jusqu'à la racine des cheveux. Le désir flambait dans tout mon corps et Callum trouvait un malin plaisir à me faire perdre tout contrôle.

— Je suggère que tu restes ici, sagement, pendant que je vais me préparer un verre.

Il me repoussa doucement et s'offrit le luxe de ramasser mon peignoir et de le remettre sur mes épaules. Son regard était si sombre que je ne distinguai plus ses pupilles. Je ravalai ma frustration, me contentant de hocher la tête.

Il descendit au bar et je resserrai le nœud autour de ma taille. Je rassemblai mes cheveux dans une pince et allai dans la cuisine, à la recherche d'un carré de chocolat.

— Liv ?

La voix de Callum me fit presque sursauter. Je retournai au salon et retrouvai mon petit ami avec deux verres à la main. Le cocktail rosé me fit saliver.

À moins que ce ne fût Callum, torse nu, avec ce regard à faire flamber tout le pâté de maisons. Je pris le verre qu'il me tendait tout en demandant :

— On fête quoi ?

— Notre mariage imaginaire, sourit Callum.

— Je sais, je sais. Il faut que j'arrête avec ce genre de choses ! Promis, je les appelle demain et je leur dis que j'ai changé d'avis !

Un sourire énigmatique s'étira sur ses lèvres et il fit

tinter son verre contre le mien. Il but une longue gorgée, attendant, comme à chaque nouvelle recette, que je lui donne mon avis. Le mélange était sucré et doux. Avec tout ce que j'avais déjà bu au restaurant et la saveur du cacao encore en bouche, j'eus du mal à déceler l'origine de cette douceur.

— Ça te plaît ? demanda Callum. C'est nouveau.

— C'est… différent. Sucré, non ?

— Oui. J'ai ajusté la première version pour diminuer cette sensation.

— C'est pour le nouveau bar ? Très féminin en tout cas, commentai-je en admirant la couleur rose pâle de mon cocktail.

— Je ne sais pas encore.

— Tu ne m'as pas parlé de ton déplacement. Tu as rencontré des investisseurs ? Tu penses ouvrir bientôt ?

— Sûrement au printemps. L'hiver n'est pas propice aux lancements.

Je goûtai à nouveau mon cocktail, sous le regard scrutateur de mon petit ami. Cette fois, je parvins à sentir le champagne pétiller sur ma langue.

— Champagne, annonçai-je.

Je bougeai mon verre, le silence de la pièce à peine troublé par le bruit des glaçons. Devant moi, Callum fronça les sourcils et abandonna son verre sur la console à sa gauche. Je portai mon verre à mes lèvres et mon cœur se lança soudain dans un marathon endiablé. L'alcool, sûrement. Mais il y avait autre chose. C'était autour de nous, électrique et puissant. Callum restait insondable, suspendu à mes lèvres, comme s'il attendait un geste de ma part. Je risquai un œil vers le contenu de mon verre, revivant en une minute tout ce que nous nous étions dit lors de cette soirée.

— Pêche, soufflai-je.

Au milieu de notre salon mal rangé et seulement éclairé par une petite lampe, Callum posa un genou à terre. De sa poche, il sortit un écrin. Je posai mon verre sur la console près de moi, tentant de réprimer le tremblement nerveux de mes mains. Mon corps n'avait plus son harmonie habituelle : tout était trop.

Trop rapide, comme les battements de mon cœur.

Trop fort, comme mes poumons comprimés.

Trop flou, comme mes yeux qui se remplissaient de larmes.

— Liv, me ferais-tu l'honneur de…

— Oui.

— J'ai répété ma demande pendant deux heures, tu sais, sourit-il.

— C'est toujours oui.

Il se redressa et sortit la bague de son écrin. Tout mon corps tremblait et une larme roula sur ma joue en voyant la perle qui rehaussait la bague.

— À la bonne taille, chuchota Callum en glissant l'anneau à mon doigt.

— Tu m'as piqué une bague ?

— En effet. Et cette semaine, je suis allé voir ton père.

— Je pensais que tu étais en repérage pour…

— Non. J'ai menti, avoua-t-il avec un sourire lumineux. Tu dois avoir une très mauvaise influence sur moi !

— Et tout ce que tu as dit au dîner, c'était donc…

— Vrai. Ton père, la partie de pêche et cette bague sur

mesure. Je ne l'ai pas mise dans un glaçon car ça aurait pu abîmer la perle.

J'en avais le souffle coupé. La fausse demande devenait vraie. Et Callum, d'habitude taciturne et mutique, venait de se transformer en prince charmant. J'identifiai une nouvelle saveur du cocktail.

— Cranberry, souris-je.

Callum posa ses mains sur mes joues et essuya mes larmes. J'étouffai un rire, songeant qu'une fois de plus il était parvenu à me sauver de mes mensonges calamiteux. Je défis le nœud de mon peignoir et fis tomber le vêtement à mes pieds. J'avais envie de sentir sa peau frotter contre la mienne, d'en retrouver le parfum piquant, de frémir sous ses caresses.

— Tu as à peine bu ton verre, lui fis-je remarquer.

— Je sais. Au cas où tu ne l'aurais pas remarqué, j'ai tout prévu. À ce sujet, ta mère sera ravie qu'on se marie dans le jardin !

J'agrippai la ceinture de son pantalon et attirai les lèvres de Callum contre les miennes. À reculons, je l'entraînai vers notre chambre et fis tomber mon futur mari sur le lit. Je grimpai sur ses cuisses, avant d'étouffer un cri de surprise quand Callum me renversa sur le dos. Au-dessus de moi, il m'observa longuement, pendant que je contemplais, incrédule, ma bague de fiançailles.

— J'aime bien tes mensonges, dit-il d'une voix douce.

— Je ne les raconte qu'à toi ! Vois le bon côté des choses, cela t'inspire des idées de cocktail ! J'aime beaucoup cette pointe de gingembre.

— En effet. Tant que j'y pense, ça serait bien si ton prochain mensonge avait à voir avec un nouvel appartement.

J'écarquillai les yeux, partagée entre l'excitation d'une prodigieuse nuit de sexe à venir et mon imagination galopante. Je m'imaginais déjà en train de mentir à Jefferson au sujet d'une pendaison de crémaillère.

J'approuvai sa suggestion d'un mouvement de tête.

— Très bonne idée. En attendant, je suggère qu'on revienne à nos vieilles habitudes.

Je passai mes paumes sur son torse musclé et désirable. J'avais tenté plusieurs fois dans la soirée de retirer son pantalon à Callum… Cette fois, j'espérais bien arriver à mes fins.

— Vieilles habitudes ? répéta mon petit ami.

— Le « fais comme chez toi ».

— À tes ordres.

Il s'allongea sur moi, sa bouche glissant de mes lèvres à mon cou, jusqu'à mes seins. Dans un soupir de soulagement, je parvins à repousser le jean de Callum avec mes pieds. La minute suivante, j'oubliai toute raison et me laissais engloutir par le désir.

Le Happily Ever After

– 30 ml de schnaps à la pêche
– 30 ml de jus de cranberry
– 30 ml de Schweppes Ginger Ale

Mettez des glaçons dans un shaker, ajoutez tous les ingrédients et mélangez. Versez le mélange dans un verre à martini.

Source : Polka Dot Made

Découvrez les autres romans

d'Emily Blaine

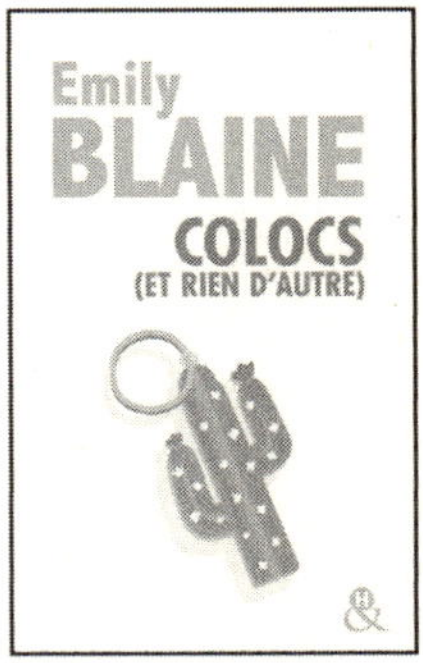

www.emilyblaine.com

Composé et édité par HarperCollins France.

Achevé d'imprimer en septembre 2018.

CPI
BLACK PRINT

Barcelone

Dépôt légal : octobre 2018.

Pour limiter l'empreinte environnementale de ses livres, HarperCollins France s'engage à n'utiliser que du papier fabriqué à partir de bois provenant de forêts gérées durablement et de manière responsable.

Imprimé en Espagne.